Martin Brendebach
So viele verschiedene Arten von Grün

Die Schublade hat sie über manche Phase gerettet, in die Schublade durfte kein Vorwurf und keine Rechtfertigung. Auch keine große Entschuldigung. Nur kleine Dinge. Timm ist sich sicher, dass manche Ehe gehalten hätte, wenn das Paar so eine Schublade gehabt hätte.

Eine Frau geht durch ihren Tag, ein Mann reist durch Europa. Mitten im Leben, aber die wichtigsten Menschen sind nicht mehr dabei.

Martin Brendebach erlebte den Kalten Krieg am Nordrand des Westerwaldes und die roaring nineties in Berlin. Nach langen Aufenthalten in China arbeitete er als Lehrer. Heute lebt er in Potsdam und arbeitet in einem Landesministerium.

Martin Brendebach

So viele verschiedene Arten von Grün

Zwei Novellen
vom Bleiben und vom Gehen

Bibliografische Information der Deutschen Nationalbibliothek
Die Deutsche Nationalbibliothek verzeichnet diese Publikation in
der Deutschen Nationalbibliografie; detaillierte bibliografische Daten sind
im Internet über http://dnb.d-nb.de abrufbar.

1. Auflage 2025

Umschlagsfoto: MR, Leipzig
Umschlag: Roland Poferl Print-Design, Köln
Layout: Verlagsservice Monika Rohde, Leipzig
Verlag: BoD · Books on Demand GmbH, Überseering 33, 22297
Hamburg, bod@bod.de
Druck: Libri Plureos GmbH, Friedensallee 273, 22763 Hamburg

ISBN: 978-3-8192-9552-2

Gehen und bleiben

ODER

Die Schublade

In der Zelle klingelt der Wecker um halb sieben. Es gibt sie wieder, die kleinen schwarzen Würfel mit Batteriebetrieb, nachdem sie jahrelang zu so verschwundenen Dingen gehört hatten wie Badekappen oder Telefonbücher. Timm hatte im Sommer kurz erwogen, hinüber zu ziehen in Hannahs Zimmer, aber kurz erwogen ist fast schon zu viel gesagt. Natürlich wird es irgendwann aufhören, Hannahs Zimmer zu sein, aber noch nicht. Und sie mag ihre Zelle. Als Hannah zwölf wurde und sie getauscht haben, hat ihr das ein Stirnrunzeln eingebracht: Prinzessin bekommt das Zimmer und du ziehst in die Besenkammer? Aber für Timm hatte sich das gar nicht nach einem Weniger an Platz angefühlt, im Gegenteil: Die Zelle hat nur 8 Quadratmeter, mag sein, aber das waren seitdem ihre. A room for her own. Und dass Hannah es war, die eher mehr Platz brauchte, schien ihr logisch, sie war es schließlich, der gerade Flügel wuchsen. Und sie mochte, dass die Zelle auf die Gleise schaut, und im Sommer, eigentlich sogar von Mai bis September, um halb sieben die Sonne um die Ecke der Häuserzeile lugt und man sie sehen kann, wenn man das Fenster öffnet, so wie sie es jetzt tut. Gerade noch, es ist der 16. September.

Die Zelle hat ein Bett, ein schmales Schränkchen für Timms Klamotten, ein Regal. Einen herrlich flauschigen Teppich über den Holzbohlen. Den hat sie sich zum Einzug in die Zelle gekauft. Einen weißen, der in den Jahren zuvor im Wohnzimmer binnen Monaten bunt getupft gewesen wäre von Schokoladenfingern, Wasserfarben, Matschfüßen und Saft. Das Bett steht direkt am Fenster, das zu jeder Jahreszeit nachts offen steht, zumindest gekippt. Schlafgäste schütteln den Kopf, wie man den Lärm aushalten könne ab 5: Die Durchsagen, die Signale der schließenden Türen, das Geratter. Timm nimmt all das nicht wahr. So wenig wie sie die Flugzeuge wahrgenommen hatte, die bis vor 10 Jahren noch im Anflug auf Tegel dicht über die Dächer gerauscht sind. Man gewöhnt sich. Jedenfalls an Lärm. Die Minute, selten ist es mehr, am offenen Fenster, den Blick auf den Bahnsteig. Die Menschen sind daumengroß, einige schauen hoch, wenn das Fenster sich bewegt, reagieren auf das gespiegelte Sonnenlicht. Die Kirschbäume auf dem Mauerstreifen sind noch grün, auch wenn es nicht mehr das Grün des Juni ist. So viele verschiedene Arten von Grün. Gegenüber, jenseits des Bahndamms, liegt der Wedding, eine andere Welt. Nicht mehr ganz so scharf wie vor 18 Jahren, damals endete die Pankower Seite der Wollankstraße mit „Ollis Eck" und begannt hinter der Unterführung wieder mit „Alibaba", heute ist Ollis Eck eine Dönerbude und Alibaba ein veganes Café, aber es ist immer noch drüben.

Die ersten Schritte, es tut nichts wirklich weh, aber man merkt, dass man Füße hat. Gibt sich dann. Der Flur ist schmal und wirkt dadurch geradezu lang, dabei besteht er zumindest rechts mehr aus Türen als aus Wand. Zelle, Küche, Bad. Und gegenüber das Zimmer. Hannahs Zimmer. All die Jahre war es eng. Und nun fühlt es sich für Timm manchmal an, als tappe sie durch die einsamen Flure und Hallen eines Schlosses. Die Küche war ihr Wohnzimmer, sogar mit Sofa, dafür ist der Tisch klein, es ist der mit der Schublade, den Timm aus ihrer Rekrutenwohnung mitgenommen hat. Der stand da, übriggelassen von der Vormieterin, einsam wie ein ausgesetztes Tier. Vielleicht, weil auf seiner Platte jede Wasserwaage verrückt gespielt hätte, aber Timm und Hannah störte das nicht. Der Tisch hatte Geschichte und er hatte ein Geheimnis, das Hannah faszinierte, sobald sie es entdeckte: Eben diese Schublade. Gedacht sicher für Besteck, barg sie immer wieder Neues, man konnte nie wissen, was dieses Mal darin liegen würde, ein neuer Nuckel, ein bunter Stoffwürfel mit

Klappen und Ringen, eine Reiswaffel. Später manchmal ein Haarband oder Kaugummis. Es war eines der einschneidensten Erlebnisse für Timm, als sie eines Tages ein mit Wachsmalstiften gemaltes Bild darin fand, mit einem Haus und zwei Menschen, einer groß und einer klein. Es war nochmal ein Moment wie das erste Wort. Seitdem sprechen sie miteinander auch durch die Schublade. Und in die Schublade legt man nur gute Dinge und gute Worte, das ist – keine Regel, sie haben nie über die Schublade gesprochen, als wäre damit das Geheimnis zerstört –, es ist mehr als eine Regel. Es ist ein Gesetz. Die Schublade hat sie über manche Phase gerettet, in die Schublade durfte kein Vorwurf und keine Rechtfertigung. Auch keine große Entschuldigung. Nur kleine Dinge. Timm ist sich sicher, dass manche Ehe gehalten hätte, wenn das Paar so eine Schublade gehabt hätte.

Seit Timm aus dem gemeinsamen Zimmer in die Zelle gezogen ist, war die Küche ihr Treffpunkt. Seit Hannah in die Oberstufe ging, wollte sie morgens auch einen Kaffee. Statussymbol. Timm nimmt die zerbeulte Blechkiste vom Bord, bedrohlich leicht. Aber für einen Bodrum reicht es noch. Müsli gibt es erst nach dem Workout, aber ohne einen ersten Schuss Koffein geht nichts bei ihr. Hannah musste man nie wecken, aber ansprechbar war sie morgens trotzdem in den letzten Jahren kaum noch. Aber auch ein stummer Teenager unter earpods ist ein Mensch im Raum. Der Geräusche macht, manchmal war dann doch auch mal ein Satz darunter. Timm konnte damit leben, zumal es abends anders war. Da kam Hannah zwar auch oft schalldicht in die Küche und fing an überlaut mit den Töpfen zu klappern, aber meistens nahm sie dann noch einen oder manchmal sogar beide heraus: „Ich muss dir was erzählen", und dann ihren Ärger über einen Vollhorst von Lehrer loswurde, der zu Shari gesagt hatte Wie ist das denn bei euch? So was von Othering ... oder ihre Begeisterung über die muscle gun, die jetzt viele in der Trainingsgruppe haben, gaaanz ungefährlich und supergut für die Muskelrelaxion ... Dann war es, also ob ein Schmetterling um einen flattert, der sich ab und zu auf einen Finger setzt. In manchem bestärkten sie einander (rassistische Vollhorste), in anderen war man verschiedener Meinung (muscleguns), natürlich ging es oft um Feminismus und Sexismus, und da hatte Timm manches aus ihrem Job beizusteuern, und Hannah war zwar sehr früh schon sehr meinungsstark (Du musst später irgendwas machen, bei dem man Leute totquatschen muss), konnte aber auch zuhören. Bis diesen Sommer hat Timm ihr workout in der Zelle gemacht und geduscht, bevor um 7 Uhr Hannah die Wohnung für sich vereinnahmte und hysterisch werden konnte, wenn sie eine Minute vor der Badtür warten musste. Jetzt geht Timm mit dem Kaffee und dem Handy in das Zimmer, Hannahs Zimmer.

Das Zimmer ist nicht leer. Sie hat kaum etwas mitgenommen. Das breite Bett gleich neben der Tür, ihr Sommerbett, im Winter lag sie immer auf dem „Canapee" eine Matratze auf Paletten, direkt an der Heizung. Rechts ein viertüriger Schrank, hoch bis an die Decke. Als Raumteiler ein niedriges Regal, auf dem das Keyboard steht. Manchmal schlägt Timm eine Note darauf an. Hannah hat es mit 14 bekommen und es sich mit einer App beigebracht, ohne Noten – die Töne fliegen als bunte Balken auf die Tasten zu, die man dann drücken muss, wie in einem Computerspiel. Timm hätte nie gedacht, dass man so Klavier lernen kann. Aber es klang schön, wenn Hannah spielte. While my guitar gently weeps und fly me to the moon. Manchmal saß Timm abends auf eine halbe Stunde bei ihr und sang mit. Der selbst gebaute Schreibtisch, ringsherum Lichterketten, Fotos, Comic-Skizzen, reminder. Opossum-Bilder, ihr Fun-Tier. Alles noch da, außer Hannah. An diesen Schreibtisch setzt sich Timm jetzt manchmal, oft nur um zu lesen und eine Tasse Tee zu trinken. Das Licht der Ketten ist schön, warm. Sie hat einen Brief begonnen, aber noch nicht abgeschickt. Sie whattsappen weiter, aber das reicht natürlich nicht. Viele Leute haben wieder begonnen, Briefe zu schreiben seit dem crack. Aber man muss es erst wieder üben. Ob Hannah ihr zurückschreiben wird? Wird neu für sie sein. Aber ist nicht gerade so ziemlich alles neu für sie? Kommt darauf nicht mehr an. Die Lichterkette mit dem bernsteinfarbenen Steinen hat sie ihr mal zum Nikolaus geschenkt, als sie gerade ihr eigenes Zimmer bekommen hatte. Advent, Weihnachten. Sie haben es offen gelassen. War für Hannah natürlich mitten im Sommer einfach kein TOP, zumal sich alles in ihr aufs Weggehen konzentrierte und nichts übrig war an Gedanken und Gefühlen, das mit Wiederkommen zu tun hätte. Plus – gemeine Asymmetrie der Liebe – ist der Trennungsschmerz, das Gefühl der Bilanz aus Gewinn und Verlust, bei diesem Abschied sehr ungleich verteilt. Aus Sicht des Kindes geht ja auch nichts verloren – die Mutter bleibt ja da. Ist nicht weg, nur Hannah ist woanders. Wo ich bin, ist hier. Das gute Recht der Jugend. „Sie ist ja nicht tot." Nein, und das Zimmer kein Museum. Timm trinkt nicht nur Tee am Schreibtisch, sie macht auch ihr Workout darin. Hannah hatte die Klimmzugstange. Sie hatten eine Wette laufen, schriftlich fixiert als sie etwa 12 war und im Judo durchstartete. Wer mehr Klimmzüge schafft, wenn Hannah 18 ist. Hannah musste für Glas kochen.

Timm stellt die Playlist an und beginnt mit Armkreisen. Auch wenn sie mehr Klimmzüge geschafft hat als Hannah – eine Disziplin, die eher die Drahtige als die Muskulöse bevorteilt –, neidet sie ihrer Tochter die Muckis. Für Hannah gab es mit 14 kaum ein anderes Thema, das sie geradezu sportwissenschaftlich verfolgte. Konnte Vorträge halten über Ernährungsphysiologie und nach welchem Impulstraining man wie viele Stunden aktive Erholung braucht, damit die Muskeln wachsen können, trank Proteinpulver in Sojamilch und wog ihre Mahlzeiten ab, vor allem die Hülsengerichte, seit sie Veganerin war. Timm hatte diese Fixierung auf den Körper zwiegespalten verfolgt und entsprechend kommentiert.

Zwar war Hannah zugleich zu woke, um in eine patriarchalische Falle zu tappen, es ging ihr nicht darum, ihre Chancen auf dem Heiratsmarkt zu verbessern; zumal damals wie heute – zumindest für Timm – unklar war, in welche Richtung es diesbezüglich überhaupt gehen würde. Sie bildete ihren Körper für sich, sich wohl darin zu fühlen. Und das tat sie, sichtlich. Genoss ihre Kraft. Und das Gewinnen, das daraus folgte.

Timm gab die Devise aus: Solange es in der Schule läuft, ist diese klare Priorisierung – Training vor Hausaufgaben – O.K., und es lief bei Hannah. Die Disziplin, die sie sich für die Gestaltung ihres Körpers und die Judotitel auferlegte, dehnte sich auf ihr restliches Leben aus, sie konnte vor einer Klausur auch drei Abende noch nach dem Training bis elf, zwölf, pauken. Timm sah ihr Mädchen sich verändern, mit der weiblichen Entwicklung einher ging auch eine, wie man sie eher bei Jungs erwartet hätte, deutlich definierte Arme und Schultern, und eine Figur, die alles in allem im V blieb. Das hätte Timm auch gerne gemacht, als sie vierzehn war, aber es sich nicht getraut. Oder sogar: Nicht gewusst, dass sie es gerne gemacht hätte, ihren eigenen Wunsch gar nicht gekannt, weil seine Erfüllung so undenkbar war, 1986. Aerobic, schön und gut, für einen knackigen Po und schlanke Beine. Aber ein breites Kreuz? Oberschenkel, mit denen man 80 Kilo-Langhanteln aus den Knien hochstemmen kann?

Zehn Raupen, mit den Händen nah an die Füße, dann mit den Händen vom Körper weg gehen bis man im Liegestütz ist, drei Liegestütze, wieder zurück, hoch strecken, runter, nächste. Los

Timm, noch eine! Mach schon. Der Sport hatte ihr an Ihrer Rekrutenzeit gefallen, aber das vielleicht noch mehr: Dass man sie Timm nannte. Wurde in den 90ern dann als entwürdigend verboten, man hatte die Grünschnäbel mit Herr und Frau Anwärter anzubrüllen. Aber für sie war es eine – Befreiung wäre zu viel gesagt, eher wie eine bequeme Jacke, wie maßgeschneidert, so sehr passend, dass man nicht mal daran gedacht hätte, sie zu suchen, und die man dann einfach so geschenkt bekam, von jemanden, der einem noch nicht einmal sonderlich nahestand. Rumpfbeugen gerade und links rechts, für den Rücken den Bauchflieger, Bizeps mit den Hanteln, für den Trizeps Hochdrücken am Stuhl, jeden Tag das gleich Programm, egal wie sehr Hannah über so viel Planlosigkeit den Kopf schütteln mochte (Muskeln müssen wachsen nach dem Impuls, jeden Tag eine andere Muskelgruppe!).

Musikalisch ist Timm beim Training nichts peinlich, sie hört sogar Eye oft he tiger. (Als sie Hannah von einem Interview mit Sylvester Stallone erzählte, in dem er sagte, seine Töchter würden nicht einmal mehr Sting und Phil Collins kennen, fragte Hannah: Wer ist Sylvester Stallone?) Nicht dass ihr Musikgeschmack völlig konträr wäre. Mit dem Judoteam hören sie im Mannschaftsbus Bohemian Rhapsody und Ärzte. Manchmal klang ein vertrauter Sound aus ihrem Zimmern, „A perfect day" zum Beispiel, und gefragt, woher sie das hat: Schulterzucken. Wenn Timm mit Gegenwartskompetenz prahlen wollte (das ist von Dua Lipa, oder?): Schulterzucken, Hannah war das egal. Bloß Sänger, nichts, was die Identität bildet. Als Sineaed O Connor starb und bei Timm das ganze Wochenende abwechselnd nothing compares to You und Dont cry for me Argentina lief, rief Hannah irgendwann in die Küche. Andere Platte, Mama! Aber sie ließ sich erklären, wer das gewesen ist und wie wichtig diese Musik und dieser Typ Frau mal für Timm gewesen war.

Zum Abschluss die Klimmzüge. 10 haben gereicht, um gegen Hannah zu gewinnen, kommt sie jetzt, zwei Monate später aber schon nicht mehr ran. Geht immer verflucht schnell. Reicht mal ein Infekt und ein paar Tage Pause, oder man war mal faul. Beim Sport liebt Timm Zahlen. Wahrheit ist auf dem Platz. Hic Rhodus hic salta. Die Weisheiten ihres Vaters, von denen sie schon seit Jahren die Anführungsstriche genommen hat. Genauso ist es. Sie mag das Messbare bei jeder Art von Leistung, auch weil sonst die Großspurigen immer im Vorteil sind, und die Drückeberger. Die Uhr lügt nicht, wenn sie die 10 Kilometer mal nicht unter 50 schafft, und wenn es zwei Mal hintereinander passiert, hilft auch kein „war ein schlechter Tag". Dann muss man da wieder ran, jede zweite Woche einen Lauf über 15 km einstreuen und die andere Woche einen kürzeren, 4 oder 5 mit schnelleren Kilometern deutlich unter 5, bis sie wieder ihren Goldstandard schafft. Hat sie keinem gesagt, aber vor genau einem Jahr hat sie es sich geschworen: Nie mehr Minuten für die 10 Km brauchen als du Jahre alt bist. Nie!

Arme ausschütteln, dehnen. Timm drückt dazu den Arm gegen den Türrahmen, dreht sich in der Hüfte. 15 Sekunden, ins Zimmer blicken. Es ist wirklich fast alles noch da. Ein paar Fotos fehlen an den Schranktüren, aber das von Timm mit Hannah in der Babytrage ist noch da. Die Medaillen hängen weiter über dem Bett, die Skizzen und To-Do-Listen über dem Schreibtisch. Hannah hat sie nicht gefragt, was Timm mit dem Zimmer machen will, und Timm hat Hannah nicht darauf angesprochen. Das Zimmer sieht nach Wiederkommen aus. Oder nach: Hier war nichts so wichtig, dass man es auf die andere Seite der Welt mitnehmen musste. Such es dir aus. Vielleicht hat sie einfach den ganzen Kram dagelassen. Bis Weihnachten will Timm es so lassen. Sie haben auch nicht über Weihnachten geredet. Dass Timm sie gerne besuchen würde, müsste Hannah klar sein, wenn sie darüber nachdenken würde. Was sie nicht unbedingt tut. Jedenfalls jetzt noch nicht. Das Geld hat Timm zurückgelegt, so viel, dass es sogar für ein superteures Spontanticket am 23.12. reichen würde. Und eine Urlaubsvertretung organisiert, für drei Wochen. Aber sie hat sich fest vorgenommen, dass sie nicht fragen wird. Was soll Hannah denn sagen? Das wäre Nötigung. Vielleicht sowieso die falsche Idee. Warum geht ein Mensch denn genau an das andere Ende der Welt für ein Jahr? (Oder länger?)

Im Bad sieht man es am meisten, dass hier nur noch eine wohnt. Auf der schmalen Keramikstufe, die die gesamte Wand entlangläuft, steht nur noch Timms „Waterlily" und die lady shave. Hannahs Schminkphase hatte zwar nur sehr kurz gewährt, aber dennoch war ihre Kosmetikpalette ausdifferenzierter geblieben als Timms – und musste auch immer in ihrer gesamten Breite sicht- und verfügbar sein, und wozu auch wegräumen, wenn man es eh jeden Tag braucht und dort so viel Platz ist. Gutes Argument, zumal sie früh den Deal hatten, das Bad samstags abwechselnd zu putzen und Hannah so ihren Beitrag leistete, zumindest hin und wieder die Tuben und Cremedosen und Deos zu sortieren und ihre Spuren auf den Fliesen zu verwischen. Das Bad wieder für sich alleine zu haben, hat unbestreitbar sein Gutes, zumal Hannah sich dort sehr lang aufhalten konnte, immer in Begleitung ihres Tablets und stoischem „Gleich" auch auf dringlicheres Klopfen. Aber es ist auch dieselbe Badewanne, in der sie miteinander geplanscht haben und in der die drei Bären in ihrem Boot schwammen, blau, rot und grün, die das Wasser herausdrückte und nach denen kleine Finger griffen und sie immer wieder zeigten, noch bevor Hannah dazu „Duck mal" sagen konnte. Die bunten Plastikkleber mit Meerjungfrauen und Krebsen hafteten noch lange an den Kacheln, bis Hannah merkte, dass das gar nicht geht (obwohl sie selbst eine Mermaidphase hatte und jeden Nachmittag in Waco verbrachte, sie drängelte sogar auf eine Monoflosse, aber schlagartig wurde ihr klar, dass das ganze Meerjungfrau-Konzept eine böse Männerphantasie war, sie hatte „Undine geht" in der Schule gelesen).

Die Stühle am Küchentisch bleiben beide leer. Das ist an sich nicht dramatisch, Timm hat sich schon immer auf das Sofa gesetzt mit Ihrer Müslischale, wenn sie morgens alleine war, also schon seit Jahren am Wochenende so gut wie immer. Hannahs Platz war der in der Ecke, schon immer, aus dem einfachen Grund, dass man sich dann nicht die Zehen an dem blöden Stokke-Hochstuhl stoßen konnte, der zwar super solide und unumfallbar war, das aber auf Kosten extralanger Streben, die weit nach hinten und damit in den Raum hineinragten. Nachteil dieser Sitzkonstellation war zunächst die Nähe zur Wand, die für verschmierte Finger gut zu erreichen war, aber nach ein paar sinnlosen Streitereien hatte Timm begriffen, dass das zum neuen Lebensabschnitt ihrer Tochter gehörte, dass sie nun eben alleine sitzen konnte und ihren Radius damit erweiterte, und sie legte Stifte neben den Platz, erst die dicken Malmäuse, die man in die Faust nehmen und irgendwo gegendrücken kann, später die feineren Wachsmaler und als Hannah in die Schule kam Buntstifte. Einmal im Jahr fotografierte Timm die Wand neben Hannahs Platz, ein Gewimmel aus Fingerabdrücken, Kreisen und Zacken, später von Figuren und Tieren, und übermalte sie weiß. Bis zur großen Krise, an dessen Ende Timm aus dem Zimmer in die Zelle umzog. Hannah hatte eines Tages die Stifte verschwinden lassen und nie wieder an die Wand gemalt. Letzte Male. Timm hat das letzte Foto gemacht – mittlerweile dominierten Comicartige Figuren – und die Wand weiß gestrichen. Hannah hat das nicht kommentiert. Nicht an alle letzte Male erinnert man sich so klar. Weil man nicht weiß, dass sie letzte Male sind. Wann hat Hannah das letzte Mal einen Mittagsschlaf auf Timms Bauch gemacht? Wann war sie das letzte Mal auf ihren Schultern? Wann hat sie das letzte Mal bei ihr geweint? Nur wann Timm sie das letzte Mal gestillt hat, das weiß sie noch ganz genau. Und dass sie froh war, es sich hinter sich zu haben, definitiv. Schon. Aber. Zumal für Timm bei jedem letzten Mal klar gewesen war, dass es nicht nur das letzte Mal mit Hannah war. Das eine Kind war für sie ein Wunder, und ein Wunder, dass es ging, mit dem Vollzeitjob und ohne hilfreiche Großeltern – und ein Wunder soll man nicht überstrapazieren. Timm wusste das. Sie würde all das genau einmal erleben.

Die Frage, ob sie hier wohnen bleiben sollte, stellte sich nicht. Altverträge sind das neue Eigentum hat sie neulich gelesen, für sie stimmt das allemal. Das Haus ist heruntergekommen, an den Fassaden wie im Treppenhaus, die Klingel geht eher sporadisch, vor den Mülltonnen ist ein Loch im Pflaster und die Haustür schließt oft nicht – aber Timm und den anderen im Haus ist es recht, dass der Besitzer sein Häuschen zu vergessen zu haben scheint, das alles nicht mitbekommt, aber eben auch nicht, dass die Mieten in Berlin seit zwanzig Jahren in die Höhe schießen und viele Familien in die Verzweiflung treiben. Timms Miete ist in diesen zwanzig Jahren nicht mal an die Inflation angepasst worden, sie wohnen vergessen wie in einem Dornröschenschloss, und so ranken sich auch die wilden Pflanzen um den Zaun und das Törchen, das vom Hinterausgang durch den winzigen Garten zum ehemaligen Mauerstreifen führt.

Seit zwanzig Jahren derselbe Bahnhof. Vielleicht wäre es mal Zeit. Macht es Sinn, in einem Märchenschloss zu bleiben ohne Prinzessin? Es muss ja nicht gleich Australien sein, aber Friedrichshain? Oder Hamburg? Aber wenn die Prinzessin zurückkehrt in ihr Reich, dann sicher hierher, in dieses Schloss. Es ist noch zu früh. Aber vielleicht sollte der Zug mal woanders hinfahren. Nochmal die Richtung wechseln, das hat er schon mal getan. Von hier ist Timm sieben Jahre lang stadtauswärts gefahren, Richtung Hennigsdorf, zu ihrer Wache. Ihre Wache. Und dann seit sieben Jahren in die andere Richtung, die sie auch jetzt nimmt, zwischen den Häuserzeilen hindurch wie zwischen Ufern, gerade um die Schönhauser Alle, wenn die Strecke ganz tief verläuft, noch unter dem Niveau der Parterre, fühlt es sich an wie die Fahrt mit einem Boot durch einen Canyon, die Stadt wird dichter, bis sie am Alexanderplatz zu etwas wird, das wirklich keiner haben will, sie hasst diesen Weg vom S-Bahnhof durch die Betonwüste, eine einengende Weite, die nicht besser wird, wenn im Rhythmus des Jahres die Buden für Weihnachtsmärkte, afrikanische Volkstümelei, Oktoberfest und so weiter ihr billig, billig über den Platz rufen. Schon für diesen tristen Arbeitsweg würde sich ein Wechsel lohnen. Hätte sich ein Wechsel gelohnt. Denn der Gedanke war, wie immer bei Timm, nicht abstrakt gewesen. Mag sein, die Phase in der Hannah sich befand, hatte etwas Ansteckendes: Die Unbestimmtheit der nahen Zukunft, die auch ein Abgrund war an Möglichkeiten. Durfte man nicht zu lange hineinschauen. Hannah hatte sich dann konsequent für alles entschieden: Gleich studieren UND Weltreise. Weiter machen UND was ganz anderes. Und Timm das Ergebnis eines Abends mitgeteilt, wofür sie nur ein earpod herausnehmen musste: Ich fange im September in Canberra an. Chemie. Timm war in die Überlegungen nicht eingebunden gewesen, wenn sie das Gespräch darauf brachte, sprach Hannah zu ihr wie die Erwachsene zum besorgten Kind: Alles gut, Mama, ich mach das schon. Darauf war nichts zu sagen. Und auch nichts zu Canberra, außer

die Frage nach der Finanzierung. „Stipendium". Sie hatte diesen Plan monatelang betrieben, fast ein Jahr. Und Timm kein Wort davon gesagt. Anträge geschrieben, Auswahlgespräche gehabt. Und Timm nichts davon gesagt. Aber das war wohl Teil des Programms. Wie dass sie ab sechzehn selber ihre Wäsche wusch und aufhängte, genauso kommentarlos. Teil des Programms „brauch dich dafür nicht". War das nicht Ziel der ganzen Erzieherei? Schon. Und Timm fand keinen Grund für ihr Gefühl, keinen, den sie Hannah gegenüber hätte mit der üblichen Erwachsenenrationalität hätte vertreten können, warum es falsch war, dass Hannah sie in ihre Zukunft so gar nicht einbezog. Das Problem war, dass Hannah recht hatte: Sie brauchte Timm ab jetzt nicht mehr. Für nichts. Und nicht erst ab jetzt, das kam hinzu. Mit einem Mal wurde Timm klar, dass Hannah sie schon seit mindestens zwei Jahren nicht mehr brauchte. Jetzt war es amtlich. Sie würde weggehen wie ein Bärenjunges, das alleine klarkommt. Als Hannah in der Grundschule war, haben sie oft abends zusammen eine Tierdoku gesehen, aber die über die Bären nur einmal, das hielt Hannah nicht aus. Dass die Bärenmutter ihre Jungen vertreibt, wenn sie herangewachsen sind, und dann einfach neue bekommt. „Ich bleib immer bei dir, stimmts?" Und dann musste Timm sie mit der Geschichte von ihrem Onkel trösten, der sein ganzes Leben mit seiner Mutter zusammengelebt hatte, weil er die Bäckerei von seinen Eltern übernommen hatte und mit seiner Familie dort in dem großen Haus wohnen blieb, und die Eltern zogen in eine eigene Etage und sie lebten all die Jahre zusammen, bis zuletzt. Und wenn du möchtest, machen wir das auch so.
Die Fahrt zum Alexanderplatz dauert 15 Minuten, zu ihrer Wache waren es 13 gewesen. Als sie Abschnittsleiterin wurde, war Hannah 4. Die brutalste Zeit ihres Lebens. Die Arbeit war nie zu

Ende, alle Akten und Vorgänge landeten zuletzt auf ihrem Tisch, dazu Personalgespräche, und wehe sie vergaß den Geburtstag der Sekretärin … und egal was war, egal welcher Oberfuzzi aus dem LKA angerufen hatte und um sofortigen … ganz egal, um 16 Uhr machte die Kita zu. Natürlich war sie immer die letzte. Natürlich manchmal auch um 16.02, aber auch wenn sie es im Dauerlauf um 15.59 schaffte, war ihr der tadelnde Blick der Erzieherin sicher: Schon wieder die letzte. Das arme Kind. Das natürlich auch manchmal sagte: Mama, warum bin ich immer das letzte Kind? Und Timm erklärte ihr es. Immer wieder. Nahm sich die Stunden bis 20 Uhr komplett für sie, und setzte sich dann mit einer vollen Kaffeekanne an den Küchentisch, den Stapel Mappen und den Dienstrechner vor sich, mit dem man sich damals noch, lange vor dem crack, per VPN in die eigene Umgebung einloggen und weiterarbeiten konnte. Immer bis 12, manchmal länger. Berichte der Kollegen Korrektur lesen, Protokolle überprüfen, Mails von Bürgern zu so ziemlich allem, Mails vom LKA zu Datenabfragen, Mails von Schulen zu Schulwegplänen, Mails von der Unfallkasse … Und dann die nächste Aufgabe: Schnell runterfahren, den Computer und sich selbst, um rasch einschlafen und noch die Stunden zwischen 1 und 7 maximal effizient nutzen zu können, mit Schlaf. Möglichst ohne Alkohol, das würde zwar helfen, sich am nächsten Tag aber rächen. Alleinerziehen mit Vollzeitjob war Hochleistungssport, der keinen Fehler verzieh. Am Ende des ersten Jahres hatte sie silbrige Fäden im Haar, die wegzufärben sie keine Zeit hatte. Und dann waren da diese 13 Minuten. Wenn sie Hannah bei den Kiezkäfern abgegeben hatte, sauste sie zur Wollankstraße, es war wichtig, dass sie noch drei Minuten hatte, um sich bei Thilo noch einen Kaffee und ein Schokobrötchen zu holen, bevor sie in die Bahn stieg. Und dann tat sie 13 Minuten lang – nichts. Sie trank ihren Kaffee, aß ihr Schokobrötchen, sah aus dem Fenster – stadtauswärts war die Bahn morgens immer fast leer, man hatte Platz – und tat nichts. Es waren die ersten Jahre des Smartphones, sie hatte auch schnell eines, sie hätte in diesen 13 Minuten viel regeln können, dienstliche Anrufe oder die Mail an die Kinderärztin wegen des Vorsorgetermins, oder die neuen Turnschuhe in der 31 bestellen, die Hannah dringend brauchte, oder ... aber Timm hielt sich eisern daran, und im Rückblick kann sie nicht ausschließen, dass diese 13 Minuten sie vor dem Zusammenbruch bewahrt haben. Auch als es ein paar Jahre später entspannter wurde, behielt sie es bei. Als das erste Schuljahr überstanden war, Hannah in die zweite Klasse kam und sogar vom Hort allein nach Hause gehen konnte, wenn es sein musste. Sie war jetzt oft nachmittags bei Freundinnen oder beim Judo – damals fing es an, zwei Mal die Woche, und sie verpasste es nie. Timm spürte, wie sie ihr Leben zurückbekam, in kleinen Häppchen, noch nicht die Abende, von den Nächten ganz zu schweigen, aber es gab die anfangs geradezu verblüffenden Momente am Nachmittag, wenn Hannah in der Sporthalle war und sie eine Besorgung gemacht hatte und sie sicher auch noch schnell nach Hause gekonnt hätte, um eine halbe Stunde Mails abzuarbeiten, aber sie merkte, dass das eigentlich nur eine Routine war, sie konnte sich jetzt auch die halbe Stunde einfach in dieses Café hier setzen und die Sonne genießen und faul sein. Das war und blieb selten, aber ein Fenster, durch das Timm sich selbst in einer entspannteren Zukunft sehen konnte. Das Jahr für Jahr weiter sich öffnete. Bis, es war kurz vor Hannahs elftem Geburtstag, ein Anruf des ehemaligen Abschnittsleiters kam, der ans LKA gewechselt war. Und damit fuhr sie ab jenem Sommer jeden Tag in die andere Richtung, aber sie behielt ihr Ritual der 13 Minuten bei, auch wenn es jetzt sogar 15 waren, und obwohl sie jetzt sogar ein Diensthandy hatte und in 15 Minuten schon viel hätte erledigen können, obwohl es wieder der komplette Wahnsinn des Neuanfangs und der gestiegenen Verantwortung war, der sie fast genauso überrollte wie vor sieben Jahren – sie konnte sich die 15 Minuten trotzdem besser leisten als früher, weil Hannah jetzt sowieso jeden Tag gleich nach der Schule in der Judohalle verschwand und abends keine Zeit zum Spielen hatte, weil sie noch Hausaufgaben machen musste. Timm musste es recht sein, schon gleich nach dem Abendbrot an den Rechner zu können, wenn Hannah sich mit ihrem Englischbuch oder dem Gewi-Projekt über den Assuan-Staudamm wenigstens zu ihr an den Küchentisch gesetzt hätte, aber sie zog sich an den großen Schreibtisch in – damals noch – ihrem gemeinsamen Zimmer zurück und bestand darauf, dass jede ihren eigenen Arbeitsplatz hatte.

Sie spielten nur noch selten zusammen, am liebsten Pharao Code, ein anstrengendes Rechenspiel, bei dem man auf Tempo gegeneinander aus drei vielseitigen Würfeln mit allen Grundrechenarten inklusive Quadrat und Wurzel Zahlen berechnen musste. Eigentlich kein Spiel, sondern ein Wettkampf, bei dem Timm ungefähr um diese Zeit herum keine echte Chance mehr gegen Hannah hatte, allenfalls Sonntag morgens, wenn sie ausgeschlafen war und Hannah nicht. Timm mochte es nicht besonders, aber sie wusste, dass es das letzte war, dass sie auf lange, lange Zeit miteinander spielen würden. (Vielleicht wieder „Tempo tempo kleine Fische" gemeinsam mit noch jemanden, den es später geben würde? Oder sowas wie Halma mit Timm im Altersheim?)

Eine der wenigen Neuerungen, seit Hannah fort ist, ist die frühe Bahn. Timm nimmt jetzt den 7.33, mit dem ist sie kurz vor 8 am

Schreibtisch, eine halbe Stunde früher als sonst, als sie noch die Küche und das Bad instandgesetzt hat, nachdem Hannah wie auf der Flucht das Haus verlassen hatte. Die halbe Stunde macht viel aus, sie hat ein bisschen Zeit, die Sekretärinnen zu groomen, bevor der Tag seine Fahrt aufnimmt, weil aus dem Leitungsbüro die Aufträge runtergetropft kommen und die ersten Presseanfragen zu dieser oder jener Ermittlung da sind oder einfach die ersten Termine anstehen, Referatsleiterrunde, Rücksprache mit dem Präventionsteam, die Schalte mit den Kollegen aus Polen ... Und sie hat selbst etwas mehr Zeit, genau diese Morgenlage zu checken, seit sie niemanden mehr um 16.00 vor den Kiezkäfern retten muss und erst recht, seit sie zu Hause eher stört als mit einem Willkommensschrei empfangen wird, bleibt sie so lange im Büro, dass sie den Rechner abends nicht immer unbedingt nochmal anwerfen muss. Dann findet sich morgens um 8 noch Zeug vom frühen Abend, das man schon mal wegschaufeln kann. Der frühe Zug bringt also viel, ganz abgesehen davon, dass der 7.33. deutlich leerer ist als der 8.03, in diese Richtung fahren die Büroleute und die Dienstleister. Mal sehen, wie es im November wird, aber jetzt, Mitte September, ist der Tag um diese Zeit bereits hell, die Sonne steht über den Häusern und scheint ihr ins Gesicht. Außerdem fahren mit diesem Zug die Schülerinnen. Die meisten schauen konzentriert in ihre Hefte, murmeln leise Vokabeln vor sich hin oder die Bestandteile des Auges vielleicht, Kopfhörer haben sie fast alle dabei auf, auch wenn sie durch Hannah weiß, dass die meisten gar keine Musik hören beim Lernen, sondern „weißes oder braunes Rauschen". Viele lesen aber auch, New adult ist schon wieder out, die Bücher sind nicht mehr Schmuckstücke in verschnörkelten Einbänden, sondern der neue Trend ist unifarben, demonstrative Schlichtheit, besonders beliebt sind Buchreihen, deren Einzelbände nur in Nuancen einer

Farbe voneinander abweichen. Ästhetik ist noch immer mindestens so wichtig wie der Inhalt – aber auch der ist, laut Hannah „nicht mehr nur so'n Schmachtzeugs" – aber es soll nicht mehr so auffallen. Was damit zusammenhängen dürfte, dass das Lesen als solches bei der Jugend Mainstream geworden ist und per se kein Alleinstellungsmerkmal. So wie sie wieder alle mit Bargeld zahlen. Auch damit hatte Hannah schon vor dem Crack angefangen: „Das fühlt sich cool an, so richtige Scheine, und außerdem kannst du bundling machen."

Timm wollte es erst kaum glauben, aber was ihre Großmutter gemacht hatte mit dem Haushaltsgeld, war bei der Jugend der 2020er Jahre ein Trend: Sich das Monatsgeld in kleine Depots einteilen und im Zimmer an verschiedene Orte stecken – war das Depot, das „bundle" für Klamotten leer, konnte man eben nicht shoppen gehen, die anderen „bundle" waren tabu, weil sie eben für „Kino" oder „Bücher" waren. Und so saßen die Siebzehnjährigen in der S-Bahn und lasen, oder unterhielten sich leise, und die Mienen der Lesenden waren von solcher Versunkenheit, dass sie jedes Gesicht tief und schön machten. Ebenso wie die Gesichter derjenigen, die über ihren Vokabelkarten saßen und zuweilen aus dem Fenster sahen, ohne einen Punkt zu fixieren, eine wunderschöner als die andere, ganz bei sich. Timm kann nicht sagen, wann es bei ihr angefangen hat, dass sie so ziemlich jeden jungen Menschen schön findet, bei den Jungs erst so ab 20, 23, wenn sie wirklich Kante kriegen, aber bei den Mädchen schon viel früher.

Eine, schräg gegenüber schreibt einen Brief. Timm hat gestern einen geschrieben, oder besser: endlich fertig gekriegt, ihren ersten Brief seit – sie hat nachgerechnet, bestimmt 25 Jahren. Für die Jugend ist das wieder völlig normal, die ersten hatten auch damit schon vor dem Crack begonnen, aber seitdem war es

Mainstream. Jedenfalls unter der akademischen Jugend. Es war wie mit dem Lesen, und dem Bargeld, und den Dumb Phones und dem Trend zu Walkmen und Schallplatten und Stricken und Wrigleys Spearmint und Sticker und Buttons an der Hose – nicht die Ursache, nur der Beschleuniger. Und wie das Lesen zunächst als Zeremonie begonnen hatte, die mit der richtigen Umgebung, dem Licht, dem Tee, etc. mindestens ebenso viel zu tun hatte wie mit dem Inhalt des Buches, so war es auch mit dem Briefeschreiben gewesen: Hannah setzte sich abends an ihren Schreibtisch, machte die Lichterkette an oder eine Kerze, legte eine Platte auf und schrieb ihrer Freundin, die vier Straßen weiter wohnte, einen Brief. Zwanzig Minuten lang vielleicht, eine Seite der LP. Sie schrieb ihrer Oma, die ihr Glück über diesen neuen Trend kaum fassen konnte, ihren Cousinen, ihrem Judocoach. Und sie bekam jeden Tag mindestens einen Brief zurück, in bunten Couverts, mit kalligraphisch hingezauberter Anschrift und Absender. Heute war dieser Anfangszauber etwas verflogen und man sah Jugendliche wie dieses Mädchen einen Brief in der S-Bahn unter Geruckel und Stationsansagen auf einem Klemmbrett schreiben, aber für die jungen Leute stand außer Frage, dass Briefeschreiben das Leben vertiefte.

Timms Generation war fassungslos, wie leicht es der Jugend fiel, die digitale Abhängigkeit abzuschütteln. Viel leichter als der eigenen. In der ersten Schockwelle des Crack waren die Erwachsenen noch vollauf damit beschäftigt gewesen, die Konsequenzen für das eigene Leben und ihre Beziehungen zunächst abzuwehren, und dann, als sich das schnell als unmöglich erwies, zu managen. Für Menschen mit Kindern kam als verschärfendes Sonderproblem hinzu, dass in nicht wenigen Fällen die elterliche Autorität durch die Enthüllungen, die der Crack mit sich brachte, nachhaltig erschüttert war.

Seit sie den früheren Zug nahm, begegneten ihr auf dem kurzen Weg vom Bahnhof über den Alexanderplatz andere Kolleg:innen. Oder besser: Sie überholte andere. Timm hatte immer schon einen schnelleren Schritt, aber seit Hannah auf der Welt war, lebte sie in einer beständigen Zündungsstufe, aus der sie nie wieder zurückgeschaltet hatte. Die meisten überholte sie in einem Bogen, der glaubhaft machte, sie habe ihn nicht gesehen, nicht weil sie die Leute unsympathisch gefunden hätte, sondern weil ihr das eben tief eingebrannt war, keine Minute ungenutzt verstreichen zu lassen, und neben einem dieser langsam zur Arbeit trottenden Kollegen herzugehen, hätte sie unwirsch werden lassen. Es sei denn, es war jemand aus einer anderen Abteilung, mit dem eh etwas zu besprechen war, das zur Not auch andere Ohren hören konnten und das sich perfekt in 3 Minuten erledigen ließ. Wie Sommerklug, der leicht von hinten zu erkennen war an seinem leuchtend roten Haaren und der schlaksigen Gestalt. Auch kein langsamer Geher (Timm glaubte an eine Korrelation zwischen dem Fleiß der Kolleg:innen und ihrem Gehtempo, war sich aber bewusst, dass sie da biased war), aber Timm hatte ihn kurz nach der Weltzeituhr. „Morgen, Kollege. Darf ich von der Seite?" Sie musste ihn antippen, Sommerklug trug Earpods. Sein Blick kehrte zurück aus einer anderen Geschichte, er hatte ihr mal erzählt, dass er SciFi-Hörbücher hörte in der Bahn. Man sah, dass er zwei Sekunden brauchte, um zu wechseln und Timm als Wesen dieser Welt zu erkennen, das zudem auch noch seine Kollegin war. „Morgen, Timm. Tschuldigung."

„Morgen, Hans. Sag mal, wegen dieser Abfrage vom Bildungsministerium, der AbtL hat uns dafür eingetragen und die Mappe ist bei mir gelandet, aber für Prävention an Schulen seid doch ihr zuständig, oder?" „Klar. Schick sie mir rüber. Oder gib sie besser über oben zurück, ist nix was eilt. Kommt jedes Jahr." Das war's schon, was Timm wollte. Nun standen sie an der Ampel. „Hast du schon gehört, die Königin hört auf." Sommerklug hatte sich dazu leicht zu Timm geneigt und leise gesprochen. „Echt? Ich dachte sie hat noch zwei Jahre." „Hätte sie auch. Geht früher. Keiner weiß offiziell, wieso." „Verstehe. Lass und demnächst mal einen Kaffee bei mir oder dir trinken." Sommerklug sah sie tief an und nickte. Es hatte Gerüchte gegeben. Die Königin, eigentlich Frau König, aber im Flurfunk wurde sie immer nur mit ihrem Ehrennamen genannt, war die angesehendste Abteilungsleiterin des ganzen LKA. Sie war schon als junge Frau in den Polizeidienst gegangen, als der Alexanderplatz und dieses Polizeigebäude noch zu einem anderen Staat gehörten, und damit war sie die einzige mit aktiver DDR-Berufsvergangenheit, die in dem ganzen Laden arbeitete – auch wenn diese nur ein oder zwei Jahre gedauert haben konnte, was natürlich ihr Glück gewesen war, auch was die weitere Karriere in der Polizei betraf. Als Timm vor sieben Jahren zum LKA gewechselt war, war es mit ihrem eigenen Abteilungsleiter, Köppe, nicht einfach gewesen. Vor dem Crack gab es kaum Frauen im LKA, noch weniger als bei den Dienststellen, und Köppe war ein besonders fieses Schwein, eigentlich zu allen, aber zu Frauen und Neulingen besonders. Ein weiblicher Neuling war für ihn ein Fest. Für Timm waren das die härtesten Monate ihres Lebens, und mehr als einmal war sie ganz kurz davor, den Schritt rückgängig zu machen und zurückzukehren in die Dienststelle. Dort war sie als Leiterin der dickste Fisch in ihrem kleinen Teich gewesen, aber hier im LKA war sie eher im Mittelfeld einer steilen Hierarchie, und Typen wie Köppe waren da, wo ihre fatale Kombination aus mangelndem Selbstwertgefühl und Machthunger sie hingeführt hatte. Die Königin hat Timm damals gerettet, da ist sie sich sicher, obwohl das zwischen ihnen niemals ausgesprochen wurde. Als Leiterin einer anderen

Abteilung gab es nur sehr selten Anlässe für Gespräche zwischen ihnen – hätte es eigentlich selten Anlässe gegeben. Aber die Königin fand immer wieder einmal einen Grund, warum sie Timm zu Besprechungen in ihrer Abteilung einlud, ein paar Mal setzte sie sich auch in der Kantine zu Timm, die grundsätzlich allein zum Essen ging, um keine Zeit zu verlieren. Es war bekannt, dass die Königin und Köppe für diametrale Führungsstile standen, wobei die Königin selbst sich strikt verbeten hätte, den ihren weiblich zu nennen. Sie war eine harte Verhandlerin und kannte alle Kniffe, sonst kommt man wohl auch kaum dahin, wo sie war. Aber sie hielt sich streng, manche fanden, übergenau, an die Geschäftsordnung der Verwaltungsstruktur. Timm hat nie herausgefunden, was es war, aber mit irgendwas muss sie Köppe am Haken gehabt haben. Jedenfalls hörte es von einem Tag auf den anderen auf.

Die Königin war auch die Einzige, die völlig unbeschadet aus dem Crack herauskam. Kein Wunder. Sie war nicht nur aus taktischen oder strategischen Gründen korrekt. Sie war nicht nur klug, sie war mehr: Sie war integer. Und dieses Wort war nach dem, was der Crack über fast jeden an Fehlbarkeit zu Tage gefördert hatte, das höchste, was man über einen Menschen sagen konnte. (Und dazu zählte auch, dass sie Timm gegenüber das mal relativierte: Sie habe durchaus genauso böse Mails und Kommentare im Geist geschrieben wie alle anderem auch, sie aber nie in irgendeine Maschine getippt und wenn doch einmal, sie nicht abgeschickt, sondern drüber geschlafen und am nächsten Morgen gelöscht. Nicht weil sie ein besserer Mensch sei als die anderen, sondern weil sie eben gewusst habe, dass Verhältnisse auf unvorstellbare Weise kippen können und du nie wissen kannst, wer was über dich weiß und wer das wann wie bewerten wird.)

Sommerklug muss sich am Tresen seinen Schlüssel holen, Timm kann gleich die Treppe hochlaufen, ihren Schlüssel verwahrt die Sekretärin („Verwaltungfachkraft") und wenn sie im Sommer kommt, ist bereits gut gelüftet, im Winter geheizt. Zum Geburtstag schenken sie sich gegenseitig immer ein Blümchen. Als Köppe sie gleich in der zweiten Woche zusammengefaltet hatte, weil irgendein Scheißdokument nicht genau so war wie er sich das dachte, und sie völlig fertig in ihrem Zimmer saß, kam Frau B. herein, brachte eine Karaffe Wasser und sagte, wie gar nicht zu ihr. „Sie schaffen das." Und ging wieder hinaus. Frau B. hat sie mit dem Mistkerl nicht allein gelassen. Seit sieben Jahren (und zwei Wochen). Diese Treppen, dieser Flur, diese Türen. 20er Jahre-Funktionsbau der damaligen Zeit, Karstadt-Verwaltung. Manchmal hat Timm Termine im Innenministerium, das ist wenigstens richtig neu mit bodentiefen Fenstern und frisch verlegtem Teppichboden, der die Schritte schluckt als liefe man in einer Vorstandsetage. Oder im Auswärtigen Amt (selten), wenn die Polen da sind, da fährt ein Paternoster und die Gänge sind holzgetäfelt und leicht gebogen, das hat was. Aber dieses Gebäude vereint das Schlechteste aus beiden Welten, die Funktionsästhetik des sich neu Gebenden, das aber eben schon seit 100 Jahren nicht mehr neu und entsprechend runtergerockt ist, inklusive Elektrik. Timm geht rasch an den Türen ihres Teams vorbei, registriert kurz, wer schon da ist, bleibt aber nicht „hängen", ist ihr gerade nicht danach. Heute ist sowieso „Runde", da sieht sie alle. Kurz bei Frau B. reinnicken. Auf ihrem Besprechungstisch liegen die Akten, die heute Morgen in der Hauspost waren. Tippt den Rechner und die Bildschirme an. So sehr es sie in den ersten Jahren definitiv gerettet hat - sowohl in Ihrer Dienststelle, als Hannah klein war, als auch hier, wo die Arbeit nie ein Ende hatte – dass sie den Rechner mit nach Hause nehmen und abends so lange arbeiten konnte, bis eben alles fertig war ... das war heilsam am Crack, dass zu Hause seitdem wieder zu Hause war. Der Rechner blieb hier, es gab keine sicheren VPN-Tunnel mehr, sicher war nur noch das Intranet. Die E-Akten-Reformen hatte man gleich mit beerdigt, oder zumindest auf Eis gelegt, erstens, weil es nach dem Crack auch polizeilich andere Sorgen (und Möglichkeiten!) gab, und zweitens, weil sich damit alle Hoffnungen, länderübergreifende Akteneinsicht zu erleichtern, hinfällig geworden war. Und nur für die etwas erleichterte Aktenführung innerhalb einer Behörde machte der Aufwand solch einer Umstellung wenig Sinn. Also wieder grüne und rosa (für EILT!) Vorgangsmappen, sie war mal mit Hannah im Museum und hat beinahe erschrocken festgestellt, dass die schon vor hundert Jahren genauso ausgesehen haben: Eine A3-Pappe, zu zwei A4 geknickt, oben rechts Felder für das Stellenzeichen, Name, Zimmer, Durchwahl, und die ganze Front eine Matrix aus 6x21 Rechtecken, in die einzutragen ist, wohin die Mappe gehen soll, die „Hühnerleiter", vom Sachbearbeiter zum Gruppenleiter, zum Abteilungsleiter, zum Stv. Prä, zum Prä. Kürzel, durchgestrichen bei Erhalt, wieder hingeschrieben in die nächsten freien Felder bei der nächsten Verwendung, ein Sinnbild der Mechanik, in der keine Namen auftauchen, nur Funktionskürzel. Timm ist II B 4. Willkommen zurück im 19. Jahrhundert. Als sei die digitale Welt nur ein Traum gewesen.

Die Anzeichen hatten sich verdichtet. Immer mehr Datenlecks, offenbar kam die Panzerung nicht mehr mit den Angriffswaffen mit. Quantencomputer hackten in Sekunden jeden Code. Irgendwann geben die Festungsbauer eben auf. Viele, die nicht verstanden haben, in welchem Maße sie auf alle Ewigkeit – zumindest, solange es Computer gibt – ihr Leben der letzten 30 Jahre für alle lesbar auf den Marktplatz zur Schau gestellt hatten, zerstörten ihre Festplatten. Die Selbstmordrate stieg um 12, die Scheidungsrate um 25 Prozent. Ermittlung von Straftaten durch die neuen Möglichkeiten wurde per Generalamnesie politisch unterbunden, außer bei Kapitalverbrechen und organisierter Kriminalität. Ging gar nicht anders, wir hätten das siebenfache allein an Staatsanwälten gebraucht, für Betrugsdelikte, vom Straftatbestand der Beleidigung und der Volksverhetzung mal ganz zu schweigen. Die große Buße. Manch einer rief an: „Bevor du es auf anderem Wege erfährst ...", manches konnte man so retten, anderes nicht. Aber auch dies: Man lernte, einander vieles verzeihen zu müssen. Nahm bizarre Züge an, öffentliche Massenbekenntnisse, aus denen die Menschen herausgingen in gereinigter Ekstase. Sekten, deren Geschäftsmodell in den Jahren der Nüchternheit arg gelitten hatte, boomten wieder. Auch klassische Religion. Die Katholiken rieben sich die Hände: Der gute alte Beichtstuhl war belagert wie zuvor die Tür eines angesagten Clubs. Kann nicht gehackt werden. Kompensierte, was für ein Sumpf aus Frauenfeindlichkeit, ganz bewusster Deckung bis Rechtfertigung von schwerstem Kindesmissbrauch und Mafiaverstrickung durch den Crack nicht mehr zu vertuschen war. Aber das war fast unschädlich, weil es niemanden so wirklich überraschte.

Während der Rechner hochfährt, schaut Timm die Mappen des Tages durch. Kooperationsvereinbarung zum Präventionstag, das kommt von Steffen, da muss sie gleich in Ruhe am Stehpult die Kommasetzung und Rechtschreibung korrigieren, das lernt der nicht mehr. Das man auch für so was die Polizei braucht ...

Und dann ist die Mappe aus dem Innenministerium zurück, die zur Ausschreibung des „Sichere Räume"-Projekts.

Noch während Timm durch die Mails von gestern Abend und heute früh scrollt, denkt sie eigentlich nur daran, wie sie das

Peggy verklickern soll. Das Projekt ist mindestens ebenso Peggys Baby wie ihrs. Und während Timm genug innere Puffer hat, und auch genug andere Projekte, um solch einen Rückschlag wegzustecken, kommt das für Peggy ungleich härter. Und für niemanden tut es Timm, ganz abgesehen von dem tollen Projekt, so leid wie für Peggy. Sie hatte großen Anteil daran, dass der Laden nach dem Crack nicht auseinanderflog.

An dem Tag hatten sich fast alle krankgemeldet, auch Köppe, am Tag nachdem die Bundeskanzlerin kurz nach der Tagesschau in einer Rede an die Nation erklärt hatte, wie es stand und dass die technischen Mittel ausgeschöpft seien und man mit dem Crack von nun an leben müsse „wie mit dem Bewusstsein unserer Sterblichkeit". Alles, was man je im Netz geschrieben hatte, jede Seite, die man je aufgerufen hatte, war nun offen zugänglich für jedermann mit ein paar Klicks. Für viele war das zu viel, verständlich, gerade für Köppe, man konnte ja schon ahnen, dass es ihn besonders schlimm erwischen würde, aber das durfte keine Rolle spielen. Im Gegenteil. Die öffentliche Ordnung war in Gefahr, wenn man jetzt etwas nicht gebrauchen konnte, waren das Polizisten, die sich krankmelden. Es war ein Mittwoch. Timm ging durch die fast leeren Flure. Shima war nicht da, Lasse nicht, Orkan nicht. Auch kaum jemand von den anderen Teams. Nur Peggy. Und darauf hätte Timm wetten mögen. Klopfte. Trat ein. Blasser als sonst, Schlaf fehlte ihnen allen, seit Wochen. „Darf ich?" „Nee." Mit einem Grinsen. Peggy ist die Einzige, die Timm nachgeholt hat aus der alten Dienststelle, sobald hier was freigeworden war. Naserümpfen bei Köppe und vielen anderen. Zu ordinär. „Jenau, Freunde. 'n Straßenbulle außem Kiez." Fast wie eine Karikatur, bloß in echt. Und dann auch noch eine Frau. Nach dem Crack, als vor allem viele männliche Kollegen aus den verschiedensten Gründen nicht mehr im Dienst zu halten waren (grob gesagt: ein Drittel Rechtsextrem, ein Drittel privat gewalt-tätig, ein Drittel von den Clans gekauft) waren deutlich mehr Frauen nachgerückt, aber damals gab es in der ganzen Abteilung nur sie beide plus die Sekretärinnen. Peggy also. Peggy war da, immer. Timm setzte sich auf Orkans Platz. „Die Kerle heulen und wir ham die janzen Berichte auffem Tisch, wa?" Und dann haben sie beide den Plan ausbaldowert, wie sie den Laden zusammen-halten konnten in den nächsten Wochen.

Nun stand Timm wieder in ihrem Büro, noch war Peggy allein, Orkan kam wegen der Kids immer erst halb neun. Timm hatte sich entschieden, gleich mit der schlechten Nachricht loszule-gen, alles andere wäre zwischen ihnen auch unpassend. Hielt die Mappe hoch und machte das Gesicht dazu, dass Peggy gleich klarmachte, dass hier was gewaltig schieflief. Setzte sich wieder auf Orkans Stuhl, sie hatte das deja vu. „Sie lehnen es ab, Peggy." „Was?" „Den Träger. Das Projekt. Die ganze Idee." Sie reicht die Mappe rüber. Darin liegen ein paar Bögen Papier, Peggys Vermerk über das Projekt „Safe space", die Haushaltsmittel waren bewil-ligt, sie hatten den Träger für die Umsetzung an Bord, etliche Abschnitte hatten sich positiv geäußert, was echt selten war bei LKA-Maßnahmen, die fanden sie sonst immer grundsätzlich scheiße (keene Ahnung vonne Realität im Kiez ...) – alles war da, es fehlte nur noch die Zustimmung des Innenministeriums, Formsache, aber nötig bei Projekten dieser finanziellen – und eben auch: politischen - Dimension. Einer hatte was in rot dazu geschrieben und einer in grün. „Sicherheit nicht nur für Teile der Bevölkerung gewähren ..." und „avisierter Trägerverein hat er-wiesene Kontakte ins linksradikale Millieu ..." Peggy schmiss die Mappe auf den Tisch. „Arschlöcher!" „Kein Widerspruch." „Das können die doch nicht ..." Sie bricht ab. „Doch, eben. Können sie. Politische Entscheidung." „Ja und? Willste das jetzt einfach so schlucken? Wozu machen wir uns hier eigentlich 'nen Kopp wenn am Ende die Scheißfuzzis ..." „Peggy. Ich hab die Mappe genauso auf den Tisch geknallt, als ich es vor 5 Minuten gelesen habe, und ich habe das gleiche gezischt wir du. Das war vor 5 Minuten. Ich will nichts schlucken, ich überlege, was wir jetzt klugerweise tun sollten." „Scheiße, bist du gleich wieder vernünftig, ich bin aber noch nicht fertig mit Aufregen, ist doch klar, oder?" „Völlig klar. Alles andere fände ich auch komisch, ehrlich gesagt. Superprojekt, das beste, was wir seit Jahren am Start hatten. Endlich eines, dass nicht so tut, als wären die Opfer schuld, wenn ihnen was passiert. Du hast so viel Zeit und Energie reingesteckt." Das hatte Peggy. Sich die Finger wund telefoniert und Leute bequatscht, bis sie den Grundstock für ein Unterstützernetzwerk beisammen hatte, teils sogar Lokalprominenz, die bereit war, im Tandem mit jemandem von der Prävention aus den Abschnitten in Schulklassen zu gehen, sogar einen Basketballer von Alba und den Stürmer von Union hatte sie dabei, sie wären in die Schulklassen gegangen, in jede gottverdammte zehnte Klasse von Berlin, und hätten den Jungs zwei Sachen verklickert, ganz simpel eigentlich und so dass auch der letzte Depp sie verstehen müsste: Dass die ganze Palette von Bedrohen, Antatschen, Verfolgen schlicht und einfach eine Straftat ist, auch bestimmte verbale Formen des Übergriffs bereits und übrigens auch alles, was in dem Sektor auf unterlassene Hilfeleistung hinausläuft (wichtige Zielgruppe: Die Mitläufer, die durch ihre Bewunderung das Hauptarschloch anfeuern) und zweitens (dafür der Lokalpromi), dass ganz abgesehen vom Strafrecht respektloses Verhalten gegenüber Frauen was für Arschlöcher ist, die kein Selbstwertgefühl haben. In Kurzform. Alles organisiert über den Verein „miteinander", in dem Frauen und Männer sich für „Geschlechterfrieden" einsetzen. Mit Lehrerinnen abgestimmt, auch mit Kollegen in der Bildungsverwaltung. Alles perfekt. Aber Timm hatte schon ein komisches Gefühl, als sie die Mappe hochgaben. Die politische Stimmung begann sich zu drehen. Der Crack hatte dem Feminismus einen Schub gegeben – zu offensichtlich war geworden, dass die Verrohung im Netz bis hin zu strafrechtsrelevantem Verhalten zu weit über 90 % ein männliches Phänomen war. Wer sich in der Politik halten wollte, kam nicht zumindest um Lippenbekenntnisse umhin, ab jetzt Frauen und Mädchen besser zu schützen. Daher auch das Geld für Peggys Projekt: Im Landeshaushalt gab es jetzt 200.000 Euro per annum für „Prävention an Schulen". Aber seit dem Crack war mehr als ein Jahr vergangen. Wie immer bei Ereignissen „nach denen nichts mehr so sein würde wie vorher" pendelte sich die Zeit verblüffend schnell wieder in ihre Gewohnheiten ein, vor allem da, wo es um die alten Privilegien ging. Und damit war klar, wo auch weiterhin das Problem bei der Prävention von Gewalt gegen Frauen gesehen werden würde: Bei den Frauen. Und dass „Prävention an Schulen" weiter bedeuten würde: Den Mädchen erklären, wie sie sich verhalten müssen, damit ihnen nichts passiert. Peggy hatte versucht, die kurze Gunst des historischen Moments zu nutzen. Der Moment hatte sich als zu kurz erwiesen.

„Ich sehe ehrlich gesagt im Moment auch nicht viele Möglichkeiten, wie wir gegen diese Entscheidung vorgehen können, aber ich gehe gleich zur Königin, O.K.? Ich muss das mal mit ihr besprechen. Wir sehen uns gleich in der Runde."

Erst nach 16 Uhr, wenn das Haus ruhiger wird, die ersten Feierabend machen, die Anrufe und Mails spärlicher werden und man davon ausgehen kann, dass keine Aufträge mehr von oben reinflattern, die noch „bis heute DS" (Dienstschluss) abzuarbeiten sind – dann also ist die Zeit für Gespräche wie dieses. Mit einer Drei-Minuten-Sache hätte Timm zwischendurch bei der Königin reinschneien können, auch wenn ihr outlook komplett blau geblockt war den ganzen Tag bis 16 Uhr. Aber das hier würde länger dauern. Zumal die Information von Sommerklug auch noch zu verifizieren war. Die Tür ist angelehnt, ein Code, den Timm von ihr übernommen hat. Dann darf man einfach rein, wenn es wichtig ist. (Tür auf: Alle dürfen rein, auch mit Kleinkram. Fellpflege. Tür zu: Nicht stören. Auf gar keinen Fall.) Mit Klopfen natürlich. Die Königin sitzt am Computer und tippt. Schaut kurz auf: Moment. Tippt den Satz fertig, Timm setzt sich schon mal an den Besprechungstisch. Das Zimmer der Königin ist schmucklos wie Timms: Eine obligatorische Zimmerpflanze, sonst nur professionelles: Magnettafel mit Zeitleisten und Übersichten, Regale mit Ordnern. Auf dem Tisch eine Karaffe mit Wasser für Gäste. Die Königin hackt auf die Sendentaste (sie schreibt mit zwei Fingern, genau wie Timm) und pustet sich eine Haarsträhne aus dem Gesicht (femininer als Timm, trägt Röcke, Blusen, Schmuck. Natürlich dezent). „Die machen mich wahnsinnig. Egal, ist weg." Sie kommt an den Tisch. „Wie geht es?" Sie hat die Mappe gesehen, die Timm auf den Tisch gelegt hat und kann sich denken, dass darin das Thema steckt. „Ganz gut, und dir? Man hört, manche sorgen sich, du könntest bald aufhören." „Könnte ich ja auch. Will ich aber nicht, macht doch Spaß hier." Mit einem fast mädchenhaften, verschmitzten Augenzwinkern. „Hab meine vierzig Dienstjahre voll im November, das stimmt, aber ich drehe noch zwei Runden."

Gut so. Also nur Gerüchte, dass sie schon geht. Gestreut von Leuten, die Interesse daran haben, sie als lame duck aussehen zu lassen, als nur noch halbe Führungskraft mit beschränkter Halbwertzeit. Damit niemand mehr zu ihr kommt wie Timm jetzt, mit einem Anliegen, bei dem der Dienstweg zugerammelt ist mit einem rot geschriebenen Nein. Timm reicht der Königin stumm die Mappe. Die Königin schlägt sie auf, sie kennt den Vermerk natürlich, liest die Notizen am Rand, die Farbhierarchie. Braun Abteilungsleiter, rot Staatssekretär, grün Minister. Sie legt den Finger auf den Satz in braun. „Hier hat das Problem angefangen." Timm versteht nicht. „Aber er hat doch geschrieben „Unterstütze das Projekt. Tut er sonst nie." Die Königin schaut ein gerunzeltes Lächeln. „Eben. Das ist ein Code. Sie haben das abgesprochen. Er ist fein raus, hat sich nicht getraut, sich fachlich dagegen zu stellen. Musste er auch nicht, weil der Staatssekretär ihm zugesichert hat, dass es nicht durch die Tür kommt." „Wort mit A. Er hat mir zugesichert, dass er es unterstützt." „Ja, und warum? Mensch, Timm, das war strategisch keine Meisterleistung, wenn ich das so offen sagen darf." „Scheiße. Damit ich es nicht über euch laufen lasse." Die Königin nickt bloß. „Und jetzt ist es verbrannt. Rote Tinte, Roma locuta." Timm weiß schon, was der nächste Satz ist, in der Logik und in der Kämpfernatur der Königin, und sie sagt ihn selbst: „O.K., und was jetzt?"

Als sie ihren Schlüssel beim Pförtner ins Körbchen geworfen hat und durch die Glasschleuse nach draußen tritt, fühlt sich die Sonne wie ein vorwurfsvoller Scheinwerfer an. Da strahle ich hier den ganzen Tag, wer weiß wie oft noch bis es wieder lange kalt und dunkel wird, und was machst du? Hockst den ganzen Tag in deiner Höhle. Die Hochhäuser, die Tram, das Pflaster sind aufgeladen. Darf ruhig ein bisschen weniger sein, wenn du mich fragst. Aber ja, hast Recht. Ich geh noch joggen, O.K.? Die Sonne murrt, notdürftig versöhnt. Vielleicht sollte ich nach Brandenburg gehen. Potsdam ist schön. Am liebsten zum BKA. Wenn die Königin weg ist, will ich hier auch nicht mehr sein. Sie haben was ausbaldowert. „Die Haushaltsmittel sind noch da, und wenn die nicht verausgabt werden, hat Köppe auch ein Problem, und jetzt ist September. Ihm läuft die Zeit davon" hat die Königin gesagt. Und mit Timm einen Vermerk entworfen, warum das Geld über Abteilung IV verausgabt werden muss, die Abteilung der Königin. Und wie man den Vermerk so ändern muss, dass er nicht mehr nach dem Projekt klingt und dennoch bei der Interessenbekundung dieses Projekt gewinnen kann. Timm zweifelt, ob sie damit durchkommen. Der Staatssekretär ist ein Arschloch, aber nicht blöd. Aber die Königin hat ihr gesagt: Eben. Man muss ihn überzeugen, dass er sich am Ende am meisten schadet, wenn gar nichts von uns kommt. Wie du sagst, er ist nicht blöd. Im Zweifel siegt auch bei dem nicht die Ideologie, sondern das Kalkül." Beim BKA wäre nichts besser, diesbezüglich, machen wir uns da nichts vor. Aber dennoch: An Tagen wie diesen steigt die Müdigkeit. Das Gefühl, vor einer Wand zu stehen. Irgendwas ändern zu wollen, und wenn es nur ist, die alten Arschlöcher gegen neue zu tauschen. Oder die Aussicht aus dem Büro. Die Wege. Dieses Pflaster ist durchgelatscht. Kein Baum, kein Strauch. Sie muss in die Bahn steigen und eine Station fahren, bevor das erste Grün in Sicht kommt. Der Monbijou-Park. Der August war feucht und die Nächte sind noch weit vom Frost entfernt, die Bäume haben noch nicht einmal einen Ansatz von grauen Schläfen, aber dennoch ist das nicht mehr das Grün des Mai, oder des Hochsommers. Es ist der 12. September. Noch vier Tage. Aber sie denkt nicht deswegen an ihren Vater. Jetzt gerade denkt sie an ihn wegen des Grüns, und dass sie ihn angerufen hätte, vielleicht nicht heute, aber an den nächsten Tagen, und ihm erzählt hätte, vom heutigen Tag sicher auch und von ihrer Enttäuschung und dem Weitermachen (das ihm gefallen hätte) und dass es ihr aufgefallen ist auf dem Weg von der Arbeit, dass die Bäume blasser werden und ihr Grün anders, und dass sie dann immer daran denke, wie er auf der Terrasse sitzend in ehrlichem, ehrfürchtigem Staunen sagte, was ihm in diesem Moment aufgefallen war: „Wie viele verschiedene Arten von grün es doch gibt!" Da war sie acht, oder zehn, und es war spät, jedenfalls für eine 8- oder 10-Jährige, aber sie durfte manchmal so spät noch mit ihm sitzen, und sie unterhielten sich dann. Sagten einander Dinge, auf die sie gekommen waren. So was wie mit dem Grün. Und fanden dann oft gemeinsam noch mehr heraus. Dass zum Beispiel nicht nur gleichzeitig ganz viel verschiedenes Grün da ist, sondern auch über das Jahr derselbe Baum ganz viel verschiedenes Grün hat. Und sie fanden neue Fragen: Ob es dann überhaupt derselbe Baum ist. Und ob es Grün überhaupt gibt. Und ob die Vögel auch sehen, dass es verschiedene Grüns sind, und wenn ja, macht es für sie einen Unterschied? Gibt es eine Farbe nur, wenn wir einen Namen für sie haben? Timms Vater trank dann (nicht nur dann, natürlich, aber das gehört zu dem Bild dazu) sein Bier aus einem dickbauchigen Glas und rauchte dazu, HB. Es war 1980 oder 1982, man rauchte nicht nur auf der Terrasse auch im Beisein von Kindern, sondern auch im Wohnzimmer und im Auto. Papa nicht, er nahm Rücksicht. Wenn es in den Urlaub ging, nach Österreich, und sie so früh am Morgen losfuhren, dass es für das Kind noch Nacht war und es ein paar Stunden der langen Fahrt verschlafen konnte, da rauchte Papa noch schnell zwei Zigaretten in der offenen Autotür, und das wird immer nach Kindheit riechen, das kalte Leder des Mercedes und der Schwall des letzten Zuges, mit dem Papa ins Auto stieg. Schon damals müssen zwei Stunden ohne ihn schwergefallen sein.

Ganz bestimmt hätte sie ihn letzte Woche angerufen, als die Meldung durch die Zeitungen ging, dass die Voyager wieder brauchbare Funksignale an die Erde sendete. Auch davon hatte sie zum ersten Mal auf der Terrasse gehört, sie sprachen dort oft auch vom All und den Sternen, und er hatte zu den blinkenden Lichtern gezeigt und gesagt, ob eines davon wohl die Voyager sei, und dass die Menschheit (das hatte Timm besonders beeindruckt, dass die Menschheit das gewesen war) vor ein paar Jahren ein unbemanntes Raumschiff losgeschickt habe, das jetzt gerade den Mars passiere, darauf seien Bilder von Menschen, unter anderem von Jane Goodall und ihren Schimpansen, das fand sie natürlich besonders toll, sie hatte gerade erst ein Buch über ihre Forschung gelesen, und Musik von Mozart (das sagte ihr nichts) und dass dieses Raumschiff nun immer weiter fliegen werde, man hoffe, länger als jeder Mensch lebt, bis an den Rand unseres Sonnensystems, und vielleicht darüber hinaus, damit Außerirdische es finden und von uns erfahren. Die Nachricht, dass die Menschheit (dieses Wort stand nicht in der Zeitung, aber Timm dachte es sich dazu) keine Signale mehr von Voyager empfange, hatte ihr weh getan, sie konnte nicht ausdrücken, warum. Die NASA hatte pensionierte Ingenieure zurückberufen, und die sollen den Bordcomputer aus 23 Milliarden Kilometer Entfernung repariert haben. Bestimmt hätte Papa Timm am Abend dieser Meldung angerufen. Und sie hätten an ihre Terrasse gedacht.

Friedrichstraße, umsteigen. Von der Hochbahn mehrere Etagen sich hinabstürzen, fallen durch das Erdgeschoss hindurch, in den Keller der Gleisschächte, aus dem die Bahn nach Norden am Gesundbrunnen wieder ans Tageslicht treten wird wie eine Quelle. Papa hat sie oft in Berlin besucht, das letzte Mal zu Hannahs Jugendweihe. Auf den Zug wollte er sich einfach nicht einlassen, er fuhr Auto, nichts anderes. Und das ging nicht mehr. Zu weit. Zu lange sitzen, auch wenn er schon lange keinen Jaguar mehr fuhr, sondern einen VW Tiguan mit altersgerechter Einstiegshöhe. In den 90ern waren sie am Potsdamer Platz, als er noch eine einzige Baugrube war, sowas gefiel ihm natürlich, die Ingenieurskunst, das Machen, der Aufbruch. Oft rechnet Timm, wann es war, dass ihr Vater so alt war wie sie. Als er 50 war und ein halbes, wurde das hier ein neues Land oder das eine alte Land verschluckte das andere und wurde, ohne es zu wollen, selber ein Neues, ohne es zu wollen und ohne es zu merken, zunächst. Und Papa sah, wie immer, die Chancen. Dependenzen in Erfurt und Leipzig, und in Wissen kaufte er das alte Direktorenhaus des Stahlwerks und baute es um, zum neuen, repräsentativen Firmensitz. Das Büro in der Kolpingstraße wurde eine Kunstgalerie. Als Kind hatte Timm nach und nach begriffen, wie besonders das alles war: Weniger, dass sie einen Mercedes fuhren als eine der ersten in dem Städtchen und dann, als das sich fast jeder leisten konnte, zuletzt sogar der Friseur Alfes, auf einen Jaguar umstiegen. Sondern eher, dass Papa jeden Mittag mit am Tisch saß, weil er nur eine Wendeltreppe hinaufgehen musste und damit die Welten wechselte, das große, in den Hang gebaute Haus, hatte zwei Büroetagen unten und zwei Wohnetagen oben, und die Wendeltreppe war die winzige Schleuse dazwischen. Durch die Papa Mittags nach oben stieg und sich von der Schule erzählen ließ („Was macht der Herr Kopernikus?") und was der Tag noch bringen würde (und das hieß bei Timm fast die ganze Kindheit und Jugend hindurch, welchen Sport), legte sich dann 30 Minuten zu einem Mittagsschlaf ins Wohnzimmer (und davon gab es nie auch nur einen einzigen Tag eine Ausnahme), aus dem Timm ihn dann wecken durfte, durch „ruckeln", ein ganz sachtes Massieren an den Schultern. Trank einen Kaffee, bei dem er ein Kreuzworträtsel löste, und ging wieder die Wendeltreppe nach unten, von wo er abends wieder auftauchte und es sich „bequem machte", was darin bestand, den Anzug gegen eine Jogginghose auszutauschen. Die Schleuse funktionierte aber auch in die andere Richtung: Timm durfte an Nachmittagen, wenn ihr langweilig war, in seinem Büro sitzen und Malen oder eine Geschichte schreiben (sie kann sich nicht erinnern, dort jemals Hausaufgaben gemacht zu haben), und einmal hat Papa ihr dort in seinem Büro geholfen, das Piratenschiff von Playmobil zusammen zu bauen. Sollte ihr Vater wegen geschäftlicher Prozesse jemals unter Druck gestanden haben (und es ist kaum vorstellbar, dass dies bei einem freiberuflichen Unternehmen dieser Größe mit zig Mitarbeitern nie der Fall gewesen war) – für Timm war das nie spürbar. Auch wenn man abzieht, dass das Leben insgesamt sicher an Tempo gewonnen hat in den letzten vierzig Jahren, ihr Papa war schon damals für seine Ruhe geradezu berüchtigt. „Wie kannst du nur so ruhig bleiben?", hat sie Freunde und Frauen ihm Vorwürfe machen hören. „Was kümmert's die Eiche, wenn die Sau sich dran scheuert" einer seiner Sprüche dazu.

Die S-Bahn steigt, gleitet aus dem Tunnel, gleißendes Licht. Der 16. September war das Datum, zu dem Timm unbedingt fertig sein wollte mit den Fotos, aber es wird knapp, das ist schon Samstag. Dann eben der Sonntag noch dazu. Heute will sie noch joggen, und dann trifft sie Fiona im Five Rivers. „Hättest du mal früher angefangen." Ja, Papa. Aber ich bin ja auch schon ganz weit. Fast alle Fotos sind auf der Rückseite kurz beschriftet und mit einer Nummer versehen, und zu jeder Nummer hat sie ein paar Sätze eingetippt und ausgedruckt. „Ca. 1975, Legoland" oder „Hochzeit, 1968, vorne Bruder Hermann und Schwägerin Brigitte" usw., aber es gibt auch viele Fotos, mindestens die Hälfte, die wortlos in einen Karton zurückgewandert ist, Partybilder aus drei Jahrzehnten, Studentenparty im Verbindungsheim, 60er Jahre, Party in der ersten Wohnung in Unkel, 70er Jahre, im Vergleich dazu steif wirkende Festlichkeit in der Kolpingstraße mit Abendkleidern und Krawatten in den 80ern. (Wobei es Timm als Jugendliche, als sie diese Fotos zum ersten Mal entdeckte, am allerunglaublichsten fand – abgesehen vom Degenspalier der Verbindungsbrüder, durch das ihre Eltern bei der Hochzeit aus der Kirche schritten – dass die Studenten bei ihren Partys offenbar Krawatten trugen. Sie dachte erst, dass müsse Karneval gewesen sein.) Bilder, auf denen Papa ausgelassen mit Menschen seines Alters ist (nie: tanzt, aber er lacht auf vielen Bildern), die Timm nicht kennt und die auch Papas Bruder nicht mehr identifizierten konnte. Auf den Bildern ist fast immer Urlaub oder Party. Kaum eines würde man heute als auch nur ansatzweise gelungen bezeichnen. Aber Timm kann sich erinnern (manchmal langweilt sie Hannah damit), dass FRÜHER ... wie das klingt, wenn Timm das sagt, sie hört es sich sagen und weiß, sie klingt wie eine alte Frau, FRÜHER ist so unbestimmt, dabei meinen alle damit fast immer einen ganz kurzen Ausschnitt, ein paar Jahre nur, zwischen 8 und 12, das bisschen erinnerte Kinderwelt ... FRÜHER also war es der Nachklapp zu jedem Urlaub, dass man die entwickelten Bilder aus der Drogerie abholte, voller Spannung, „ob sie etwas geworden waren" und das hieß: Ob man überhaupt etwas darauf sah. Hannah und ihre Freundinnen haben jetzt auch wieder Sofortbildkameras und machen BeReal-Fotos, aber das ist eben nicht das gleiche.

Von Hannah gibt es Terabytes von Fotos und Filmen, mehrfach auf externen Festplatten gesichert. Von Timm ein Album mit Fotoecken, vielleicht zwanzig, dreißig Aufnahmen, Kindergeburtstage, Schnee, ein Löwenbaby auf dem Arm in einem Urlaub, mit der Schultüte vor der Tür, so schlecht belichtet, dass man kaum etwas darauf erkennt. Von Papa gibt es genau zwei Aufnahmen als Kind und eine Handvoll aus der Jugend. Auf einem der beiden Fotos posieren er und vier seiner Geschwister, er ist vielleicht 10 oder 11. Kein Sonntagsfoto, sie sind nicht herausgeputzt, es sieht eher nach einem unterbrochenen Spiel aus, und das andere, fast ein Schnappschuss, Papa im gleichen Alter in einem Leiterwagen sitzend, man sieht nur ihn und den Arm des älteren Bruders, der ihn zieht, es scheint ein Spaß zu sein, Papa lacht.

Was bleibt? Ein Karton voll Fotos. Briefe und Postkarten aus drei Jahrzehnten, in denen nicht viel steht von dem, das ihn ausgemacht hat. Ein Raum voller Akten mit Prüfunterlagen und Bilanzen, die komplett entsorgt werden konnten. Hannahs und Timms Briefe an ihn, die er alle gesammelt hat, von der ersten Kopffüßerkritzelei an. Prozessakten zu den Scheidungen. Ein Schnellhefter mit Zeitungsausschnitten zu seiner kurzen Zeit als erster Beigeordneter des Städtchens – zu seiner Wahl und zu seinem Rücktritt, aber nichts dazu, was er gemacht hat. Ein Marmorblock, den er bearbeitet hat, in einer noch kürzeren Hobbyphase nach einer der Scheidungen. Sicher gibt es irgendwo, in irgendwelchen Schränken anderer Haushalte, noch Briefe von ihm, aber viele werden es nicht gewesen sein, und auch in ihnen wird nicht viel gestanden haben. Eine E-Mail hat er in seinem ganzen Leben nicht geschrieben, erst recht keine SMS oder Whattsapp. Wenn man seinen Namen googelt, taucht das Büro auf, und seine Mitgliedschaft im VfB Wissen, sonst nichts, absolut nichts. Und auch die neuen Tiefensuchgeräte tauchen ins Leere: Da ist einfach keine Spur. Was von ihm bleibt, ist sein Büro, das Haus – und ich.

Wollankstraße, aussteigen. „Schade, dass Ihr keinen Balkon habt." Ja Papa, dann bau halt einen dran. Nein, es gab keinen Balkon hier, und keine Terrasse, und seit Hannah da war auch sowieso keine Zeit, dort zu sitzen und in die Sterne zu schauen, und wenn Timm mit Hannah nach Wissen fuhr, einmal im Jahr, war da zwar noch die Terrasse, aber Timm blieb meistens mit

Hannah oben in ihrem alten Kinderzimmer und schlief mit ihr ein. Aber von einzelnen Bemerkungen abgesehen hat ihr Vater ihr Leben mit Gleichmut begleitet, den man leicht – von außen – mit Desinteresse hätte verwechseln können. Aber das war es nicht. Auch wenn sie nicht mehr lange auf der Terrasse saßen und auch wenn die Telefonate selten länger als ein paar Minuten dauerten, Papa fragte immer nach, was ihre Arbeit machte und wie es voranging mit der Bewerbung um die Abschnittsleitung, wie es Hannah in der neuen Kita gefiel und ob sie schon beim Fußballtraining war diese Woche. Nie fragte er, ob Hannah denn mittlerweile jemanden kennengelernt hätte, es war nicht etwa so, dass er das Thema mied, und schon gar nicht, dass er sich nicht sorgte. Er fragte eher, na, hast du diese Woche auch schon etwas Schönes für dich gemacht?, weil er sah, wie es an ihr riss, alleinerziehend zu sein und trotzdem auch beruflich sogar noch fortkommen zu wollen, und das stellte er nie in Frage, schon gar nicht mit irgendwelchen blöden Sprüchen Richtung Hausfrau und Mutter. Dass Timm ein Mädchen war, daran hatte ihr Vater sie nie, nie, nie zweifeln lassen, war für ihn völlig unerheblich, und sollte gefälligst dem Rest der Welt auch egal sein. Und das gleiche galt für die Frage, wie sie es denn nun mit den Männern hielt und ob überhaupt. Für Papa mussten das zwei verwirrende Signale sein: Dass sie nie einen Partner zum Vorstellen hatte, aber irgendwann ein Kind. Dass sie zwar oft von ihrer Freundin Fiona sprach, die aber Mann und drei Kinder hatte. Er kam aus einer Zeit und einem Milieu – 40er und 50er Jahre, Bäcker, Westerwald, streng katholisch – in dem fast alles unaussprechlich war, was mit Sexualität zusammenhing, sogar das „Normale", geschweige denn das „Unnormale". Es gab zwar eine Schwester, die unverheiratet blieb und Jahr für Jahr ihre „gute Freundin" zu Weihnachten in das große alte Haus mit der

Backstube mitbrachte, in der sie alle acht aufgewachsen waren vor, im und nach dem Krieg, aber hier galt: Don't ask, don't tell. Und er selber, als das einzige der 8 Kinder, das so begabt war, dass sie das beträchtliche Schulgeld bezahlten, um ihn auf das Gymnasium zu schicken, sollte natürlich nach dem Willen der Mutter das höchste werden, was es in der Vorstellungswelt der kleinstädtischen Handwerker gab: Priester. Er war dann auch tatsächlich ein Jahr in Bonn im Priesterseminar, bis er sich zur wahrscheinlich schwersten Entscheidung seines Lebens durchrang, bis dahin mit Sicherheit der Schwersten, vielleicht blieb sie es auch: Der Mutter, die ihn ihr Leben lang fest in der Hand hatte, zu sagen, dass er Ingenieur werden wollte und heiraten. Es blieb ihm aus dieser Zeit der Sinn für die Sterne und die großen Fragen und ein tief sitzender Groll gegen die Kirche, die er zu genau von innen gesehen hatte. Was Sexualität betraf – nun, er hatte sich befreit. Das mochte ihn offen machen und zu einem „Ally" all derer, die das auch taten, wovon auch immer. Aber es blieben eben auch die Zeit und das Milieu an ihm haften, und dass er in Aachen jahrelang mit seinem schwulen Cousin ein Zimmer geteilt hatte, ohne „es" zu wissen, schien ihn noch kurz vor seinem Tod zu beschäftigen.

Natürlich stand mit Hannahs Geburt die Frage nicht nur im Raum, sondern wurde von ihm auch gestellt: Ob man den Vater denn mal kennen lernen könne. Und Timm hat ihm gegenüber das gleiche erklärt wie Hannah, als sie begann zu fragen: Nein, leider nicht. Sie wisse nur, dass er John geheißen habe. Jedenfalls habe er das behauptet. Und er habe toll tanzen können und sei sehr nett gewesen. Und gut gebaut. Und übrigens nein: Es war kein Unfall. Sie wollte ein Kind, sie hätte auch nicht grundsätzlich etwas gegen einen Mann dazu gehabt, es sei aber in all den Jahren schlicht nie ein passender dabei gewesen. Das war am

Telefon, und Papa hat dazu nicht viel gesagt, nur etwas wie: Ist in Ordnung so. Es schien ihn auch nie weiter zu beschäftigen, in welche Kategorie Timm diesbezüglich zu verorten war. Erstaunlich, wenn man bedenkt, dass der Crack offen zu Tage brachte, was Timm vermutet hatte, aber nicht in diesem Ausmaß: Dass Ihre Arbeitskollegen, egal auf welcher Station, sich über sie den Kopf zerbrachen und wildeste Vermutungen anstellten, ihre sexuelle Orientierung, ihr Lebenswandel, etc waren DAS Thema in kollegialen Chatgruppen. Nur für ihren Vater schien klar zu sein, dass es eben schier unendlich viele verschiedene Arten von Grün gibt.

Timm trabt die Treppe hoch, nur schnell in die Laufsachen, ein Schluck Wasser, und weiter. Ein Blick auf den Akku – reicht. Hannah rennt mit Stoppuhr, seit Ihrem 17. Geburtstag hat sie eine mit Zeigern, wie es sie in den 50ern gab. Völlig unpraktisch, man kann kaum vernünftig beim Rennen die Zeit ablesen, geschweige denn Zwischenzeiten nehmen; wenn es nur darum gehen würde, dass Apple nicht weiß, wo ich am 16. September 2024 nachmittags langgelaufen bin, täte es auch eine digitale analoge Stoppuhr. Timm kann sich erinnern, dass es in ihrer Schule noch beides gegeben hat, um den mächtigen Hals des alten Böhmer hingen seine Trillerpfeife und die bunte Kordel mit dem großen Ziffernblatt, auf dem ein schwarzer, ein roter und ein grüner Zeiger Minuten, Sekunden und Zehntel maßen. Unvergesslich sein Blick, als ihn ein übermütiger Neuntklässler fragte, ob er die Uhr mal in die Hand nehmen dürfe. Und es gab die jungen Kollegen mit den digitalen Stoppuhren in Plastikgehäusen, an denen man auch mal herumdrücken durfte. Hundertstelgenau. Was den alten Böhmer nur schnauben ließ: Der Ungeübte könne ja nicht mal zehntelgenau mit der Hand stoppen. Typischer Fall von Fortschritt ohne Fortschritt. Verbraucht bloß

Batterien. Verrückt, dass Timm genau diese Argumente fünfunddreißig Jahre später aus dem Mund ihrer Tochter hörte. Und damals wie heute nichts entgegenzusetzen hatte außer das Gefühl, dass sich für ihr Leben und ihre Zeit, die aus Strichen zusammengesetzten Ziffern richtig anfühlten, zeitgemäß, aber das Gefühl hatte wenig Tröstliches, es verstärkte noch ihr Generationsgefühl, auf einer Insel zu leben, oder in einem Reservat. In der großen, weiten Welt der Vergangenheit und der Zukunft würden Uhren immer und ewig Zeiger haben. Ihre Generation war ein Irrtum. Und wie alle Generationen vor ihr reagierte sie mit Trotz. Soll doch jeder wissen, wo ich jogge und wie schnell. Habt euch nicht so.

Bis zum Parkeingang ist Antraben. Dann erst stellt sie die App ein, die den Countdown zählt bis „Activity started". Noch gibt es das, so wie es bis in die 2000er Jahre hinein Telefonbücher gab, für die Alten. Sie nimmt sich die 6K-Runde vor, die kurze Runde übers Schönholz. Unter 5 Minuten jeden Kilometer ist das Ziel.

Timm war kein sportliches Kind gewesen, die Bundesjugendspiele in den ersten Jahren der Schulzeit eine Enttäuschung: Keine Urkunde. Zu kurze Beine für Sprint und Weitsprung, keine Technik beim Schlagball. Bis zu jenem März, da ihr Vater zu ihr sagte, komm, wir fahren mal auf den Köttinger Sportplatz. Es war Nachmittag, eigentlich Bürozeit, er tauchte auf durch die Wendeltreppenschleuse und zog sich rasch um, hatte ein Klemmbrett unter dem Arm und einen Schlagball und eine Stoppuhr, eine mit Zeigern. Sie zog auch Sportzeug an, sie muss 8 gewesen sein oder 9, hatte schon vergessen, was am Abend zuvor gewesen war. Anscheinend hatte sie ihm von ihrem Kummer erzählt. Sie stiegen in den Mercedes und fuhren los, aus der Einfahrt in die schmale Kolpingstraße, die damals noch in beide Richtungen befahren werden durfte, und dann die Hachenburgerstraße hoch, aus dem Städtchen heraus zum Sportplatz, den es heute nicht mehr gibt, auf dem heute geschlagene Holzstämme lagern, der damals aber noch Tore hatte, Tore aus Holzbalken, damals, als wirklich noch, zumindest bei den Amateuren „das Leder ans Gebälk krachte", auch wenn es in den richtigen Stadien schon Plastik und Aluminium war.

Ihr Vater sagte wenig, als sie zum Sportplatz fuhren, jedenfalls ist ihr nichts sonderlich erinnerungswürdiges im Gedächtnis geblieben, es umwehte diesen Nachmittag auch sonst keine große Theatralik, auch wenn es wahrscheinlich wenige Momente in ihrem Leben gegeben hat, die so einschneidend waren wie dieser. Er maß mit seinen Schritten (die er dazu zügeln musste, ihr Vater war ein Riese) 50 Meter ab und zog mit der Hacke jeweils eine Start- und Ziellinie in den feuchten Boden. Dann ließ er sie laufen. Timm hat die Zeit vergessen, sie wird miserabel gewesen sein. Dann gab er ihr den ersten Tipp: Knie heben. Nichts weiter, nur das. Machte es vor, ließ es sie kurz nachmachen, nickte und sagte: Dann los. Dann zeigte er ihr die Zeiten, die er eingetragen hatte auf seinem Klemmbrett: Der zweite Lauf war schneller gewesen, ob viel oder wenig, weiß Timm nicht mehr, aber sie begriff sofort, was er ihr sagen wollte: Es geht. Du musst nur trainieren. Und dann geht es. Er machte das gleiche mit Weitsprung- und Wurfübungen, ließ sie zunächst drei Versuche machen ohne Anleitung, dann drei mit jeweils einem kleinen Tipp. Er zählte die Sprints, Sprünge, Würfe, schrieb sie auf. Sie fuhren nach Hause.

Timm weiß nicht mehr, ob sie es ihm gesagt hat, wie wichtig das für sie war, sicher aber ist, dass sie es nachgeholt hat, viel später, aber noch rechtzeitig.

Timm weiß auch nicht, wie oft sie in den nächsten Wochen und Monaten dort oben waren, einmal pro Woche? Diese Zeit liegt tief vergraben wie Fossilien in einer tiefen Erdschicht. Sie weiß nur, dass sie im Juni eine Siegerurkunde bei den Bundesjugendspielen gewann. Und dass ihr Vater und sie seitdem ein zweites Band hatten, neben den Gesprächen auf der Terrasse. Er stand später oft am Rande des Platzes, wenn sie Tennisturniere spielte. 1985 hatte Boris Becker Wimbledon gewonnen, 1988 Steffi Graf. Es gab nicht wenige überehrgeizige Väter, an den Zäunen der Tennisplätze spielten sich Familiendramen ab. Auch unser Trainer dachte, er trainiert das FedCup-Team. Aber wenn ihr Vater hinter dem Zaun stand, ging seine Ruhe auf Timm über.

Die App meldet sich, knapp hinter dem Teich: „Distance: 1 Kilometer. Pace: 4 Minutes 58 seconds per Kilometer." Wissen, ihr Heimatstädtchen, war auf mehreren Hügeln erbaut. Das Haus und der Tennisplatz lagen auf zwei verschiedenen, man musste ganz hinunter an die Sieg und wieder ein Stück hinauf zum Platz, und zurück war es wie eine Bergetappe der Tour, 2 km mit Anstiegen von teils 13 %. Es gab ein paar Sommer, 85, 86, 87, da fuhr sie diese Hügel fast jeden Tag. Im Tennis wurde sie trotzdem nie richtig gut, aber dafür in etwas anderem. Es waren wieder die Bundesjugendspiele, für alle Schüler ab Jahrgang 9 gab es einen freiwilligen abschließenden 800m-Lauf für die Mädchen und einen 1000-m-Lauf für die Jungs. Timm weiß nicht einmal mehr, wie sie dazu kam, jedenfalls lief sie mit. Blieb bis zur Zielgerade hinter der Schulmeisterin aus der 10. Und trat an, ließ sie fast stehen, Timm wird dieses Gefühl wahrscheinlich noch als eines der letzten erinnern, wenn sie stirbt: Diese Kraft. Dieser Rausch von Kraft in diesem Moment. Und das Gesicht ihres Vaters, als sie es nachmittags erzählte. Und erst da erfuhr, dass er Rheinlandmeister in der 3x1000m-Staffel gewesen war, mit seinen beiden Brüdern.

Wenn sie eine gute Zeit läuft, sagt sie es ihm. Immer noch. Auch wenn er nicht mehr da ist. Das ist manchmal immer noch unfassbar. Er steht nicht mehr an ihrem Zaun. Auch wenn sie sich das manchmal vorgestellt hat, wie ein Mantra, in schwierigen Situationen ihres Lebens, einfach nur, dass sie Tennis spielt und er am Zaun steht. Auf ihrer Höhe, er ruft nichts hinein, es ist nur Blickkontakt, er steht dort, er raucht. Er gibt ihr all seine Ruhe, seine Zuversicht, seinen unerschütterlichen Glaube: Du schaffst das. Streng sich an, übe, dann schaffst Du das.

Niemand mehr, der ihr zuschaut. Wenn man jung ist, nicht nur so jung wie Hannah, auch viel später noch, merkt man gar nicht, wie wichtig die Eltern dafür sind: Dass jemand deinem Leben zuschaut. Ohne die Eltern stehen wir auf einer Bühne vor einem grauenhaft leeren Zuschauerraum. Vielleicht ist es nicht gut, aber es ist so: „Papa, guck mal, was ich kann!" war, uneingestanden, ihr wesentliches Movens. Oder zumindest eines.

Am Ende sind es 30:06. Knapp drüber, Mist. Hat sie in den mittleren Kilometern verbummelt, die sechs Sekunden, typisch. Die Mitte ist am gefährlichsten, hat Papa gesagt, man ist schon etwas müde, und das Ende scheint noch weit. Aber jede Sekunde, die du da verlierst, holst du nicht mehr rein. Okay, dehnen, fast so wichtig wie laufen. Beim ersten Versuch kommt sie kaum mit den Fingerspitzen auf den Boden, aber nachdem sie es drei Mal gehalten hat, jedes Mal einen Tick länger, sind alle fünf Finger „on the ground". Auch wenn es weh tut. Dann die Beweglichkeit in den Hüften, im Rumpf drehen, Knie hoch. „Du bist aber noch gut beieinander", hat ihr Vater gesagt, als sie am See waren vor zehn Jahren oder so, sie plantschte mit Hannah, er blieb natürlich am Ufer und sah ihnen zu. Da war er es schon nicht mehr. Dieser Mann wie ein Baum hat mit Anfang 50 aufgehört, sich zu bewegen. Beim Tennis tat die Hüfte weh. Ein paar Jahre Golf, zuletzt auch das aber nur noch im Wagen von Loch zu Loch gekutscht. Und der Fernsehsessel, acht Stunden Sport am Tag, aber regungslos. Und die Zigaretten, je näher das Ende kam, desto mehr. Er wollte ein Ende machen. Er war nicht mehr gut beieinander, schon lange nicht mehr. Hat es in der Mitte verbummelt, und er wusste das auch. Wenn Timm keine Lust auf Laufen hat und schon gar nicht auf die Dehnübungen, die wehtun, dann ruft sie sich sein Bild vor Augen aus den letzten Jahren, wie er im Fernsehsessel sitzt und nicht mal den Kopf zu ihr wenden kann, wie er mit dem Rollator die paar Meter zum Küchentisch schlurft, weil seine Beine dünn wie Streichhölzer wirken, diese Beine, die die 1000 Meter mal unter drei Minuten gerannt sind. Unfassbar.

Timm geht die paar hundert Schritt vom Parkausgang zu ihrem Haus. Vielleicht sind das die besten Minuten des Tages, jedenfalls physiologisch: Das Dopamin flutet ihren Körper, der Schweiß trocknet, die Sonne kuschelt sich orangegelb in die Wipfel. (Es gibt auch ganz viele verschiedene Arten von gelb). Ein prächtiges Gefühl von Mitte: Hinter ihr liegt bereits ein voller Tag mit Kraft, Ausdauer und Beweglichkeit und beruflicher Wirkung, vor ihr noch ein ganzer herrlicher Abend mit Fiona. Die Bilder mache ich morgen fertig, Papa, versprochen. In vier Tagen ist es genau ein Jahr her.

Es gibt zwei Enden. Das eine ist jener Tag, der 16. September, es war so warm wie heute, sommerlich. Sie ist morgens um fünf in den ersten Zug gestiegen und hat es gerade noch geschafft. Kaum war sie an seinem Bett, sagte die Ärztin, dass sie jetzt den Sauerstoff abschalten und mit Morphium den Übergang erleichtern werden. Es war Zeit. Sie hat seinen Kopf gestreichelt, bis es vorbei war, vielleicht eine Stunde lang. Sein Herz war stark bis zum Schluss, das Läuferherz. Ihre Hand in seinem Haar. Ihre früheste Erinnerung an ihn, hoch oben, der Riese trägt sie, sie hat Angst, aber nur ein bisschen, so hoch ist es, aber er hat ihre

Beinchen in der Hand und sie ihre Finger in seinen krausen Haaren.

Hat er sie wahrgenommen? Gespürt, dass sie ihn gestreichelt hat bis zuletzt? Ihre Hand drücken, etwas sagen, konnte er nicht mehr. Sein Atem kam seltener. Seine Haut war kalt und feucht. Sein Gesicht entspannte sich nicht. Timm hatte das gehofft. Dass zumindest seinem Gesicht abzulesen wäre, dass es nun für ihn leichter würde. Der jahrelange Kampf um den Atem. Aber bis zuletzt blieb diese Anstrengung auf seinem Gesicht. Es dauerte Monate, bis diese Stunde aufhörte, das erste und beinahe einzige zu sein, das Timm beim Gedanken an ihren Vater vor sich sah. Erst mit dem Frühling danach, um seinen Geburtstag herum, wurde das andere Ende das vorherrschende Bild in ihr. Der andere Abschied, einige Wochen zuvor. Ihre Woche zu zweit in dem Haus, das in den Hügel gebaut war. Seine letzte Frau brauchte eine Erholung, fuhr eine Woche ans Meer. Timm kochte, auch wenn Papa kaum noch aß, und trotzdem alles brav lobte. Er war anspruchslos. Es war einfach. Sie richtete ihm das Inhalationsgerät ein drei Mal am Tag, wischte hie und da um ihn herum, mehr brauchte es nicht. Er kam im Bad allein zurecht, das ersparte so manches. Einmal fuhr Timm ihn mit dem Auto umher, er hatte sich das selbst gewünscht. An ihrem Arm wankte er die Treppenstufen hinunter zum Parkplatz. Sie hob ihn fast in den Sitz. Unfassbar bis zuletzt blieb das für sie, wie klein und leicht ihr Papa wurde. Er sagte, wohin sie fahren sollte, hatte offenbar eine recht genaue Vorstellung, was er noch mal sehen wollte. Es waren die Wege seiner Kindheit, die Hügel in die umliegenden Kleinstsiedlungen und Gehöfte, in die er die Brötchen ausfuhr mit dem Fahrrad, frühmorgens noch vor der Schule. Der Quadenhof, der Großbauer, von dem seine Mutter stammte, und Durwittgen, das viel kleinere Gehöft, woher sein Vater war. Er sagte nicht viel auf dieser Fahrt. Timm ließ ihn. Sie wussten beide, es war das letzte Mal, dass er die Orte seiner Kindheit sah. Die meiste Zeit saßen sie auf der Terrasse. Mal sprachen sie ein paar Sätze, dann nickte Papa ein, ein paar Minuten, dann wachte er wieder auf, sie holte noch einen Kaffee für sie beide und neue Zigaretten für ihn. Er rauchte immer, jede wache Minute. Es gab keinen Grund mehr, irgendetwas aufzuhalten. Timm saß meist auf der breiten Sitzschaukel, die hatte es noch nicht gegeben, als sie ein Kind war. Man konnte die Füße auf den Boden stellen und sacht vor und zurück schwenken, eine langsame, meditative Bewegung. Papas Platz war derselbe wie damals, mit dem Rücken zur Hauswand, auf dem ersten Stuhl links, wenn man aus der Küche auf die Terrasse trat. Er war klar. Die wenigen Sätze, für die er Luft hatte, doppelten sich nie. Aber ein paar Sätze genügten ihnen auch für alle ihre Themen. Egal ob es um den Nachlass ging, den er geregelt hatte, oder um seine Zeit als Beigeordnete der Stadt und seine Erfahrungen in der Kommunalpolitik, um den Garten und den Klimawandel oder um Borussia Dortmund. Timm drängte nichts auf, sie saß in dieser Woche nur immer bei ihm. Gab ihm Gelegenheit. Wenn er über den Tod hätte sprechen wollen, oder über irgendetwas, das früher war – sie wollte es ihm nicht aufzwingen. Für sie war alles gut, und sie spürte, für ihn auch. Es ist nicht so, dass sie etwas beschwiegen hätten. Es war alles gesagt, in einem langen Gespräch, dass sie vor über vierzig Jahren auf dieser Terrasse begonnen hatten. Und hier war es, wo sie Abschied nahmen, als die Woche um war. Papa saß in seinem Stuhl, Timm hatte alles gepackt und in den Flur gestellt, würde jetzt losgehen den Hügel hinunter zum Bahnhof, seine Frau würde bald wieder da sein. „Wir gehen nicht zur Tür", sagte Papa. Und Timm beugte sich herab und umarmte ihn. Sachte, er war nur noch Haut und Knochen. Dass es sehr

54

schön war mit ihr, sagte er. Und sie, dass sie es wiederholen würden, bald. Das dachte sie wirklich.

In der Wohnung folgen die nächsten Rituale: Einen Liter Leitungswasser abfüllen, um sicher zu gehen, dass sie genug trinkt. Dehnen. Erst einen Finger auf jeder Seite auf den Boden, dann drei, dann fünf. Zieht. Aber geht noch. Sie duscht, setzt sich nackt aufs Bett in Hannahs Zimmer, sie schwitzt noch leicht nach. Auf dem Boden gruppiert die Fotos, die noch zu beschriften sind. In der Hand die zweite Flasche Leitungswasser. Zum Treffen mit Lena muss sie erst in einer halben Stunde los, aber es lohnt nicht mehr, die Fotos jetzt nochmal anzufassen. Das Wochenende hat sie sich freigehalten. Vielleicht macht sie einfach eine lange Wanderung. So wie am Tag, nachdem sie zurück war aus Wissen, nachdem alles geregelt war bis zur Beerdigung, der erste Tag, als nichts mehr zu tun war. Rausfahren nach Oranienburg oder so, und durch den Wald laufen. Allein. Sie hätte gedacht, sie würde mit jemandem sprechen wollen, der ihn gekannt hat. Seinen Brüdern. Seinen Frauen. Den Leuten aus dem Büro. Aber so war es nicht. Sie wollte mit ihm allein sein. Und mit ihm allein bleiben.

Zwei Menschen haben ihre Geschichte miteinander. Die darf man nicht stören. Ihre Erinnerung ist ihre Erinnerung, keine Biographie. Der Vorwurf der anderen ist da, mal laut, mal leise: Du glorifizierst ihn. Er war anders. Nein, nicht zu mir. Alles andere müsst ihr mit ihm ausmachen. Not my business. Hast du denn gar keine negativen Erinnerungen? Doch, sicher, aber es sind nicht viele. Sie fallen nicht ins Gewicht. Sie tun nichts zur Sache. Er war ein Mensch. Und nur für mich war er: Mein Papa. Ich habe keine Pflicht, mich für andere an anderes zu erinnern. Nur an unsere Terrasse. Den Köttinger Sportplatz. So viele verschiedene Arten von Grün.

Sie steht auf. Auf dem Laken, das sie sich untergelegt hat, hat Ihr Schweiß eine Silhouette gezeichnet. Sie nimmt es, verharrt einen Moment. Dass muss sie Hannah irgendwann einmal sagen. Ob sie in der allerletzten Stunde bei ihr ist, ist vielleicht gar nicht so wichtig. Aber eine Woche, oder ein paar Tage kurz davor. Das wäre schön.

*

Wir haben keine Glaskugel. Die uns sagt, wie das Leben verlaufen wäre, hätten wir uns an dieser oder jener Biegung anders entschieden. Timm hat immerhin Lena. Und Lena hat Timm. „Wir haben beide nie den Mister 100 % gefunden, meine Süße. Ich hab dann eben Mister Fast 80 % genommen." Sie beneiden einander. Und bemitleiden einander, letzteres ein paar Grammscheiben mehr, damit die Waage zumindest ganz leicht Richtung „richtig gemacht" auspendelt. Kein Geheimnis. Deshalb fühlen sich beide immer nach ihrem Abend besser als vorher. (Abgesehen davon, dass Timm mit niemandem sonst lachen kann, bis die Tränen kommen.) Sie berauben einander der Illusion, mit einem festen Mann wäre es besser (Timm) oder ohne (Lena). Oder welche Form der Kindererziehung leichter wäre, ganz auf sich gestellt oder mit einem vierten Kind, dem man morgens die Socken zusammensuchen muss, das aber trotzdem meint, in der Erziehung der anderen drei Kinder mehr Ahnung zu haben als sie, also, theoretisch („Da musst du jetzt aber mal konsequent sein, mein Schatz" ...). Ob es besser ist, sich ganz auf ein Kind konzentrieren zu können (dem man damit aber spätestens ab 12 auf die Nerven geht und das dann trotz aller Konzentration auf einmal weg ist) oder einen Stall voll zu hüten, deren Namen man sich nicht mal merken kann („anhaltende Stilldemenz: Ich sag IMMER, ungelogen

IMMER erst bei dritten Mal den richtigen Namen und IMMER erst die beiden anderen. Egal bei wem.")
Aber das ist erstmal nicht Thema, kommt später in der unabgesprochenen Tagesordnung. Am Anfang reden sie erstmal über Arbeit, Schimpfen, Dampf ablassen, ungebremst und ungefiltert, weil da niemand gegenübersitzt, der irgendetwas missverstehen kann und schon gar nicht will, jemand, der Lena die schlimmsten Flüche über ihre Schüler anvertrauen kann, weil Timm weiß, wie sehr sie ihre Schüler eigentlich liebt, und jemand, der Timm ihren heutigen Frust über die Scheißhierarchien auf die Tischdecke werfen kann und wie sinnlos sich alles anfühlt, weil Lena weiß, was Timm jetzt braucht, keine guten Ratschläge, sie bestärkt Timm zunächst im Auskotzen und steuert ein paar gelungene Verbalinjurien bei, dann fragt sie klug nach, was Timm jetzt machen will, ob das Projekt nicht in anderer Form gerettet werden kann, ob da ihre „Allies" nicht was machen können ... und Timm kann sich das, was sie sich mit der Königin ausgedacht hat, Lena sagen und es dabei hören und das tut gut. Es klingt nicht mehr nur nach einer Idee, sondern einer echten Strategie. Es geht weiter, nur manchmal eben nicht geradeaus.
Sie reden über die Wahlen und Politik beim herrlichen gegrillten Lachs und dem Tiger-Beer frisch vom Fass, das es nur hier gibt im five rivers, und Fiona hat was Interessantes gelesen, das passt zu den verfallenden Schulen und der Machtlosigkeit der Polizei gegen die Clans: „Starke Demokratie, starker Staat, das isses, meine Gutste! Wir haben gerade starke Demokratie und schwacher Staat, also nicht wie China und so: Schwache Demokratie, starker Staat, aber du musst eben beides haben. Und da helfen eben nur hohe Steuern, vor allem auf Erbschaften und Vermögen, damit du die Lehrer bezahlen und ausbilden kannst und Polizisten und Staatsanwältinnen und ne funktionierende Bahn und du

brauchst klare Regeln und klare Konsequenzen, in der Schule wie auf der Straße. Aber die Regeln müssen eben demokratisch sein und die Gerichte unabhängig. Fand ich total überzeugend.

Weiß nicht mehr, wie sie darauf kamen. Vielleicht war es um die Kinder gegangen, um Wokeness und wie locker sie mit Fragen der sexuellen Orientierung umgingen, oder eher: Wie unwichtig das ihnen war. Timm weiß nicht mal mehr, wer von ihnen den Satz zuerst gesagt hatte, weil sie ihn zumindest in den Wochen, wenn nicht Jahren davor auch schon immer mal im Kopf hatte, selbst wenn es Lena gewesen sein sollte, die ihn an diesem Abend zuerst aussprach, gar nicht über sich selbst, denn so sah sie sich nicht, aber sie erzählte von einem Kollegen, alleinerziehend mit vier Kindern, der neulich geradezu ausgerastet war im Lehrerzimmer, weil ihn so ein Referendarsküken über irgendwas belehren wollte, was er gesagt hatte: „Verdammt noch mal" – Fiona spielte das eindrucksvoll nach – „Ich bin eigentlich auch non-binär, auch wenn ich ne verdammte Hete bin. Und dass ich ständig als Cis-Mann gelesen werde ist echt voll das Othering." Und der kam jetzt in Fahrt, ungefähr so: „Da haben Typen die übelsten Uni-Karrieren gemacht, weil sie sich nie um Kinder kümmern mussten, sondern immer nur um Ihre eigene Show, die behaupten jetzt sie wären ne Transfrau und beschimpfen mich als alten weißen Cis-Mann, der ich die Hälfte meines Lebens mit der ollen Wäsche meiner Flintas zugebracht habe. Ist das gerecht?" Nein, mein Alter weißer Cis-Mann, natürlich nicht. Du büßt hier eine jahrhundertealte Schuld kollektiv ab, sorry. „Wenn man die Welt schon in binär und non-binär einteilen muss ... hey, das ist doch echt krude, oder? Ich meine, das ist doch voll gegen die Idee selbst, das ist doch wieder – binär, oder?" Da war was dran. „Also dann bitte einteilen in „kümmert sich um Kinder" –

„kümmert sich nicht um Kinder". Lena: „Und meine Eltern waren dann non-binär."

Sie wechseln noch auf Lenas Balkon. Der Abend ist warm, ein letztes Mal vielleicht auf viele, viele Monate. Ist in Laufweite.

„Aber trotzdem, eines hätte ich ihm gesagt, mein lieber larmoyanter Herr Kollege: Cis oder nicht Cis, mit Kindern, um die man sich wirklich kümmert, oder ohne: Ihr bleibt das privilegierte Geschlecht, spätestens wenn es darum geht, wer nachts alleine nach Hause gehen darf und wer nicht."

„Und? Seit letztem Mal einen mit nach Hause genommen?"

„Nee. Aber immerhin einen To go." „Details!!" „Lohnt nicht. War nur was gegen den Hunger." „Wetten? – Weil er ein ganz kleines bisschen Bäuchlein hatte, stimmts? So dass man es erst sieht, wenn er das Hemd nicht mehr anhat." „So ungefähr. Mensch, Lena, ich kann da nicht aus meiner Haut. Der Kerl muss fest sein, Punkt. Ich such halt niemand für tiefgründige Balkongespräche danach, dafür hab ich dich."

Bis Lenas Balkon ist es nicht weit, nur die Reinhardstraße hinunter. Zweiter Stock Seitenflügel, schon bevor man durch die Wohnungstür tritt, ist man in einer anderen Welt: In der ein Tausendfüßler seine Schuhe in das Gestell neben der Fußmatte gekippt hat. An den Wänden des Flurs hängen Pinnwände und Fotos, Jacken und Schlüssel, und auf einem kleinen Regal stapelt sich Zeug, Hefter, ein Fahrradschloss, eine Mütze, ein Körbchen mit Münzen, Batterien, Haargummis, Stiften ... Aus den Zimmern kein Laut. Zwischen 9 und 10 dürfen sich die Teenager in ihre Netflixhöhlen zurückziehen und die Kopfhörer vor den Eingang wälzen. Lena schickt Timm voraus auf den Balkon, sie hört sie in der Küche am Kühlschrank klappern. Kommt mit zwei Bier nach. „Für die Sportlerin alkoholfrei." „Danke. Deine bessere Hälfte?" „Hat vergessen, dass ich mit dir seit Monaten für heute verabredet bin, sich spontan auch freigenommen und die Kinder schutzlos ihren Endgeräten ausgeliefert. Prost!" Kurze Pause. „Aber weißt du, ich bin erziehungsmüde. Bei den Kids und bei ihm auch." „Ab spätestens zwölf soll Erziehung ja auch zwecklos sein. Hat mir mal jemand gesagt, wer war das nur ...?" „Jaja, spotte nur. Aber stimmt. Ich lass es auch jetzt. Die ganze Kämpferei. Manchmal glaube ich fast, ab jetzt werden die Jahre vielleicht sogar besser, weil das aufhört." „War das Kämpfen nicht auch schön?" „Nee. Ehrlich gesagt, wenn ich zurückblicke, war das Kämpfen einfach nur: anstrengend." „Aber wo stündest du ohne Kampf?" „Tja, weiß man nicht. Hier, ich zeig dir was, passt gerade gut zu mir." Lena tippt und hält ihr das Handy hin. Eine Band, ein Intro aus Gitarre und Klavier, die Melodie ist bekannt, aber Timm kann sie zunächst nicht einordnen. Dann das Gesicht das Sängers, ein älterer Mann, etwa 60, 65? „We´re talking away ..." Er ist es, Morton Harket. Nicht ihr Typ gewesen, zu sehr Softie. Und die Musik, naja. Aber Lena war damals hin und weg. Also nicht Stirnrunzeln. Und dann ... Ja, das hat was. Es ist „Take on me" und ist es nicht. Viel langsamer. Melancholisch. Der ältere Herr mit der Brille, der vor vierzig Jahren der Schwarm von Millionen Mädchen war, singt mit seiner immer noch hohen, klaren Stimme: „Slowly learnig that life is O.K." Kamera ins Publikum, ein kleiner Club, in dem sie spielen, unplugged. Frauen in ihrem Alter, gerührt, manche den Tränen nahe. Für vieles ist es zu spät. Aber langsam lernt man, dass das Leben in Ordnung ist. Kein furioses Keyboardstakkato wie in der Originalversion. Nur diese Stimme und die einfache Melodie ohne Akkorde. Timm sieht es bis zum Ende, schon nicht mehr aus Höflichkeit. Gibt das Handy zurück. „Mir waren die ja immer zu schleimig, aber das hat was. Muss ich zugeben. Aber warte mal, ich hab was zum Zurückschlagen." Sie tippt das Video an und reicht ihr Handy. Es ist eine der letzten

Aufnahmen von Sinead O`Connor. Im Hidschab, die letzte ihrer irren Wandlungen, und es ist für alle klar zu sehen, dass sie das Nonnenkloster mit all seinen Traumata bis zuletzt nicht losgeworden ist. Und sie singt, in der besten Version, die Timm kennt, in diesem Hidschab „Nothing compares to You". Sie begann ihre Karriere damit, ihre Haare abzurasieren. Und endet damit, sie zu verhüllen. Und sie begann und endete mit einem einzigen Lied.

„Muss irgendwie aber auch Scheiße sein, du rackerst dich ein Leben lang ab, tausend Projekte, Haufen Ärger wegen Engagement und weil du dich mit Mistkerlen anlegst, und am Ende bleibt nix übrig außer ein Liebeslied." „Zumindest bleibt was übrig. Was bleibt von uns?" „Ein ganzer Sack voll einzelner Socken. Kinder, die dich nicht mal mehr mit dem Arsch angucken."

Und sie reden über ihre Toten. Dass Timm immer noch jeden Tag an ihn denkt. Und ob das irgendwann aufhört? Lena hat da mehr Erfahrung, die ein paar Jahre zurückliegt, aber die ist zu anders. Ihre Beziehung zu ihren Eltern als gestört zu bezeichnen, wäre eine Beschönigung. („Ohne meine Kids wäre ich längst in Therapie oder Alkoholikerin"). Hat trotzdem, sagt sie, nach ihrem Tod noch oft an sie gedacht, zuerst, aber war froh, als das weniger wurde. „Ist bei dir einfach ein ganz anderer Fall, und da jede nur einen davon hat, oder zwei, hilft da Erfahrung nix." „Irgendwie wünscht man sich doch, dass später, wenn man tot ist, die eigene Tochter jeden Tag an einen denkt, so ganz kurz wenigstens, ganz beiläufig, einen Satz nur wie Das hätte ihr gefallen oder so." „Ja, wenn Deine Kinder viel an dich denken, wenn du tot bist, haben sie dich ja im Leben anscheinend nicht ganz schlecht gefunden. Und was willst du mehr." „Als nicht ganz schlecht gefunden werden? Da fiele mir schon noch was ein." „Bist eben zu anspruchsvoll. Suleika guckt mich gerade nicht mal mit`m Arsch an. Bin ehrlich gesagt froh, dass es nur noch ein Jahr ist." Nachvollziehbar. Aber so kann man leichter sprechen, wenn noch zwei da sind. Timm sagt ihr das. Ihr kann sie es sagen, wie leer eine Wohnung auf einmal ist, ja, genau das: auf einmal. Egal wie oft und wie lange Hannah vorher nicht da war, wie selten sie in die Küche kam, wie wenig Timm von ihrem Leben mitbekommen hatte („Mama, mein Ding!") im letzten Schuljahr – egal, es ist ein Auf einmal. Ein Nie wieder. Wie wenn jemand stirbt. Fast. Genau da hakt Lena ein, nicht zum ersten Mal: Hör auf mit dem Gejammer, das Kind ist nicht tot, im Gegenteil, das fängt jetzt noch gewaltiger mit dem eigenen Leben an, nur stehst Du eben jetzt auf der Tribüne rum, also das ist mal die erste Erkenntnis: Du trauerst nicht um Hannah, sondern um dein Muttertiersein. Und mal ehrlich: Ich wär echt froh, ich hätte so ein Verhältnis zu meiner Großen wie du zu Hannah. Eure Schublade zum Beispiel, du glaubst nicht, was ich gäbe, um so etwas mit Suleika zu haben."

Die Schublade in dem alten Tisch. Timm hat etwas hineingelegt, drei Tage vor dem Abflug. Und dabei enttäuscht festgestellt, dass ihre letzte Kleinigkeit dort immer noch lag, ein Glückwunsch nach der letzten Abiprüfung, Hannah hatte nicht mehr hineingeschaut. Und erst recht nichts mehr hineingelegt. Timm hat den alten Glückwunsch darin belassen und das hinzugelegt, was sie ihr zum Abschied mitgeben wollte. Nein, Lena, das mit der Schublade ist leider auch vorbei.

„Noch eins?" „Ohne Alk gerne." „Na klar, noch ein Lügenbier, hab ich doch alles da, extra für dich, meine Gutste. Nicht, dass du mir demnächst auch hier so aufkreuzt wie deine Shinhead. Oder gleich als Nonne." „Nächste Woche ist der Schlösserlauf." „Musst dich nicht entschuldigen, jedem seine ganz eigene Droge, und Dopamin macht wenigstens nicht fett." „Kein Body-shaming, Mum!" „Ach was, weißte - moment, ich hol dir erstmal deine Plörre."

Vielleicht wäre das ein Ziel. Oder eine Zwischenetappe, eine der vielen, zum schrecklich fernen Ziel. Dass man eine Geschichte über zwei Frauen schreiben kann, bei der die Lesenden bis zum Ende nicht wissen, wie sie ausgesehen haben.

„Ist sogar kalt, hab ich nämlich an-ti-zi-piert, wer das sagen kann, ist noch nüchtern und darf noch ein richtiges, also wo war ich, oder besser du, genau, no body-shaming, Mum, das hatte Jessi gestern auf einem Sticker: „Riot, no diet!"

So geht es weiter, so könnte es gerne weitergehen bis die Wolken wieder lila sind, aber das geht nicht. Morgen früh ruft die Pflicht, und ab 22 Uhr fängt sie immer schon an zu flüstern. Und selbst diese drei Stunden bis Zehn hat sich Lena teuer erkauft, das weiß Timm, eigentlich kann sie sich einen ganzen Abend ohne Schreibtisch, Unterrichtsvorbereitung, Korrekturen und Elternmails gar nicht leisten. Timm schon, und als sie hinaustritt in die Nacht, die gerade begonnen hat, noch Lenas Duft aus Bier und dem leichten Parfüm, das sie nicht lassen kann, in der Nase von der Umarmung, als sie so hinaustritt in die Nacht, voll von diesen Stunden, voll von dem Tag, da würde sie gern nach Hause laufen, einfach so. Es wären herrliche dreißig Minuten, die Luft ist angenehm, man könnte das Gespräch nachklingen lassen. Man. Könnte. Eine Umfrage in verschiedenen europäischen Ländern hat es gerade wieder ergeben: Gefragt, was sie machen werden, wenn es einen Tag keine Männer gäbe, haben in allen Ländern fast alle Frauen in diese Richtung geantwortet: Abends alleine spazieren gehen. Tanzen gehen. Sich anziehen, wie man will. Nackt baden.

Geht alles nicht. Wir sind Gefangene im eigenen Land, können uns nicht frei bewegen. Wenn Männer so eingeschränkt wären von was auch immer, es wäre längst beseitigt. Es wäre wenigstens ein Thema. Timm nimmt den Bus. Nicht, dass man in dem sicher wäre vor Scheißsprüchen, Gaffen, bedrohlicher Nähe. Aber da ist wenigstens ein Notruf. Jedenfalls bis zur Haltestelle, danach muss jede wieder selber sehen, wie sie klarkommt. Selbstverteidigungskurse, Gebete, Freundin am Telefon halten, Pfefferspray. Als müsste man sich in der Wildnis wilde Tiere vom Hals halten.

Aber selbst das kann ihre Stimmung nicht stürzen. Ja, vieles ist Scheiße. Dass frau nicht abends einfach so nach Hause laufen kann, wenn ihr danach ist. Dass Töchter, für die man sich ein Drittelleben lang den Arsch aufgerissen hat, einem nicht mal mehr mit ihrem angucken. Dass machtgeile Wichser im Ministerium bestimmen, welche Projekte das LKA fördern soll und welche nicht, aus völlig engstirnigen Motiven, die nichts mit der Sache zu tun haben, der wir Polizisten uns verschrieben haben: Unsere Bürgerinnen und Bürger zu schützen. Dass Papa tot ist und wir nie wieder auf der Terrasse sitzen werden. Nie wieder. Timm weint kurz, ist egal, sieht keiner, der Bus ist leer. Aber obwohl das alles so ist, ist in Timm etwas, das summt wie eine leise Stimmgabel, ein Ton in Dur. Und in ihrem Ohr singt Morton Harket weiter, unplugged: „Take ..... on .... me" Nur die Stimme, nur die Melodie, nur der Text. Was wäre unser Leben unplugged, Lena? Das wollte ich uns noch fragen, aber da waren wir schon beim nächsten Thema. Befreit von all dem Lärm. Der Betriebsamkeit. Dem Strom, unter dem wir ständig stehen. Unplugged. Läuft vielleicht auf die Frage hinaus, die wir auch ganz kurz hatten, die aber dann auch verschüttet wurde unter irgendwas anderem, was bleibt von uns? Du hast gesagt, Eine Tüte einzelner Socken und die Kinder. Aber komischerweise ist Timms Gefühl an diesem Abend keines der Bitterkeit. Ja, ist alles ein Kampf gewesen. Ständig waren überall Leute, um sie herum, in ihrem Kopf. Leute, die was von ihr wollten, Leute, für die sie an irgendwas denken musste. Und keine

Minute Zeit. Und jetzt. Ist ihr Leben leer, wie dieser Scheißbus, und sie hat noch nicht mal einen Fahrer. Oder fährt sie einen leeren Bus? Klappert die Haltestellen ab, aber da steigt niemand ein. Und zum Aussteigen ist niemand mehr da. Außer ihr selbst. Auf einmal ist da diese Wüste vor ihr, eine Wüste aus Zeit. Sie fährt nicht nach Hause. Sie fährt in eine leere Wohnung. Eine leere Wohnung ist kein Zuhause. Ein Zuhause ist da, wo die Menschen sind, mit denen du leben möchtest. Aber nicht Jammern. Hast es dir so ausgesucht. Und ist auch O.K. Slowly learning that life is O.K. „Wenn meine auch alle groß sind, werf ich die Trantüte raus und wir machen ne fröhliche WG, was hältst du davon?" Ihre kleine ist 11. Ansonsten guter Plan. Das machen wir. Wäre konsequent. Da Timm nunmal die Idee, „ein Mensch für alles" vor 17 Jahren endgültig verworfen hat – warum nicht auch ein Mensch fürs zusammen alt werden? (Aber das macht Lena nicht, sie liebt die Trantüte nämlich, anders als früher und vielleicht sogar ein bisschen mehr, aber ist trotzdem eine tröstliche Idee.) Und dass der große Kampf des Lebens vorbei ist – hat auch was. Jetzt kommen noch ein paar kleine, aber das ist schon eher ein Spielenachmittag. In 10 Tagen ist der Schlösserlauf, bei dem sie vielleicht nochmal unter 50 Minuten bleibt auf dem 10K. Sie kann sich konsequenter um eine Stelle im BKA bemühen, sie könnte sich mal bei ProFemina engagieren. Aber sie kann das alles auch lassen. Es ändert nicht mehr viel. Sie hat eine Tochter großgezogen. Sie hat mittlere Karriere im Polizeidienst gemacht, ob das bei A15 oder A16 endet, ob im LKA oder BKA, taugt nicht für den Grabstein. Mehr wird es nicht. Aber eben auch nicht weniger. Die nächsten 30 Jahre kann man als sinnlose Wüste sehen und verhärmen. Man kann aber auch sagen: Das ist jetzt ein verdammt langer Bonustrack. 30 Jahre. Mach was draus. Aber mach dir keinen Stress damit. Genieß es. Du hast es verdient.

Vorletzte Haltstelle. Ein junges Pärchen steigt zu. Es ist egal wie sie aussehen. Es ist egal was sie anhaben. Sie haben offenbar nur kurz zum Einsteigen aufgehört zu Knutschen und machen noch im Hinsetzen weiter. Versunken. Nicht wild. Sie haben Zeit. Timm steht auf, geht nach hinten, drückt die Halteklingel. Die Tür öffnet sich mit dem leisen Zischen der Hydraulik, Abendluft. Kühl, im September. Der Sommer ist vorbei. Die beiden fahren weiter. Mit einem Mal wird Timm noch leichter. Ihr ist nach Tanzen, nach einem ganz leichten Tanz, bei dem man schwebt und sich sachte dreht. Das alles geht weiter. Das sich-Verlieben und aufgeregt sein, die Prüfungen und das sich Schinden, die neuen Länder, Menschen, die man nicht kennt. Das alles geht weiter, das hört nicht auf, weil es für dich aufhört. Das geht für die beiden da weiter. Und für Hannah. Und für dich auch, ein bisschen, nicht so dolle, nicht so stürmisch, kein wilder Berserkertanz, ein paar leichte Schritte, eine Drehung, leicht geht es weiter. Sie schließt auf, die Tür des Märchenschlosses quietscht, als habe auch sie hundert Jahre geschlafen. Stimmen aus den Wohnungen, jemand schimpft. Auch das dürfen jetzt andere machen. Timm schwebt die Treppe hoch. Bin ich schon ein Geist. Einer dieser Engel über Berlin, der die Stimmen der Menschen hört? Papa, ich habe einen schönen Gedanken, den muss ich dir erzählen. Es geht alles weiter. Sie schwebt in ihre Wohnung. Eine andere wird in ihr wohnen, in drei Monaten schon oder in dreißig Jahren. Sie geht in das Zimmer, da stillt Hannah ihr Kind, geht in die Küche, da malt das Kind versunken die Wand voll mit den Malmäusen, während Hannah daneben auf dem Sofa sitzt und für ihre Prüfung büffelt. Alles geht weiter. In Berlin beginnt die Nacht, in Sydney der Tag. Timm nimmt den Knauf der Schublade im Tisch zwischen Daumen und Zeigefinger. Drei Tage bevor Hannah geflogen ist, hat sie ein Plastikkänguru hineingelegt, das hat ein kleines Känguru im Beutel. Seit Hannah geflogen ist, war diese Schublade zu schwer, um sie aufzuziehen. Jetzt geht es ganz leicht. Das Känguru ist weg. Oder vielmehr: Jetzt liegt dort ein anderes. Es hat eine Weihnachtsmannmütze auf und einen Weihnachtsmannmantel um. Timm nimmt das Känguru und dreht sich sacht. Sie tanzen.

Bleiben und Gehen

ODER

Die Gefährtin

Dazwischen

Ich schreckte nicht aus dem Schlaf hoch. Und bin mir sicher, nicht geschrien, nicht einmal laut im Schlaf gesprochen zu haben. Dennoch war mir klar, dass ich soeben aus einem Alptraum erwacht war. Ich klaubte hastig die Scherben dieses Traums aus der flüchtigen Erinnerung zusammen, ängstlich, sie sonst nicht mehr schnell genug zu einem Ganzen fügen zu können. Ein Haus. Ein großes, graues Haus ohne Fenster. Darin war jemand, nicht ich. Niemand, den ich kannte. Aber er wartete dort auf mich. Ich sollte dort etwas tun. Eigentlich musste es Markus sein. Aber er war es nicht. Dieser Mensch hatte kein Gesicht, fast keine Gestalt, aber im Traum haben Menschen ja quasi Namensschilder angenadelt, als seien sie Teilnehmer eines Gespensterkongresses. Und dieses Gespenst hatte einen anderen Namen. Nicht Markus Mann. Aber ich wusste nicht welchen. Ich lauschte weiter dem Traum nach, wie man manchmal im geistigen Ohr einen schlecht verstandenen Satz noch einmal abhört. Ich bin nicht in dieses fensterlose Haus gegangen. Ich habe davor gestanden. Und mich dann umgedreht. Dann bin ich aufgewacht.

Neben mir atmet Susan tief, als wolle sie mich damit beruhigen. Draußen ist es dunkel. Wir können heute unsere Pässe holen. Morgen früh sind wir in Petersburg, abends in Moskau. Und dann – klären wir es dann ein für allemal? Aber seit dem Traum habe ich Zweifel. Mann war nicht in diesem großen grauen Haus. Vielleicht suche ich den falschen. Vielleicht ziehe ich völlig unnötig dieses junge Mädchen da in etwas hinein. Sie will mit, sagte sie, fast in dem Ton, in dem eine Sechsjährige ihren Papa nicht zur Arbeit aus dem Haus gehen lassen will. Vielleicht will ich damit aber auch nur eine Entscheidung fällen, ohne sie aussprechen zu müssen.

Ich kenne sie erst seit ein paar Tagen. Aber auch da, ahne ich, stimmt was nicht. Es können nicht nur Tage sein.

1. Oxford. Einige Tage zuvor

Mann war nicht da. Abgereist, und die Flüge nach Kopenhagen waren ausgebucht. Aber da sei diese junge Studentin, die fahre sogar nach Indien mit dem Auto (vielleicht Flugangst, man wisse das nicht genau), die werde mich sicher mitnehmen. Das klang gut. Aber als sie mich am nächsten Morgen abholte, kamen mir Zweifel. „Das ist Guste", stellte sie zunächst ihre Ente vor. „Tut mir leid, der BMW ist gerade in der Werkstatt." Das junge Biest konnte, wenn nicht Gedanken, so zumindest Blicke lesen. Jedenfalls meine. Jede Erwiderung darauf hätte lahm geklungen, also beließ ich es beim Lächeln. Dann fiel mir doch noch eine ein: „Wir müssen schließlich übers Wasser." „Wo ist Ihr Koffer?" Ich hob meine Sporttasche ein wenig in die Höhe. „Geplant waren nur zwei Tage." „Umso besser. Dann müssen Sie nichts auf den Schoß nehmen." Sie kniff ein Auge zu, während ihr Daumen mit einer Mischung aus Feingefühl und Gewalt den Kofferraum entriegelte. „Ich dachte diese schönen Autos werden seit zwanzig Jahren nicht mehr hergestellt?" „Kann sein. Ist ... jedenfalls ... Baujahr 1992." Der Deckel knackte und ließ sich hochstemmen „Vielleicht die letzte ihrer Art." Ich tätschelte das grasgrüne Dach. „Hallo Guste. Nett, dass du mich mitnimmst."
Ich tastete vergeblich nach einem Mechanismus, mit dem man den Sitz nach hinten schieben konnte. „Oh, tschuldigung, so große Leute fahren sonst nicht bei mir mit." Sie zerrte an etwas neben der Handbremse „Kräftig drücken!" und quietschend fuhr der Sitz ein paar Fingerbreit zurück. „Ich fürchte, das war's."

„Wird schon gehen. Zur Not bauen wir den Sitz aus und ich setz mich nach hinten."

Guste hatte Charakter. Der Schaltknüppel war dicht beim Lenkrad befestigt und ragte fast waagerecht in die Kabine, ich hatte so etwa zuvor nur in einem alten Film gesehen, Susan zog und steckte den Knüppel dort heraus und herein, wo normalerweise etwa das Radio sich befunden hätte. Den Platz zwischen den Sitzen nahm dafür ein großzügiger Aschenbecher ein. Liberte toujours. „Geht's wirklich?" Sie sah mich nach einer erträglichen Position für meine Beine tasten. „Kein Problem. Außerdem wäre die Alternative laufen. Oder die britische Eisenbahn. And You don't know which is worse." „Warten Sie ab, was uns auf der M 25 erwartet." Sie startete mit viel Gas. „Auf, Guste!" Es dauerte einige LKW, bis ich mich daran gewöhnt hatte, dass der Gegenverkehr einen Meter an mir vorbei rauschte, ohne dass ich mein Leben selbst im Griff hatte. „Wie orientieren Sie sich eigentlich? An der Leitplanke oder am Mittelstreifen ... nur so 'ne technische Frage."

Sie lachte hell und gab darauf keine Antwort. das gefiel mir. Hell ist ohnehin das Wort, das mir heute, da ich all dies aufschreibe, besonders oft für sie in den Sinn kommt. Hell waren ihre Haare und ihre Haut, hell ihr Verstand und, von gelegentlichen Gewitterwolken, die sich in gewissen Phasen unserer gemeinsamen Reise auch mal verdichteten, abgesehen: hell ihr Wesen. Dass „hell" in der Sprache, die man auf Reisen zu sprechen pflegt, noch etwas ganz anderes bedeutet, fällt mir jetzt erst auf, und auch wenn ich sie in gewissen Momenten ein kleines Teufelchen nennen sollte – nein, die Hölle war es nie.

„Schafft Guste das in einem Rutsch?"

„Klar. Sind nur 144 Meilen. Wenn's weiter so fluppt, sind wir mittags in Harwich, dann kann Guste sich auf der Fähre ausruhen."

Harwich also. Ich hatte nicht einmal gewusst, wie der Hafen hieß, von dem die Fähre ablegen würde. Hatte in Punkten gedacht: A, B, C, in Linien, auf denen ich England durchziehen würde, mich bewegt wie ein Finger auf einer Karte. Konnte nicht sagen warum, aber als sie den Namen des Hafens sagte, roch ich Tang und hatte Lust, auszusteigen.

Der M25 wälzte sich achtspurig um London herum, mit den gleichen einfallslosen Schildern weiß auf blau wie wohl überall auf der Welt, wahrscheinlich sind sogar in Mali die Autobahnschilder weiß auf blau, und es hätte auch Mali sein können, durch das wir fuhren, wer weiß, was hinter diesen Sicht- und Lärmschutzwänden sich befand. Man hätte sogar meinen können, der Himmel sei ausgesperrt und wir führen unter künstlichem Licht, so fahl warf das Metall der Leitplanken und der helle Asphalt das Sonnenlicht zurück. Mir war, als müsse ich erst Harwich erreichen, um die Sonne zu sehen. „Waren Sie schon mal an der Küste? In Harwich?"

„Nein. Nur im Südwesten, Cornwell und so."

„Wie heißt die – wie heißt das – Grafschaft?"

„Uff – keine Ahnung."

Sie schien nicht mehr reden zu wollen, eine Weile. Eigentlich sympathisch. Ich gewöhnte mich daran, auf der falschen Seite zu sitzen, von rechts überholt zu werden. Erblickte meine Schläfe im Außenspiegel. Mehr grau als blond mittlerweile, was deutlicher zu Tage tritt, wenn die Haare kurz rasiert sind. Britta sagt, beim Friseur alterst du immer um zehn Jahre. Nicht nur der Haare wegen, die dann in der Sonne blinken wie Raureif. Auch die Falten treten dann stärker hervor, vor allem die Querfurchen auf der Stirn und die Kerbe, etwas versetzt über der Nasenwurzel. Ein Schädel. denke ich, wenn ich in den Frisierspiegel schaue. Ein Schädel. Aber ich weiß, dass ich trotzdem mit den kurzgeschorenen Haaren am besten aussehe, auch wenn ich damit in einer anderen Liga spiele. Noch nicht alte Herren. Aber eben 40+. Sie schaltet das Radio ein: „O.K?" „Sure!" Frou frou, let go. Ich wollte schon fragen, ob sie den Film kennt. Rechnete nach. Nein, sie wird ihn nicht kennen. Sie dreht zur BBC. Um mir einen Gefallen zu tun, weil ältere Männer lieber BBC hören als BritPop? Der Moderator hat einen China-Experten zu Gast. Ich hätte lieber weiter frou frou gehört, aber dieser Sound gefiel mir auch, das feine Gelehrtenenglisch, das seine Vokale dehnt als wolle es in jeden noch ein Quantum freundliche Distanz träufeln. Ich glitt beinahe in den angenehm-gedämpften Zustand wachen Dämmerns, nur Regen fehlte, den der Fahrtwind in hypnotischen Schlieren die Scheiben hinunterpressen müsste. Dann wäre leichter sich vorzustellen gewesen, dass wir in einer kleinen Kapsel geborgen durch unwirtliche Welten sausen und nie ankommen müssen. Da fiel ein Tropfen. Ein Zweiter. Der Himmel verdunkelt sich rasch. Hoffentlich war das nicht der eine Wunsch, den ich im Leben freihatte. Der Regenguss rauschte über uns hinweg. Susan betätigte den imposanten Hebel, der aber nur zwei hilflose gummibewehrte Plastikstöcke über die Frontscheibe scheuchte. Sie musste sich vorbeugen. und verlangsamte noch mehr. Aber nach Minuten platzte die Regenhülle schon auf. Und mit ihr der Kokon des kurzen Schweigens. Im Nachhinein, heute erst, habe ich die Erklärung dafür, warum dieses Schweigen uns beiden nicht unangenehm war. Es war nicht das peinliche Schweigen zwischen Unbekannten.

„Wie kommt es eigentlich, dass Sie Mann nicht getroffen haben? Hat er den Termin verpennt?"

„Ich hatte keinen."

„Aber angekündigt waren Sie."

„Nein. Sollte eine Überraschung sein."

„Und jetzt fahren Sie ihm in einer für Sie viel zu kurzen Ente hinterher nach Arhuos."

„Sieht so aus."

„Entweder ist es superwichtig und supergeheim und Sie dürfen mir sowieso nicht sagen, worum es geht, syrischer Geheimdienst oder so ..."

„Schon gut, ich sag es Ihnen. Ich kenne ihn von früher, haben zusammen Abitur gemacht. Und uns seit zwanzig Jahren nicht mehr gesehen. Hätte ich ihm eine Mail geschrieben, hallo Alter Junge, lange nicht gesehen, wie wäre es ... hätte er wahrscheinlich gedacht: ja, lange nicht gesehen, alter Junge, und dafür gibt es doch Gründe!"

Sie wartete kurz, ob noch was käme. Aber meine Taktik war, wenig zu erzählen, um wenig Stolperfallen für Widersprüche aufzustellen. „Also wir fassen zusammen: Sie fahren tausend Kilometer mit Bahn und Schiff und jetzt noch Ente, um einen Mann zu treffen, mit dem Sie sich gar nicht gut verstanden haben?"

„Es war – ist, wahrscheinlich – komplizierter. Wir sind verschiedene Wege gegangen, er und ich, das ja. Ganz wörtlich übrigens: Nach dem Abitur nahm er seine Gitarre und zog kreuz und quer durch Europa, man hörte er sei irgendwo in Italien oder Spanien als Reiseführer oder Hungerkünstler in einer Hippiekommune oder mit seinem Freund, tausend Gerüchte. Aber echten Kontakt zu ihm hatte niemand aus der Kleinstadt, keiner wusste genaues. Gab damals kein Facebook, noch nicht mal Internet, können sie sich das vorstellen?" „Nein, muss Steinzeit gewesen sein." „Hören Sie mal, ich kann sogar mit der Hand schreiben, echte Briefe mit Tinte, Speichel und Marke, und manchmal lese ich richtige Bücher, so mit Seiten und Deckel, können Sie sich das vorstellen?" „Also er war weg, und jetzt haben wir nicht mehr Steinzeit und Sie haben ihn gegoogelt, richtig?"

„Ja. Irgendwie war ich nicht einmal überrascht, dass er Professor geworden ist. Er war begabt, und dass er jahrelang offenbar Dinge tat, zu denen auch weniger Intelligenz genügt hätte – war offenbar nur ein Umweg. Oder vielleicht auch nicht? Vielleicht wäre das genau das Richtige gewesen."

Ging sie über diesen Konjunktiv hinweg? Ich habe ihr die ganze Reise hinweg nie gesagt, wer Mann eigentlich ist. Und wer sie ist. Und wie hätte ich es auch sagen können – ich begriff es ja selbst erst ganz zuletzt.

„Und er – glauben Sie, er ist überrascht, was aus Ihnen geworden ist?"

Über diese Frage hatte ich lange genug nachgedacht, vor meinem Aufbruch und auf dem langen Weg durch Belgien, wartend auf die Fähre in Ostende, wo die Menschen in den Cafes um den Kai saßen wie Möwen, die auf die nächste Bö warten, die sie aufs Meer hinaustragen wird, gerade dort, als die Bailys an mir vorbeizogen in diesem Warten, habe ich lange nachgedacht über diese Frage. Und weiter auf der schlingernden Fähre, ins Kielwasser starrend, wie es sich so bald beruhigt über den Stahlkoloss, der es durchpflügte, die Wellen sich ausschaukeln lässt und die See sich rasch hinter dem Ungetüm schließt, als habe es nie existiert. Im Zug nach London, den zu verlassen ich kurz in Canterbury überlegte, hatte noch nie die Kathedrale gesehen, aber entschied mich dagegen, befand, das wäre eine touristische Verwässerung meines Vorhabens, die ihm nicht gut tun könnte. Verließ daher selbst in London nicht das System aus Hallen und U-Bahnschächten, obwohl mein letzter Besuch in der Stadt fast zwanzig Jahre her war und ich seinerzeit nicht einmal das British Museum besucht hatte. Wechselte nur den Bahnhof und nahm den nächsten Zug nach Oxford. Und immer diese Frage, die nur Mann beantworten konnte. „Ihr Professor Mann", wie sie sagte. Ja, „mein" Professor Mann.

Ich bin sogar an seinem Haus vorbeigegangen. Karen hatte mir die Adresse gegeben. Ein Reihenhaus aus Backstein, very british. Aus dem Hintergarten Kinderlachen, aber das konnte auch vom Nachbargrundstück herüberwehen. Doch dann sah ich die Basteleien im Fenster, übrig gebliebene Weihnachtssterne in rotem Staniol, und im ersten Stock eine Scheibe mit Filipferdchen-Aufklebern. Ging so langsam wie möglich, ohne aufzufallen. Tat, als suchte ich einen Ort im Stadtplan, um vor dem Haus verweilen zu können, bis mich jemand ansprach, ob er helfen könne. Ich erschrak: Aber es war nicht Mann.

Karen hat nicht viele Fragen gestellt. Mir war das recht, hätte auch keine Antworten gehabt, nur dass sie mich so ganz geschäftsmäßig behandelte, fand ich unangemessen. Immerhin, die Adresse hätte sie nicht rausrücken müssen. Und dass sie mir diesen Lift vermittelte, war eine echte Hilfe.

„Und Sie? Kennen Sie Mann? Karen hat mir nur gesagt, dass Sie ihre Studentin sind und auch zu dem Kongress fahren."

„Ich habe sein Seminar besucht. Cooler Typ. Nicht so dieser Oxford-Tweet-Langweiler. Also den könnte ich mir schon mit der Gitarre in Italien vorstellen. Er lässt das nicht raushängen, aber man merkt, der war schon überall, jetzt wo Sie das erzählen, wird mir das klar: Warum er die ganzen Sprachen spricht. Und aus jedem Land lustige Anekdoten weiß."

„Also eher kumpelhaft?"

„Nein. Gar nicht. Er ist der Prof, er kann auch streng sein, wenn einer dünne quatscht. Dann bohrt er nach wie der Zahnarzt. Oh Scheiße." Sie hielt sich gleich die Hand vor den Mund. „Tschuldigung."

Stau. Guste rollte aus. Nichts ging mehr, offenbar schon längere Zeit. Hundert Meter weiter vorn waren Leute ausgestiegen und vertraten sich die Beine. Sie kramte ihr I-Phone raus und tippte und wischte darauf herum. „Bingo. 10 Kilometer. Truck crash. M 25 – welcome on the road to hell." „Ich steig mal aus. Beine strecken." Sie schaltete den Motor ab. Guste protestierte spotzend. „Wie viel Zeitpolster haben wir?" „Drei Stunden. Die Fähre legt um fünf ab. Und es sind noch 120 Meilen." Wir standen jeweils im Schlag der Tür. Ich lehnte die Unterarme auf Gustes Dach. „Wie groß sind Sie eigentlich?" „Eins Fünfundneunzig. Und Sie?" Ihr Kinn schaute gerade über die Dachreling. „Kommt auf die Schuhe an. Machen Sie echt Zehnkampf?" Sie deutete mit dem Kinn auf mein T-Shirt. Man kriegt bei jedem Wettkampf eines. Ich hatte das vom letzten Spandauer an. Für andere mag es so aussehen, als trage ich so was zur Schau.

Aber die Wahrheit ist viel banaler – ich hab über die Jahre bei solchen und ähnlichen Wettkämpfen genug T-Shirts bekommen, dass ich für casual versorgt bin. (Aber dass sie mich darauf ansprach, war mir auch nicht unrecht.) „Nur zum Jux. Und mittlerweile in der Seniorenriege." Das wollte sie nicht vertiefen. „Können Sie von da oben den Stauanfang sehen?" „Vielleicht wenn ich auf Guste steige." „Lieber nicht. Ist ja auch schon Seniorenriege." „Aber da tut sich was. Jedenfalls steigen die Leute ein."

Es war stop-and-go, bis wir den ausgebrannten Truck erreichten und sich die Blechameisen auf einer Spur an dem Wrack vorbeigewimmelt hatten. Von den drei Stunden Puffer waren zwei aufgebraucht. Als wir Harwich erreichten, kannte ich ihre biographischen Eckdaten (aber nicht den Beziehungsstatus) und vor allem ihre Ansichten über EU-Agrarpolitik, Roaming-Verordnung und Schengen und ESFS und Dublin-II- und Basel-III-Abkommen … sie kannte sich aus, es war mehr als name-dropping, auch wenn sie nicht ganz verhehlen konnte, mich beeindrucken zu wollen. Ich fragte und hörte ihr zu. Das ist mein Job, ist mir zur zweiten Natur geworden. Als sie mich fragte, ob ich auch Wissenschaftler sei, sagte ich: „Nein. Mein Job schimpft sich Wahlkreisbüroleiter." Als sie fragte, was das denn genau sei, zögerte ich, welche der beiden Varianten ich erzählen sollte. Und entschied mich für beide. Denn in diesem Moment flog mich zum ersten Mal die Intuition an, sie könne Teil der Lösung sein.

„Wissen Sie, ein Freund hat mir mal einen ganz guten Rat gegeben. Ich bin nämlich unsicher, ob ich diesen Job weiter machen will. (Das war geschönt. Nein, es war glatt gelogen). Er hat gesagt: Beschreib den Job zwei Mal: Einmal so wie ihn deine Mutter beim Kaffeekranz ihren Freundinnen schildern würde, um anzugeben. Und einmal, wie du ihn beschreiben würdest, wenn der fiese Schleimer aus der Oberstufe ihn machen würde, dem du keinen Fingerbreit Erfolg gönnst. Beide werden nicht ganz stimmen und beide werden nicht ganz falsch sein. Aber dann kannst du abwägen."

„O.K. Erst die Kaffeekranzvariante bitte."

„Gut. Also: Ich bin der wichtigste Mitarbeiter eines Bundestagsabgeordneten, der bereits in der vierten Wahlperiode im Parlament sitzt und über entsprechenden Einfluss verfügt, unter anderem im Menschenrechtsausschuss. Meine Arbeit ist es, seine politische Basis zu sichern, ich bin sein Seismograph für Stimmungen, Probleme und Meinungen im Wahlkreis, der von Bonn nach Osten und Süden fast bis nach Frankfurt reicht. Ich komme viel herum und spreche viel sowohl mit einflussreichen als auch mit einfachen Leuten, das ist faszinierend, ich bekomme die gesamte Gesellschaft zu Gesicht. Und natürlich sind alle nett zu mir, denn ich bin der Bote des Königs: Ich entscheide, welche Sorgen, Nöte und Bitten ich dem Herrn Bundestagsabgeordneten vorlege, welche nicht. Und er verlässt sich voll auf mich. Wenn er eine Rede hält im Wahlkreis, bin ich es, der sie schreibt, denn ich bin nicht nur sein Ohr, sondern auch sein Mund, weil ich besser weiß als er, wie die Menschen denken, die er repräsentiert. Im Grunde bin ich selbst der Abgeordnete der Menschen im Rhein-Sieg-Kreis. Großes neidvolles Staunen in der Runde."

„Und jetzt der Schleimer, dem man nichts gönnt."

„Ich bin nie aus meiner Kleinstadt rausgekommen. Mein Leben sind die Dörfer: Hachenburg, Neuwied, Dierdorf, und meine Welt sind die Bauern und Krämer und sonstigen Spießbürger des Westerwaldes, deren Genörgel und kleinkarierte Ressentiments ich mir nicht nur anhören, sondern sogar noch heuchlerisch bekräftigen muss. Politisch ist meine Arbeit völlig irrelevant, denn nicht nur habe ich nichts mit den Entscheidungen meines Chefs in Berlin zu tun, schlimmer noch: Mein Chef hat mit den Entscheidungen in Berlin auch nichts zu tun. Er sitzt bloß da und hebt die Hand, und der Menschenrechtsausschuss, in dem er sitzt, ist der unbedeutendste von allen, seine Kollegen dort sind fast alle Nicht-Akademiker, eine Hausfrau z.B., und ein Klempner, die dorthin abgeschoben wurden. Wenn er Reisen in exotische Länder unternimmt, um Steuergelder in sinnlosen Missionen zu verprassen, nimmt er natürlich nicht mich mit, sondern seinen wissenschaftlichen Mitarbeiter in Berlin. Ich beackere in der Zeit die Dörfer, damit er nochmal gewählt wird und nochmal und nochmal, denn er braucht diesen Wahlkreis, über die Liste schafft er es nicht. Mein Büro ist in der Kleinstadt, in der ich schon zur Schule gegangen bin, und aus der er stammt und noch sein Reisebüro hat. Es ist zum Ersticken."

Wir schwiegen eine Weile. Und dann sagte sie genau das, was ich in diesem Moment zum ersten Mal klar und deutlich, weniger in Worten, mehr als ein Bild, vor mir sah: „Falls Sie es noch nicht selbst wissen: Es stimmt nicht, was Sie vorhin gesagt haben. Von wegen Abwägen. Eine der beiden Darstellungen war gelogen und eine war wahr." Und als ich dazu nichts sagte: „Aber entschuldigen Sie, was geht mich das an."

„Schon gut. Ich hätte es Ihnen ja nicht erzählen müssen. Ich habe mich zu entschuldigen, Sie so voll zu texten."

„Suchen Sie deshalb Mann? Weil Sie aussteigen wollen? In die Wissenschaft?"

Diese Lüge war so naheliegend, dass ich von selbst gar nicht darauf gekommen war. Ich griff sie dankbar auf: „Ja, genau. Das ist der Grund. Ich habe Politikwissenschaft studiert und überlege zu promovieren. Auch wenn es natürlich für eine echte Wissenschaftskarriere zu spät ist, das weiß ich selbst." Ich begann sogleich, mich in dem neuen kleinen Flunkerhäuschen einzurichten. Sie dachte über den Unsinn einer Promotion in meinem Alter zwar wahrscheinlich genauso wie ich, sagte aber brav: „Mein Opa hat immer gesagt, man weiß nie wozu es gut ist." Ich musste lächeln: „Mein Vater auch." „Sind wohl so Vati-Sprüche."

Wir warteten darauf, mitsamt Guste von dem Stahlungetüm gefressen zu werden, das sein riesiges Maul aufgeklappt hatte und ein Auto nach dem anderen verschlang. Ich hätte gern das Meer gerochen, wäre gern zu der kleinen Burg hinaufgewandert, die den Hafen einst geschützt hatte, hätte plötzlich nicht einmal etwas dagegen gehabt, einfach die nächste Fähre zu nehmen, einen Abend mich an die Klippen zu stellen. „Wieso sind Sie eigentlich nicht geflogen?"

„Ich will nach dem Kongress noch eine Freundin in Norwegen besuchen. Da ist es mit dem Auto praktischer."

Fast hätte ich nachgefragt, ob es zwischen Dänemark und Norwegen denn keinen Flugverkehr gebe, aber falls das mit der Flugangst stimmte, wollte ich sie nicht in Verlegenheit bringen.

„Kann ich verstehen. Ich bin auch nicht mit dem Flugzeug nach London gekommen, weil ich in Ostende noch einen Freund besucht habe. Und dann war die Fähre praktischer." Das war gelogen, erfüllte aber für den Moment den Zweck. Dabei hatte sie mich gar nicht gefragt. Ich log aus Solidarität, froh um das Wissen, nicht der einzige in diesem Auto zu sein, der nicht alles sagen konnte.

„Tschüss Guste, schlaf gut!" Sie nahm einen kleinen Tagesrucksack mit nach oben, in dem ich eine Zahnbürste und frische Unterwäsche vermutete (ich selbst hatte mich angesichts des unerwarteten Umwegs noch in Oxford mit weiteren seven-daypacks Socken und Slips eingedeckt nebst zwei T-Shirts. Die Hose würde von nun an jeden Fleck mit Würde tragen müssen).

Sie übernahm die Führung im Labyrinth der Aufgänge – kein Wunder, wenn sie wirklich Flugangst hatte, war sie mit Fähren vertraut – und schleuste uns auf das „billige" Deck, wo die Unbehausten die Nacht verbringen, die sich das Geld für die Kabine sparen wollen oder müssen. Für mich hatte sich die Frage nicht mehr gestellt, es war alles ausgebucht. Und es machte die Frage, wer wo schläft, auch unkomplizierter. Auf dem billigen Deck standen in langen Reihen große Sessel, in denen sich mittelgroße Menschen vielleicht sogar für ein Nickerchen zusammenrollen können. Susan besetzte rasch zwei benachbarte: „Die sind immer schnell weg!" „Sie sind ja Profi. Fahren Sie so oft nach Aarhues?" Ich war versucht hinzuzufügen: Oder zu Ihrem Freund nach Norwegen? – bezähmte mich aber. Sie erwiderte darauf nichts, aber es war nicht das selbstbewusste Hinweggehen, das mir am Nachmittag so gut gefallen hatte. Ich wollte rasch umlenken, da rückte sie heraus ohne mich anzusehen: „Ich hab Flugangst. Ist halt so, ich kann nichts dagegen machen." Ich dachte, sie würde souveräner damit umgehen. Aber vielleicht täuschte auch ihr patentes Auftreten darüber hinweg, dass sie doch erst seit ein paar Jahren aus der Schule war. „Stört es Sie denn, nicht zu fliegen?" Die Frage überraschte sie. Sie dachte nach. Und antwortete dann, auch davon überrascht: „Nein. Eigentlich nicht." „Dann ist es doch gut." Wir schwiegen kurz, aber als ich gerade aufstehen wollte, um auf das Oberdeck zu gehen und endlich das Meer zu riechen, sagte sie: „Die meisten geben entweder kluge Ratschläge oder betreiben Ursachenforschung. Sie sind so ziemlich der erste, der mir sagt, dass das Problem gar nicht existiert." „Kann auch nichts weiter sein als eine besonders bequeme Variante." „Ja", sagte sie ernst. „Auch das kann es sein."

*

Ich blickte auf das Display und dann ins Wasser, das so schwarz war wie die Nacht. Nur die Gischt der Fahrrinne glitzerte. Keine Nachricht von Britta. Funkstille. Aber was sollte sie auch sagen. Es war ja an mir. Schaute wieder durch die Scheibe zu Susan hinein. Sie schlief, unbehelligt. Was sollte ihr auch passieren. Und schließlich ist sie nicht in meiner Obhut. Vielleicht ist es ja das, vielleicht willst du dich nicht kümmern um irgendjemand, außer um dich selbst. Was, wenn das wahr wäre. Dann müsste man es ändern. Dann müsste ich mich ändern. Oder wäre es umgekehrt? Würde ich mich ändern, wenn jemand da wäre, um den ich mich kümmern müsste? Aber darauf will ich es nicht ankommen lassen. Und Britta? Wird sie es überhaupt noch darauf ankommen lassen? Vielleicht fälle ich hier eine Entscheidung, glaube eine zu fällen, einsam und allein auf einem kalten nördlichen Meer, und tausend Kilometer von hier ist mein Lebensschiff bereits weiter gesegelt, an der rettenden Insel vorbei. Weil der Kompass nicht stimmte. Widriger Winde wegen. Aufgrund der Fehlentscheidung des Kapitäns. Oder weil der Junge im Mastkorb nicht aufgepasst hat. Wer weiß. Vielleicht war es die letzte Insel vor dem offenen Ozean. Vielleicht kommt kein Hafen mehr. Nur noch ein letzter Sturm und danach spiegelglatte See, so ruhig, als habe es mein Schiff nie gegeben.

2. Aarhus

Über den Dächern der staaswissenschaftlije fakultaet kreisten die Möwen. Getrimmte Wiesen, aber ohne Verbotsschilder, hier und dort lagerten Studenten. Ein Mädchen lag mit dem Kopf auf dem Bauch ihres Freundes und rauchte versonnen. Susan fragte sich nach der Rezeption durch, meiner Ansicht nach häufiger als nötig (sie fragte mit Vorliebe breitschultrige Jungs mit blonden Locken. Auch für Sommersprossen schien sie ein faible zu haben.) Schließlich landeten wir bei der Hausmeisterloge. Susan versuchte ihm zu erklären, was sie wollte. Sie sagte es noch einmal, langsamer. Aber es schien nicht an seinem Englisch zu liegen. Unwillig brummte er: „Ich versteh schon. Warten Sie." Und tippte eine Nummer. Sprach kurze Sätze, in denen viele Umlaute und „sch" vorkamen. Nickte und legte auf. Verließ seine Loge und sagte nur: Follow me. Susan atmete auf. „Ich dachte schon, wir sind an der falschen Uni." Noch lachte ich darüber.

Der Hausmeister führte uns schnaufend zwei Treppen in das oberste Stockwerk, und wies auf eine halboffen stehende Tür. Damit ließ er uns stehen. Sie klopfte und trat ein. Hinter einem der beiden Schreibtische – der andere war unbesetzt – saß eine Frau jenseits der Fünfzig mit onduliertem Haar und steifer Bluse, die den dazu passenden Blick trug. Wer auch immer hier die Idee gehabt hatte, dass Türen nicht verschlossen sein sollten, sie war es nicht gewesen. Auf unseren Gruß, den Susan sogar in eisbrechendem Dänisch vorbrachte, zog sie nur die Augenbraue hoch, stieß Luft aus und ließ die Finger demonstrativ auf der Tastatur ruhen zum Zeichen, dass sie in wenigen Sekunden, wenn diese impertinente Störung vorbei wäre, ihre Arbeit gleich wieder aufnehmen werde. „Entschuldigen Sie vielmals, ich bin Teilnehmerin des Kongresses „Europe in Crisis" – können Sie mir sagen, wo ich mich anmelden und die Unterlagen bekommen kann?"

„You are wrong", war zunächst alles, was sie erwiderte, und das konnte heißen, Sie irren sich oder Sie sind hier falsch. Wir gingen beide noch davon aus, sie meine Letzteres. „Und wo muss ich hin, können Sie mir das sagen?"

„Was weiß ich. Hier ist jedenfalls kein Kongress."

„Mag sein, aber irgendwo an der staatswissenschaftlichen Fakultät findet er statt, der Organisator ist Professor Kjaergard, morgen geht es los, also seien Sie doch bitte so gut und helfen Sie mir herauszufinden, wo ich mich anmelden muss."

Nun seufzte die Dame als habe sie es mit einem bockigen Kind zu tun: „Sie sind im Sekretariat von Professor Kjaergard. Und ich sage Ihnen: Es findet hier kein Kongress statt. Davon wüsste ich", fügte sie süffisant hinzu. „Und jetzt entschuldigen Sie mich bitte, ich habe Dringendes zu erledigen." Susan stand mit offenem Mund, man konnte fast zusehen, wie das Ohr diese Information mehrfach zum Gehirn senden musste, weil dieses sich weigerte, einfach weigerte, sie aufzunehmen. Dann schluckte sie und protestierte, aber viel zu zaghaft: „Aber das kann nicht sein, ich habe eine Bestätigung erhalten, ich bin doch angemeldet, mit einem Poster ..." „Genug jetzt, Sie wollen mich wohl veralbern, ich habe jetzt wirklich zu tun, wenn Sie endlich die Güte hätten ..." Susan kam so nicht weiter. Ich trat einen Schritt zurück aus dem Zimmer, um den Namen des Drachen zu lesen. Susan wusste noch nicht, dass es im Umgang mit solchen Chargen genau zwei

Wege gibt: Den betont höflichen und den anderen. Und nichts dazwischen. „Jetzt hören Sie mir mal gut zu, Frau Larssen. Wir kommen aus Oxford, Lehrstuhl von Professor Karen Muller, wir haben eine langjährige Kooperation mit Prof. Kjaergard, von der dieser Lehrstuhl sehr profitiert und sicher auch in Zukunft weiter gerne profitieren möchte. Und ich möchte nicht in Ihrer Haut stecken, wenn Profesor Kjaergard erfährt, wie sie hier wertvolle Kooperationspartner behandeln. So, und jetzt machen Sie ihren Job, und klären, was es mit dem Kongress auf sich hat. Und wenn Sie dazu nicht kompetent genug sind, organisieren Sie uns jetzt jemanden, der dazu in der Lage ist. Jetzt." Ich hatte das in allenfalls leicht schneidendem Ton vorgebracht, und ganz ohne die Stimme zu erheben. Das ist eigentlich nie nötig. Sie wusste sofort: O.K., das ist jetzt das Modul Vorgesetzter, und wechselte völlig ungeniert einfach den Modus. „Bitte, setzen Sie sich einen Moment, ich kläre das schnell." Sie nickte mir und abgestuft Susan geschäftsfreundlich zu. Von ihren Telefonaten, die sie zunehmend ratlos führte, hörte ich immer nur „Oxford" , „Kongress" und „Kjaergard" heraus. Nach dem zweiten Telefonat ließ sie sich Susans Namen aufschreiben, nach dem dritten den Titel des Kongresses, nach dem vierten schüttelte sie den Kopf. „Es tut mir leid. Niemand weiß von einem Kongress, und Professor Kjaergard ist auch gar nicht da, er ist in Rom, selbst bei einem Kongress. Unsere großen internationalen Konferenzen sind immer biannual, und wir sind erst nächstes Jahr wieder dran." Sie sah uns so bedauernd an, als wäre die Empfindung echt, so sehr war sie in die neue Rolle geschlüpft. „Vielleicht können Sie mir die Email mit der Bestätigung zeigen, dann sehen wir, wer sie abgeschickt hat." Susan nickte eifrig, dankbar für jeden Schritt, auch wenn er im Kreis herum führen sollte. Sie zückte ihr I-Phone, tippte hastig, wischte, klickte, es dauerte ungewöhnlich lange. „Kein Empfang?", fragte ich, aber sie presste nur die Lippen so fest aufeinander, dass alles Blut aus ihnen wich, überhaupt war sie blass und schmal, schüttelte kaum merklich den Kopf: „Das kann doch nicht ..." Die Sekretärin setzte versuchsweise eine Miene auf, den Modus hilfsbereit abzuschalten. „Meine Mails sind nicht da", sagte sie endlich leise zu mir. „Was meinen Sie, ist der Server nicht erreichbar?" „Nein, ich kann meinen Posteingang öffnen, aber – die Mails sind nicht da. Die aktuellen. Die sind alle uralt." Ich gebe zu, in diesem Moment war ich versucht, an ihr zu zweifeln. Da war diese Flugangst, eine Anomalie. Und ich kannte sie ja nicht. Wer weiß. Für Ihre Reisen musste sie sich ständig mit Lügen umgeben. Vielleicht war es ihr zur zweiten Natur geworden? Unangenehmes durch Flunkerei zu verdecken? Dass sie gar kein Poster fertig gekriegt, sich gar nicht angemeldet hatte? Eine Konferenz erfunden hatte, die es gar nicht gab? Der Drachen spürte mit dem Instinkt des Subalternen, dass hier eine Front bröckelte und nutzte den Moment: „Vielleicht klären Sie das kurz und falls ich Ihnen noch irgendwie helfen kann, ich bin noch bis 16:30 im Büro." Und wandte sich wieder ihrem Getipse zu. Ich legte eine halbe Hand leicht auf Susans Arm (es war das erste Mal, dass ich sie berührte), um sie aus ihrer Starre zu lösen und sie aus diesem Zimmer zu bekommen. Sie folgte wie eine Schlafwandlerin. Wortlos gingen wir hinunter in den Hof, ich lenkte uns auf eine Bank. Dass ich offenbar Mann zum zweiten Mal verpasst hatte, spielte für mich in diesem Moment gar keine Rolle, und ich dachte auch nicht darüber nach, wie und wo ich ihn suchen könnte. Ich saß hier mit einem jungen Mädchen, von dem ich nicht wusste, wie labil sie nun eigentlich war, und für das gerade eine kleine Welt zusammenbrach. Sie war nah am Wasser gebaut, ich hatte Angst, sie würde in Tränen ausbrechen, und dann hätte ich keine angemessene

Reaktion im Repertoire gehabt. Wenn man nicht weiter weiß, muss man was tun, hat mein Vater immer gesagt. Ja, Vatisprüche. Ich nahm ihr das I-Phone aus der Hand. „Ich versuch mal was, O.K.?" Sie nickte dankbar, dass es irgendwie weiterging. Ich rief die Seite der Universität Aarhues auf und den Link zur Fakultät. Bis auf den ersten Auftritt war alles dänisch, aber man fand sich durch. Unter der Rubrik aktuäl fand sich allerlei, aber Begriffe wie „Konferenz" oder „Europe in Crisis" (oder Europa in Chrise oder wie immer das auf Dänisch heißen mochte) tauchten nicht auf. Ich rief Karen an. Ihre Sekretärin nahm ab. Karen sei in Deutschland. wann sie zurück sei? Moment, sie schaue im Kalender nach ... erst am 18. wieder. In zwei Wochen. Danke. Vielleicht können Sie mir helfen, es geht um einen Kongress in Aarhues ... sie wisse davon nichts, er solle auf der Website der Uni nachsehen. Vielen Dank auch. Susan verfolgte dies alles tonlos. Jetzt erst kam mir Mann in den Sinn. Ich googelte ihn: Guest Professor, University of Bergen, Norway. Kein Eintrag über das King's College. Kein Verweis auf die Konferenz hier.

Ich checkte meine Mails. Mein Herz stolperte: Nachricht von Britta, aber als ich sie aufrief, stand da nur: O.K., also morgen um 8. Ich freue mich! Bacio!!!" Das war im letzten Sommer. Als die Liebe ganz frisch war. Als der Sommer heiß war und sie mich nackt und mit Eiswürfeln zum Spielen in ihrer Dachwohnung erwartete, um 8, ich erinnerte mich an jedes Detail. Wie der Schatten der Jalousie ihren nackten Körper mit Streifen heller Haut versah, auf denen meine Zunge entlang spazierte. Eine ihrer ersten Mails. Die letzte im Kasten. Auf der Jagd nach einer Erklärung ging ich abstruseste Wege: Kann ein I-phone kaputtgehen und sich an einer Stelle aufhängen wie früher die Schallplatten?

„Und?", fragte sie, fast klang es vorwurfsvoll.

„Irgendwas stimmt nicht. Auf der Website kein Verweis auf die Konferenz, aber ist auch alles in Dänisch, vielleicht hab ich es übersehen. Und mit den Mails ... sind Sie auch bei yahoo?" „Ja" „Dann wird es am Server liegen, die haben irgendwie die vorderen Seiten der Posteingänge gekappt. Moment, ich schreib Karen mal. Oder machen Sie das besser." Ich reichte ihr das Gerät, sie rief ihren account auf, zögerte dann aber. „Lieber nicht." „Warum nicht?" „Mir ist das peinlich. Ich meine – ich kann mir das nicht erklären, aber irgendwie muss es ja an mir liegen, oder? Der Termin stimmt nicht, ich weiß aber nicht ..." Jetzt war es doch passiert. Sie weinte, und auch das war ihr peinlich, sie hielt die linke Hand vors Gesicht. Mit weinenden Frauen kann ich – konnte ich, muss ich wohl sagen – ganz schlecht umgehen. „Ich versuch noch mal, drinnen was rauszukriegen, O.K.?" Sie nickte nur, sicher ebenso froh wie ich, diese Situation abzubrechen. „Bin gleich wieder da." Dennoch hatte ich ein schlechtes Gewissen, als ich die Wiese Richtung Hauptgebäude überquerte. Jetzt gehst du weg, angeblich um zu helfen, aber das stimmt nicht, und ihr wisst es beide. Ich fragte noch einige Studenten, aber das war schon Aktionismus. Keiner wusste von einem Kongress. Eine andere Uni gebe es in Aarhues auch nicht, und eine Fakultät, mit der man diese verwechseln könne, beim besten Willen nicht. Auf dem Weg zurück zur Bank, wo sie sich rechtzeitig beruhigt hatte und gerade ein Taschentuch verschwinden ließ, überlegte ich mir Placebo-Maßnahmen. „Ich schlage vor, ich schreibe an Kjaergard. Er bringt mich ja nicht mit Ihnen in Verbindung, und so kriegt Karen nichts mit, einverstanden?" „Gut. Das ist gut. Danke." Noch während ich tippte, sprach ich weiter, als sprudele ich nur so vor Ideen, die bizarre Situation zu lösen: „Vielleicht schreibt er ja noch heute zurück. Sonst gehen wir morgen einfach wieder her, wenn die Konferenz eröffnet werden sollte, und sehen, was los ist. Und wenn sie definitiv nicht stattfindet – sehen wir weiter." Sie wusste so gut wie ich, dass das alles ihr Problem nicht lösen würde, aber sie widersprach nicht. „Ich hatte ein Zimmer in einem Studentenwohnheim gebucht. Das zumindest müsste doch geklappt haben." „Haben Sie das separat bestellt? Oder lief das auch über die Konferenzanmeldung?" „Auch." „Haben sie eine Nummer? Besser wir rufen vorher an." Sie googelte die Nummer und tippte sie ein. Sagte dem Menschen, der abhob, um was es ging. Buchstabierte ihren Namen. Den Vornamen. Noch einmal den Nachnamen. Sagte das Datum. Legte auf.

*

Am nächsten Morgen weckte mich ihr Gesang unter der Dusche. Ich musste zunächst die Rangfolge der Merkwürdigkeiten sortieren: Dass sie so fröhlich war. Dass ich offenbar durchgeschlafen hatte, obwohl meine Waden über die Sofalehne hinausragten. Dass ich nur geringfügige Kopfschmerzen hatte, obwohl wir zwei Flaschen niedergemacht hatten, um den absurden Tag zu verarbeiten. Das mit den Kopfschmerzen relativierte sich aber rasch, als ich mich aufsetzte und in die Sonne blinzelte. Auch dass die Nacht eher unbequem gewesen war. Blieb ihre Fröhlichkeit. Sie sang aus vollem Hals Abba. Hoffentlich hatte sie ihre Sachen da drin. Dass ich auf dem Sofa geschlafen hatte, war schon mal gut. Auch sonst fand ich keine Spuren, weder hier im Zimmer noch in meinem Gedächtnis, dass in der Nacht irgendetwas vorgefallen wäre, was mein Leben noch komplizierter machen würde als es ohnehin schon war.

Sie stellte die Brause ab und summte weiter. Wahrscheinlich seifte sie sich jetzt ein. Aber ich war seltsam entspannt, selbst bei dieser Vorstellung. Du wirst es nie lassen, hatte Britta gesagt, und deshalb kann man sich auf dich eben nie verlassen. Vielleicht doch? Ich beschloss, meine Entspanntheit mit dem jungen nackten Mädchen, von dem mich nur eine Badezimmertür trennte, mir als Fortschritt anzurechnen und stieß die unangenehmere Alternative – Oder wirst du einfach nur alt und impotent? – unwirsch beiseite. Sie stellte die Brause wieder an und sang weiter „the winner takes it all". Yes, and the looser standing small. Woher diese Munterkeit? Oder sang sie aus Trotz? Sie hatte gestern, wie sie selbst gesagt hatte, eine Schlappe erlitten, die am Selbstwertgefühl nagte. Es selbst hinzukriegen, das sei ihr Mantra seit sie dreizehn war. Und nun war sie in einer Situation gestrandet, die sie nicht einmal begreifen, geschweige denn kontrollieren konnte. Ich stand vorsichtig auf und suchte die Küche. O.K., keine Küche, wir sind in einem Hotelzimmer. Wie ein dürstendes Tier witterte ich die Quelle: Kaffee gibt's unten. Sie stellte die Brause ab, die Kabinentür quietschte. Ich wollte nicht dastehen, als wartete ich, dass sie rauskäme, also tat ich geschäftig und faltete die Wolldecke mit dem Rücken zur Badtür. Ich hörte nackte Füße tapsen, und als sie mich ansprach, konnte ich kaum anders, als mich umzudrehen. Sie trug Jeans und eine Bluse, nur die Füße waren bloß, und um die langen Haare hatte sie ein Handtuch geschlungen. Ein schönes junges Mädchen, dachte ich, aber ich dachte es merkwürdig – interesselos. Mehr wie man einen Schmetterling bewundert, der sich, ein paar angehaltene Atemzüge lang, einem auf die Hand setzt. „Gut geschlafen? Keinen Kater?", fragte sie und rubbelte gleich weiter ihr Haar, dass die Brüste hüpften. „Ein Kätzchen, würde ich sagen. Vor allem brauche ich morgens binnen 10 Minuten nach dem Aufstehen meine erste Kaffeeinjektion, sonst bekomme ich Launenkrämpfe."

92

„Bin schon fertig. Wir hatten doch mit Frühstück, oder?"

„Wahrscheinlich. Ich muss gestehen, ich kann mich gerade so daran erinnern, in welchem Land wir sind."

„Ist das nicht herrlich?"

„Was?"

„Na, so reiseschwindelig zu sein. ich liebe es, aufzuwachen und nicht zu wissen, wo ich bin."

Ich fand es geradezu verdächtig, wie aufgekratzt sie war. Eine Borderlinerin? Bei der sich Phasen der Depression und der Euphorie abwechselten wie Schlagwetter in den Bergen?

„Reiseschwindelig ist gut. Bei mir ist es eher der Rotwein. In meinem Alter ..." Sie machte kopfschüttelnd zwei Schritte auf mich zu und griff mit beiden Händen um meinen Bizeps. „Jetzt hör mal auf mit der Leier" – offenbar waren wir gestern Abend zum Du übergegangen – „falls es fishing for compliments ist, sag ich es jetzt einmal, und nur einmal, und nur wenn du das Altersgenöle von jetzt an lässt: Du bist prächtig in Form, da ist mancher Zwanzigjährige neidisch. Reicht das? Oder mehr?"

„Mehr."

„Siehst gut aus. Nicht nur für dein Alter. Überhaupt."

„Gut, zufrieden."

*

Als Guste uns das kurze Stück zum nächsten Fährhafen fuhr, dachte ich darüber nach, wie die Anteile in dem Mix aus Koketterie, Wehmut, Selbstironie und Panik beschaffen waren, mit dem ich seit zwei Jahren – seit ich diese vier vorneweg trug in der Bezeichnung meiner Erdanwesenheit – gehäuft mehr oder weniger witzige Bemerkungen über mein Alter machte. Häufiger offenbar als es meine Umgebung für gut befand, denn Susan war nicht die erste, die es mir verwies. Britta gegenüber war ich bereits vorsichtiger geworden, dachte aber, ihre Empfindlichkeit habe auch damit nicht zu tun, dass die vierzig für sie auch nicht mehr fern war. Und „das große Projekt" wie sie es nannte, nun mal jenseits dieser Klippe endgültig zu scheitern drohte. Vielleicht jetzt schon, mit 37, gescheitert war. Dass nun aber sogar das junge Mädchen, wenn auch spielerisch versteckt, davon offenbar genervt war, gab mir neuen Stoff. Nur eines war klar: Es beschäftigte mich. Warum? Sie hatte ja recht, ich war noch gut in Form, sexuell, sportlich, geistig, alles in allem gerechnet, plus die Erfahrung, wahrscheinlich in so guter Form wie noch nie zuvor in meinem Leben. Aber vielleicht war es gerade das: Das Bewusstsein, auf einem Zenit zu stehen. Und dass es nun, in fast jeder Hinsicht, nur noch eine Richtung geben würde. Es war, wenn ich recht in mich hineinhorchte, nicht – noch nicht – Angst vor Krankheit, manifestem Verfall und dem Tod, sondern Furcht vor dem Gefühl, einen Abhang hinabzugleiten und sich nirgendwo festhalten zu können.

Düstere Gedanken an einem sonnigen Tag. Das Meer tränkte den Himmel mit noch mehr Blau. Von keinem Baumschatten, keiner Häuserwand gehemmte Sonne. Nur Deiche und der Horizont selbst als Begrenzung. Eigentlich kein Panorama, um an die Endlichkeit zu denken. Susan wirkte noch genauso unbekümmert wie heute morgen. Ich kam zu der Überzeugung, dass sie die Enttäuschung tatsächlich so leicht wegstecken konnte und in der Lage war, die Freude über das bevorstehende Wiedersehen mit ihrem Freund (von dem ich immer noch nicht wusste, ob es ihr Freund war, aber ihre Stimmung ließ das vermuten) alles andere überstrahlen zu lassen. Sie pfiff und klopfte den Takt mit den Fingern auf Gustes Lenkrad. Selbst Guste schien besser zu laufen als gestern. Einfach alles lief gut. Sie hatte ihr Ticket umbuchen können. Wir hatten durch einen irren Zufall, wie ich da noch glaubte, den gleichen Weg. Und ich hatte mich von ihrer Unbekümmertheit anstecken lassen. Mann schien in Bergen zu sein, aber würde ich ihn dort antreffen? Wohl kaum, die wissenschaftliche Community schien gerade um den Globus zu jetten. Aber es war mir wohltuend egal. Genoss das Gefühl, das mir in den letzten Jahren fast ganz abhandengekommen war, auf dem richtigen Weg zu sein, mit der richtigen Person. Egal wohin es ging.

3. Aarhues-Bergen

Die Fähre legte am frühen Nachmittag ab. Harthuls oder so ähnlich hat der Ort geheißen, der um den Hafen herum gewachsen war. Wir hatten Zeit. Bergen würden wir am nächsten Morgen erreichen. Susan hatte sich hinter ihren Laptop verzogen. Ich lieh ihr I-Phone. Ging auf das Achterdeck, wo Kinder und Möwen um die Wette kreischten und alte Leute in Decken gehüllt auf Liegestühlen allesamt in solcher Reglosigkeit ruhten, als sei dies ein Wettbewerb. Ich wog das I-Phone in der Hand. Eigentlich hatte ich es genau deswegen nicht mitgenommen. Eine Art Entziehungskur. Aber bekanntlich hilft es nichts, die Fluppen wegzuschmeißen, die man sich sofort wieder überall besorgen kann. Es war nicht nur wegen Britta, dass mir die Finger juckten. Heute war der Tag, an dem ich zugesagt hatte, wieder erreichbar zu sein. Das erschien mir plötzlich absurd. Ich hatte Urlaub, noch die ganze Woche. Wozu sollte ich erreichbar sein? Für welchen Notfall? Dass ein Bus aus dem Kreis Altenkirchen irgendwo in Tirol in den Gletscher stürzt und ich dreiundzwanzig Trauerbriefe schreiben muss: Herzlich Beileid und wählt mich wieder? Das hilft dir auch nichts mehr, alter Schleimer. Und wenn du noch hundert Mal bei Kitaeröffnungen mit kleinen Hosenscheißern auf dem Arm in der Rheinzeitung lächelst, diesmal schaffst du es nicht mehr. Und weißt du was? Ich bin froh darüber. Ich hielt das I-Phone in der Hand und betrachtete es. Stellte mir vor, Schmidt säße darin, klein wie Fliegendreck und riefe nach mir: John! Joooohn! Wo bleibt der Teeext? Ich hatte Lust, zurückzuschreien, über die Möwen und Kinder hinweg, dass die Alten aus den Liegestühlen rollten: „Und wo bleibt die Stelle? Berlin? Das Ministerium? Meine Zukunft? Ich hatte Lust, das I-Phone in die See zu schleudern. Leider war es nicht meins. Ich wollte es gerade in die Jackentasche sperren, als es klingelte. Ich überlegte kurz, es Susan zu bringen und sie abnehmen zu lassen, aber bis ich unsere Plätze erreicht hätte würde der Anrufer kaum warten. Selbst abzuheben traute ich mich nicht, je nachdem wer der Anrufer war, könnte das zu Missverständnissen führen. Ich beschloss, die Mailbox den Job übernehmen zu lassen und ihr dafür gleich ihr I-Phone zurückzubringen. Die Mailbox sprang aber nicht an, und der Anrufer gab nicht auf. Nach dem Zwölften oder Dreizehnten Klingeln war ich an unserem Platz. Susan war schon in einem angeregten Gespräch mit einem jungen Mann mit Pferdeschwanz; der sich auf meinen Platz gesetzt hatte. Ich reichte ihr das Gerät und lächelte dem Burschen beruhigend zu, weil ihn mein Auftauchen offenbar in Alarmbereitschaft versetzte. Ich sah geradezu sein Gehirn Adrenalin und Gedanken um die Wette verschießen: Ist das Ihr Freund? War das sein Platz? Und verdammt: Wie groß und breit ist der Typ? Ich legte ihm, der schon halb aufgesprungen war, die Hand auf die Schulter: „Keep Your seat. It's O.K." Susan bekam davon nichts mit. Sie telefonierte aufgeregt und versendete zum Ende des Gesprächs Satellitenküsschen. Offenbar der Norweger. Oder ein anderer Verehrer. Tja

Mädchen, dann sieh mal zu wie du die alle sortiert kriegst. „Das war Henrik. Nein, das hier ist Henrik, tschuldigung, am Telefon war Lars. Henrik, das ist John, wir reisen zusammen." „Nice to meet You, Henrik. Schon gut, ich wollte dir nur das Telefon bringen. Bis später."

Als ich mich von der Tür aus umwandte, strich sie sich eifrig Strähnen hinters Ohr und berührte den Jungen leicht am Unterarm, als sie gemeinsam über etwa lachten. Ein ganz schlanker, fast schmächtig. Good luck, dachte ich, an niemanden bestimmtes gerichtet.

*

Den Abend verbrachte ich an der Bar mit einer bunten Mischung von Skandinaviern, die erklärtermaßen nur zu diesem Zweck mit der Fähre fuhren. Einer wollte mir vorrechnen, dass es sich ab dem achten Bier schon lohne, dann habe man den Fährpreis rausgesoffen, aber er kam nicht über die Klippe acht Mal 4 Euro 50 auszurechnen und brach mit doeschn'tmatterscheers! ab. Ich hielt mich an Kaffee. Als die Bar um zwölf schloss und der Barkeeper mich sacht am Arm rührte, war ich der letzte, die Skandinavier schnarchten wie die Walrösser in den Korbsesseln. Das Schiff war still, als ich wie ein Wal aus den Tiefen des Ozeans aus meiner Versunkenheit auftauchte. Ich hatte nicht geschlafen. Was ich getan hatte, dafür hatte ich kein Wort. Kein Dämmern, kein Driften, auch kein Nichts-tun. Es war so etwas wie Nichttun. Ich weiß nur, dass ich aus einer Art von Ruhe auftauchte, in der ich durchaus tätig gewesen war. Ich kann es nicht beschreiben. Aber das erste, was ich meinen Geist als innere Stimme aussprechen ließ, war der letzte Satz, den ich an diesem Tag zu Susan gesagt hatte: It's O.K. Ich ging zu unseren Plätzen. Susan lag, den

Kopf an die Schulter des Jungen gelehnt, sie lagen da wie Geschwister. So wahnsinnig viel konnte ja wohl auch hier mitten unter Leuten kaum stattgefunden haben. (Aber vielleicht woanders? Ich zog meine Phantasie sofort straff am Zügel). Das war mein Platz, auf dem der Junge saß, aber ich dachte wieder: It's O.K. Ich bin auf einer Fähre. Wir haben abgelegt. Wir kommen an ein neues Ufer. Gestade. Ein neues Gestade. It's O.K.

*

Sie berührte mich an der Schulter, um mich zu wecken (und dies war das erste, das mir einfiel: Dass sie mich nun schon den zweiten Morgen weckte. Und gleich darauf: dass es unser letzter sein würde. Sie war verlegen, und ich wusste gar nicht gleich, weshalb. „Tut mir leid. Ich bin so eingeschlafen." Ich richtete mich auf, hatte mich einfach lang auf dem Gang ausgestreckt mit einer zusammengerollten Decke unter dem Kopf. „Keine Sorge. Hab wesentlich besser geschlafen als in dem Sessel letztes Mal. Und besser als auf dem Sofa. Überhaupt ziemlich gut." „Wirklich gar nicht böse auf mich?" „Gar kein bisschen. Sind wir schon da?" Ihre Augen glänzten, als sie begeistert nickte und auf die Füße sprang. „Da! Man sieht schon die Küste!" Sie war so enthusiastisch, als wären wir seit Wochen schiffbrüchig auf hoher See getrieben. Ich sah mich nach dem Jungen um. Er war fort. „Wann kommen wir an? Lohnt sich noch ein Kaffee?" „Bestimmt. Ich schau mal." Sie zückte Ihr I-Phone. drücke daran herum. „Akku leer?" „Scheint so." „Ich schau mal auf der großen Innovation des vorigen Jahrhunderts, ja?" Sie streckte mir die Zunge raus. „Also, diese Uhr, mit der man auch telefonieren kann, sagt: es ist halb acht. Also eine Stunde bis zum Anlegen. Entschieden zu lang, um mit dem Kaffee zu warten." „Aber to go, ja? Ich will sehen, wie das Land sich nähert." „Alles, was du willst, Prinzessin!" Also stellten wir uns mit Plastikbechern an den Bug. Der Wind rüttelte an den Jacken und hätte uns jedes Wort von den Lippen gerissen und ungehört aufs Meer hinaus getragen. Wir waren an dem Punkt, an dem miteinander schweigen zwar noch ungewohnt war, aber schon eine Stimmung der Vertrautheit erzeugte. Vielleicht dachte sie dasselbe wie ich: Dass sich nun unsere Wege trennen würden, sie würde mich am Institut absetzen und zur Wohnung ihres Freundes fahren. Vielleicht dachte sie aber schon gar nicht mehr an mich, vielleicht schwiegen wir gar nicht miteinander, sondern aneinander vorbei? Als das Dock nur noch einen Steinwurf entfernt war, tippte ich sie an, deutete auf mein Handgelenk und drehte dann ein imaginäres Lenkrad. Sie nickte, merkwürdig ernst, und wandte sich um. Als wir die eiserne Treppe zum Parkdeck hinabstiegen, sagte sie: „Willst du gleich zum Institut? Oder nimmst du dir erst noch ein Zimmer?" Als ich nicht antwortete, dreht sie sich um. Ich zuckte die Achseln. „Es wäre ein großes Glück, wenn er da wäre. Und falls nicht ... nein, ich gehe gleich hin. Vielleicht nehme ich die Fähre ja gleich wieder zurück." „Hast Du nicht noch eine Woche Urlaub?" „Ja." „Bleib doch. Bergen soll schön sein." „Mal sehen." Ich faltete mich in die Ente. „Na Guste, gut geschlafen?" Das Deck hallte von schlagenden Türen. Vor uns trug ein Vater sein zappelndes und knallrot geschrienes Kind ins Auto, während die Mutter das andere anschnallte. Der Kofferraum war bis unter das Dach zugepackt. „Wo ist denn das Institut überhaupt? Kann ich dich noch vorbei bringen?" „Das wäre nett. Nein, keine Ahnung, ich dachte, das sagt uns deine kleine Maschine, aber die streikt ja wohl." „Ich versuch's nochmal. Der Akku ist es jedenfalls nicht, ich hab ja Saft, es ist nur – es kommt nichts. Kein Netz." „Vielleicht an Land. Sonst lass mich einfach im Zentrum raus, ich finde mich dann schon durch." „Ich frag einfach Lars." Sie tippte. „Dieses Ding ist zum Mäusemelken. Geht auch nicht." Grinsend hielt ich ihr mein Handy hin. Sie nahm es kommentarlos, wählte. Und stutzte wieder. Sagte auf Englisch, sie wolle Lars sprechen. Wiederholte den Namen mit Nachnamen. Sagte zögerlich danke und legte auf. „Wohnt da angeblich nicht. Sie überprüfte die Wahlwiederholung. „Ist aber die richtige Nummer. Die hab ich vorgestern erst noch angerufen." Ich verkniff mir eine Bemerkung über ihre Pannenserie. Die verpasste Konferenz würde ihr bei Karen nicht gerade Pluspunkte einbringen und es gab keinen Grund, sie jetzt daran zu erinnern. Ich wies nach vorn: Die Rücklichter der Familienkutsche leuchteten so rot auf wie der Kopf des brüllenden Insassen. Rings um uns orgelten die Zündungen und stampften Motoren ungeduldig mit den Zylindern. Es hätte sich vielleicht angefühlt wie mitten im Starterfeld eines Formel-1-Rennens, hätten wir nicht ausgerechnet in Guste gesessen.

„Und jetzt?"
Wir standen am ersten Kreisel. Hinter uns hupte ein Jeep, sie fuhr in den Kreisel hinein und dreht eine zweite Runde. „Da! Centrum." Guste schwankte, aber sie kriegte die Kurve. Weißt du denn, wo dein Freund wohnt?" Sie kniff die Lippen zusammen. „Njep. Schätze, wir brauchen ein Internetcafé." „Du hast nicht mal die Adresse." „Nein, stell dir vor, ich habe nicht mal die Adresse, die Adresse steht ja im Netz, ich weiß nur den Namen des Wohnheims, Fantoft. Oder so ähnlich." „Bitte vielmals um Entschuldigung. War nur eine Frage." „Nein. War es nicht." Ich ließ es gut sein. Sie war angefressen. Vielleicht war ihr über ihr ausgefallenes I-Phone selbst nochmal bewusst geworden, was alles in diesen beiden Tagen schiefgelaufen war. Ich sah lieber aus dem Fenster, aber von der gerühmten Naturschönheit Nor-

wegens war nichts zu sehen, nur eine Mondlandschaft mit Autobahn. Felsen und Beton, Straßen auf Pfeilern übereinander ge-
stapelt. Wahrscheinlich waren wir schon dreimal im Kreis gefahren, aber ich war vorsichtig und sagte nichts, sie war stachlig
genug, als wir endlich zu einem „parkhuus center" gelangten. Sie
hielt das Ticket zwischen den Zähnen wie ein Pirat das Enter-
messer. Ich traute mich kaum, es ihr abzunehmen, vielleicht
hätte sie mich gebissen. Als sie den Motor abstellte und das
Ticket in den Aschenbecherkrater zwischen den Sitzen legte, sah
ich deutlich den Abdruck ihrer Zähne. „Das war anstrengend,
was?" Sie hatte tatsächlich Schweißperlen auf der Nase. „Ja, irgendwie." „Jetzt frühstücken wir erst mal was, O.K.?"
Mit dem Parkhaus schienen wir die ganze hässliche Betonwelt
der Autos hinter uns gelassen zu haben: Kaum hatten wir auf
Nachfrage zwei Straßen Richtung Zentrum überquert, wandelte
sich die Stadt, in enge Gassen mit Kopfsteinpflaster, bunt gestri-
chene schmale Häuser, verwinkelte Plätze mit Bänken vor den
Läden. Niemand war laut. Als saugten der blaue Himmel und der
Atlantik jedes Dezibel, das über ein freundliches „God dag" hi-
nausging, in ihre Weite. Auf einem größeren Platz wehte das
Blaurot der Nationalflagge im rüttelnden Hafenwind, der den
Geruch frischen Fisches mit sich trug. Aber niemand sonst pries
die Ware aus, ruhig standen die Fischfrauen hinter ihren Ständen
und wogen Schaufelweise Krabben in Tüten, über deren Preis sie
sich mit den Kunden nur mit den Augen zu verständigen schienen. Das Hafenbecken war auf der einen Seite von klobigen
Stahl- und Betonbauten eingefasst, auf der anderen von bunt
aufgereihten dreigeschossigen Schmalhäusern, über die terras-
senartig weitere ebenso bunt winkende Häuserreihen in den
Hügel hineingebaut standen, vier oder fünf Reihen, mit einem
Labyrinth aus Treppen, kleinen Vorsprüngen und Gassen, das die

Häuschen verband, bis zum bewaldeten Fuß des Hügels, der steil und weit über der Stadt aufragte bis zu einer felsigen Kuppe. Das Internetcafé lag in einer der Gassen, die vom Marktplatz abzweigten. Internet 1h: 20 Kroner. In England war ich noch unbeholfen gewesen mit den ungewohnten Münzen, überhaupt mit dem Gefühl, Preise und Wertigkeiten nicht gleich einschätzen zu können. Nun hatte ich viererlei Währung in der Tasche und musste mühsam die richtigen Münzen heraussuchen. Wir hatten auf der Fähre gewechselt und für 200 Euro etwas über 800 Kronen erhalten. In Dänemark hatte ich die Scheine und Münzen betrachtet, als sei es Geld aus dem chinesischen Kaiserreich. Jetzt war ich nicht mehr neugierig, sondern nur noch genervt. Das Café war gut gefüllt mit Asiaten und Schwarzen. Ich erwartete, sie würden mit ihren Familien skypen, aber die zwei Chinesen neben mir spielten Ballerspiele und die zwei Afrikaner auf der anderen Seite sahen sich Pornos an. Auch Susans Blick fiel auf den benachbarten Bildschirm. Sie schaute nicht weg, sie wurde auch nicht rot oder empört oder sonst irgendetwas, das ich erwartet hätte. Sondern schaute zu. Eine weiße Blondine befriedigte einen Schwarzen oral, wie es wohl amtlich korrekt heißen würde. Ich wurde an ihrer Stelle rot und empört und alles andere, aber mehr als eine Übersprungshandlung bekam ich nicht hin, die darin bestand, meinen Mail-server aufzurufen, obwohl mir im nächsten Moment klar war, dass ich mir mit ihr den Rechner teilte und jetzt lieber nicht meine privaten Mails öffnen wollte. Dabei hätte ich das wahrscheinlich in aller Ruhe tun können, denn sie schaute nach wie vor gebannt auf das eigentlich wenig abwechslungsreiche Geschehen auf dem Schirm. Der eine der beiden Schwarzen bemerkte es und stieß seinen Kumpel mit dem Ellbogen an. Hastig schloss dieser das Fenster und brummelte etwas, das entschuldigend klang. Aber Susan lächelte die beiden nur entwaffnend an und wandte sich dann unserem Rechner zu. „Du schwitzt ja, ist dir warm?", flötete sie scheinheilig. Ich sagte zu dem ganzen Vorgang lieber nichts und googelte die politikwissenschaftliche Fakultät. Schrieb die Adresse, malte sie eher ab mit den durchgestrichenen os, schrieb auch die Telefonnummer dazu, obgleich ich wusste, dass ich keinen Anruf riskieren würde. Nein, Mann würde ich direkt begegnen müssen. Nur so konnte es gehen. Ich fand sogar seine Zimmernummer, K-11. Er war unter „Wissenschaftliche Mitarbeiter" aufgelistet. Und sein Bild. Es überraschte mich nicht. Ich hatte im Phantombild meines Geistes einfach die 22 Jahre hinzugeschlagen. Ich schloss es rasch, ehe sie etwas merken konnte. „Du bist dran." Sie ließ sich nicht von mir stören, rief ihre Mails auf. Und fluchte gleich darauf mehrfach wenig damenhaftes. Ich hatte mich, sobald ich sie yahoo eintippen sah, diskret in den einzigen Sessel verzogen, der neben dem Tresen stand, wahrscheinlich für den Inhaber, wenn das Geschäft gerade lau war. Selbst ich konnte herrlich darin versinken. Ließ sie fluchen. Stellte mir vor, der Sessel stünde auf einer Eisscholle, und ich trieb dahin, mit dem Golfstrom dahin ... ich muss eingedöst sein, sie stolperte fast über meine Füße auf dem Weg zum Tresen. Sah verärgert auf meine Beine, statt sich zu entschuldigen. Langsam wie ein Chamäleon zog ich meine Beine ein. „Was ist los?" „Ach mein Sch... account. Geht gar nichts mehr. Kennt mich gar nicht mehr." „Tja, so schnell kann's gehen." „Sehr witzig. Aber das Wohnheim gibt's immerhin noch."

Und dann kam der Moment, an dem wir uns vielleicht noch hätten trennen können. An dem wir uns eigentlich hätten trennen müssen. Sie brachte es auf den Punkt: „So, Mister. Jetzt hast du deine Adresse und ich meine." Das fand ich mindestens ungeschickt formuliert, es klang wie: „Nun hab ich dich aber genug

103

herumkutschiert, trollst du dich jetzt endlich?" Entweder merkte sie es selbst im Moment, da sie es aussprach, oder sie las es meinem enttäuschten Mund ab. „Aber ich bring dich gerne noch hin." „Nicht nötig, danke. Ist in Fußweite, nur ein Stück den Hügel hinauf." Das klang nun meinerseits eine Nuance zu reserviert. Ich fügte daher hinzu: „Guste wird mir fehlen." „Na wer weiß." „Was? Weiß wer?" „Ob du deinen Mann hier nun triffst. Was wenn nicht?" „Kommt darauf an, wo er steckt. Ob er bald zurückkommt. Vielleicht fahre ich ihm weiter hinterher. Vielleicht warte ich auf ihn. Vielleicht treffe ich ihn und fahre wieder nach Hause. Eigentlich finde ich den Gedanken gerade sehr befreiend, endlich einmal nicht zu wissen, was ich in ein paar Stunden tun werde." „Ich wüsste es zu gern." „Was du in ein paar Stunden tun wirst?" „Nein. Was das ist mit dir und deinem Professor Mann. Manchmal klingt es fast so als hättest du eine Pistole dabei und wolltest dich mit ihm schießen." Ich nickte darauf bloß mit einem Ernst, der ihr Lächeln tötete wie ein tiefer Nachtfrost die Frühlingsblüte. Das wollte ich nicht. „Syrischer Agent, weißt du doch." „Weißt du was? Ich komme lieber mal mit. Als Sekundantin." Das war mir nicht auf allen Ebenen recht. Auf manchen aber schon. „Ich will dich aber nicht aufhalten. Und falls er da ist ..." „... keine Sorge, dann verschwinde ich gleich wieder und lass euch allein. Komm, ich hab mittlerweile auch ganz schön Anteil an deiner Suche, da will ich wenigstens sehen, wie sie endet." „Gut. Gehen wir. Kongsleben 17. Ich glaube, da lang."

Wir fanden die Straße, das Gebäude, das Zimmer. Der Bau war völlig funktional, die Räume in drei Geschossen rings um ein Atrium angeordnet, 2.11 der elfte im 2. Stock, man brauchte nicht einmal jemand fragen. An der Tür ein Namensschild: Dr. Mann. Ich klopfte. „Come in!" Ich trat ein. Ein Bärtiger mit großem Kopf und großen Händen füllte das winzige, mit Büchern und Ordnern vollgestopfte Zimmer schon durch seine Körpermasse fast zur Hälfte. „Can I help You?" Er war es nicht. Ich war nicht einmal überrascht. Ich suche Professor Mann, sagte ich ebenfalls auf Englisch und wies unnötigerweise nach draußen, womit ich den Namen auf dem Türschild meinte. Er verstand mich trotzdem. „Das ist sein Zimmer, korrekt. Ich bin Gastwissenschaftler aus Cambridge und man hat die Freundlichkeit gehabt, mich hier die kurze Zeit einzuquartieren, da Mann in Finnland ist. Sabbatical." Erst als ich abends versuchte, das Puzzle zusammenzusetzen, fiel mir auf, dass das alles nicht stimmen konnte. In dieser Situation ließ ich aber ein Programm laufen, das all die Ungereimtheiten einfach ausblendete. Der Hühne gab mir ein Kärtchen, das Mann offenbar für Fälle wie diesen auf seinem Schreibtisch deponiert hatte, mit Anschrift und Telefonnummer des Instituts in Turku. „Schreiben Sie ihm einfach, er ruft seine Mails weiterhin von seinem hiesigen account ab", riet er noch.

Als wir wieder auf der Gallerie standen, die das Atrium umlief, sagte Susan das Gleiche: „Vielleicht schreibst du ihm wirklich lieber? Scheint etwas unstet zu sein, der Herr." „Ich weiß es gerade nicht. Muss erst mal sehen, wo Turku liegt." „In Finnland." „Ha – Ha! Polarkreis? Russische Grenze? Oder gleich gegenüber von Schweden." „Ich seh schon, Humor lassen wir jetzt grad mal besser. Frag doch einfach einmal das schlaue Mädchen an deiner Seite. Turku ist die traditionsreichste Kulturstadt Finnlands, etwa 150 Kilometer nordwestlich von Helsinki. Also etwa Mitte halb unten, wie der Geograph sagt." „Hast du grad heimlich gegoogelt, oder?" „Überheblicher Opa! Ich hab hier oben schließlich auch noch ne Festplatte!"

Wir standen vor dem Gebäude. „Na dann." „Na dann." „Ich geh dann mal zurück ins Internetcafé. Sehn, wann die Fähren fahren." „Wohin?" „Weiß ich noch nicht. Vielleicht werf ich 'ne Münze." „Davon haben wir ja jetzt genug verschiedene in der Tasche." Ja, wir. Dachte ich. Und dass wir jetzt aufhören würden, ein Wir zu sein. Sie schien ähnlich unschlüssig wie ich, welche körperliche Form der Verabschiedung nun angemessen sei. Eigentlich der Händedruck. Wir hatten nichts wirklich Bindendes gemeinsam erlebt bis dahin. Aber als sie ihrerseits zu einer Umarmung ansetzte, fühlte es sich trotzdem richtig an, auch wenn wir es bei einer vorsichtigen Variante beließen, bei der ich ihre Brust nur so leicht spürte, als wehe der Wind gegen mein Hemd. Ich sah ihr nicht nach und wunderte mich darüber, dass mir das schwerfiel. Forschte in meinem Innern, ob ich mich neuerdings verlieben konnte, ohne es zu wissen. Und kam zu dem vorläufigen Schluss, dass ich in eine Weise in sie verliebt war, die ich noch nicht kannte: Eine Weise, die zu keiner Entscheidung zwingt.

Ich ging nicht gleich in das Internetcafé zurück. Tat ein paar Stunden so, als wäre ich ein Tourist. Schlenderte durch die Gassen der Altstadt. Kaufte Ansichtskarten, wie immer vier Stück. Mama, Papa, Schwester, Lukas. Das Königsfort, die bunten Häuser, ein lustiges Schweinchen (für die Kinder), „rainy Bergen", ein Motiv aus lauter Regenschirmen. Schrieb sie in einem Café, das zwei kleine runde Tische mit Klappstühlchen aufs Pflaster gestellt hatte. An Lukas wie immer ganz ohne Text. An meine Schwester Ulk. An die Eltern klassisch „aus dem ausnahmsweise sonnigen Bergen", „hübsches Städtchen erkundet". Suchte und fand die königliche Post. Setzte mich auf eine Bank und wartete. Überlegte, ein Smartphone zu kaufen. Wartete auf ein Zeichen, eine Entscheidung, und wenn es der Regen wäre, der mich zwänge, wenigstens aufzustehen und zu gehen, das Wohin würde sich dann vielleicht finden. Ich war noch nie allein gereist.

Als Mann damals ganz alleine losfuhr, kaum ausgenüchtert vom Abibesäufnis in der Hütte, habe ich ihn dafür bewundert. Und gehasst. Warum hat er mich nur nicht mitgenommen. Ich bin immer mit Lukas verreist oder mit Frauen. Mit dem Gelehrten, der mir die Inschriften übersetzte, mit dem Unverbrüchlichen, dem Einen. Oder mit – den Vielen. Die kaum je länger blieben als einen Sommer und einen Winter. Die mich spätestens nach dem ersten Urlaub vor Entscheidungen stellten. Je älter ich und sie werden, desto schneller. Vielleicht sollte ich meine neu.de-Sucheinstellung ändern in 45+. Aber das kommt früh genug auf mich zu. Ich blieb sitzen. Wollte die Entscheidung hier, nicht im Internetcafé, nicht erst wenn mich die Krakenarme meines Email-accounts umschlungen hielten. Anfragen wegen der bevorstehenden Berlinreise des SV Weitenfeld ... AW: Praktikumsplatz für meinen Sohn Karl ... fw: Auswirkungen der Novelle des Abfallwirtschaftssondergesetzes für Kreise und Kommunen ... und vielleicht: none Von Britta.Schwertdfeger@web.de. Krakenarme, von denen ich nicht wusste, ob sie mich einfangen oder in die Flucht schlagen würden. Denen ich aber, so oder so, nicht die Entscheidung überlassen wollte. Ich dachte damals noch, die großen, wichtigen Entscheidungen könne man nur in der Einsamkeit treffen, allein mit sich. Ich habe gelernt. Alleine dort auf meiner Bank kam ich auf gar nichts.

Der einzige Entschluss, mit dem ich ins Internetcafé trottete, war, zunächst nicht meinen Email-account aufzurufen, egal wie sehr es mich in den Fingern jucken würde. Sondern erst Turku zu googeln und wie ich dahin kommen könnte. Und dann weitersehen. Aber als ich mich an dem Rechner setzte – es war zufällig der gleiche wie am Morgen, googelte ich zunächst Susan Pachour. Es gab keine Bilder von ihr. Nur ihren Namen in der Liste der Abiturienten des Kopernikus-Gymnasiums, Jahrgang 2008.

Es gab noch eine Susan Pachour, Physiotherapeutin in Ulm, die an verschiedenen Stellen des Netzes auftauchte. Aber über meine Susan nur diese eine dürre Nennung ihres Namens. Ihr leichter Fuß hatte noch wenig Spuren im Sand der Welt hinterlassen. Ich versuchte es noch einmal unter google-Bilder. Da kam sie. Nicht auf dem Bildschirm. Sondern leibhaftig. Betrat das Internetcafé, sah gleich nach dem Platz, auf dem wir am Morgen nebeneinander gesessen hatten. Sah mich. Und strahlte. „Hey! Genau dich habe ich gesucht."

*

Wir saßen am Fuße des Floyen, direkt über der höchsten Häuserreihe, als wäre es eine Dachterrasse. Er war nicht dagewesen. Ich hatte mehrfach nachfragen müssen, was sie damit meinte. Nein, er war nicht weg. Er war nicht da. Nie dagewesen. Niemand im Wohnheim kannte einen Lars Binder aus Deutschland. Nicht die Verwaltung, keiner der Studenten. Es hatte ihn dort nie gegeben.

Das allein rief in mir neue Verdächtigungen wach, ihren psychischen Gesundheitszustand betreffend. Genährt wurden diese Zweifel noch durch die völlig unbekümmerte Weise, mit der sie auch diese Panne wegsteckte. Sie sei enttäuscht gewesen, gab sie zu, habe auch einen Blechmülleimer demoliert vor Wut, aber nun sei es eben gut. So nett sei dieser Lars sowieso auch wieder nicht gewesen, man habe sich halt gekannt, Abi und so. Das hatte am Telefon auf der Fähre zwar noch anders geklungen, aber gut, ich wollte auf diesem Punkt nicht insistieren. Als ich dennoch anmerkte, dass es schon komisch sei, gleich zweimal so ins Leere zu laufen, blaffte sie mich fast an:

„Ach ja? Und dein Professor Mann? Irgendwie werde ich das

Gefühl nicht los, dass es an dir liegt. Seit wir zusammen reisen, passieren mir die ganzen komischen Sachen."

„Ich wollte ja nur ..."

„Du denkst, ich bin ein bisschen plem-plem, ja? Na los, sag's schon!"

„Ich weiß nicht, was hier passiert. Das ist alles. Und was auch immer es ist, ich bin sicher, es ist nicht deine Schuld."

„Besten Dank."

„Ich meine es ernst. Du glaubst nicht, was für ein Privileg das ist, vielleicht das größte der Jugend: Dass man an so wenig schuld ist."

„Privileg der Jugend", wiederholte sie spöttisch in imitierend-hochtrabendem Ton. Aber sie zwang sich dann, einzulenken. Sarkastisch hätte die folgende Frage wohl geklungen wie: „Und – was hast du Schlimmes verbrochen?" Sie machte daraus aber: „Und – woran hast du Schuld? Außer dass du einem jungen Mädchen ihren ersten Kongress und eine Nacht mit ihrem Ex-lover vermasselt hast?"

Sieh an, noch eine Variante. Aber ich überging das. „Schuld ist vielleicht ein zu großes Wort. Ich meinte wohl eher: Verantwortlich dafür zu sein, dass die Welt so ist, wie sie ist. Und das eigene Leben."

„Midlife-Crisis?"

Ich blickte über die ins Pastell verblassenden Häuser, auf die im Abenddunst verschwimmenden Inseln, die dem Hafen vorgelagert waren und ihn vor der See schützten. Wirklich dunkel würde es nicht werden, die ganze Nacht nicht. Nördlicher Mittsommer. Sie missverstand mein Schweigen: „Tut mir leid, ich wollte mich nicht über dich lustig machen, wirklich nicht."

„Kein Problem, ich habe nur über das Wort nachgedacht. Es ist so treffend, zu treffend. Als beträfe es alle. Und das tut es ja auch, nur die völlig von sich eingenommenen Hornochsen haben keine Midlife-Crisis. Nur hat jeder eben seine eigene, darum stimmt es doch nicht ganz, dafür nur ein Wort zu haben, verstehst du, was ich meine?"

„Voll und ganz. Ist das gleich wie mit Pubertät."

Ich dachte darüber eine Weile nach und nickte dann. „Trotzdem ist das komisch", befand sie und steckte sich dabei Gänseblümchen zwischen die Zehen. „Da habt ihr nun den ganzen Erfolg, für den ihr euch Jahre lang krumm gemacht habt, Karriere, Karre, Kinder, und dann – der große Blues."

„Ja, zugegeben. Obwohl meine Karre wirklich eine ist, nicht viel jünger als Guste. Karriere, na ja, ich habe dir ja die beiden Versionen erzählt. Und Kinder habe ich nicht."

„Hm. Auch keine Frau? So wie du gebaut bist."

„Doch. Aber eben nicht nur eine." Das klang blöd, großspurig, und ich haspelte gleich hinterher: „Ich meine, ich war nie lange mit ein und derselben zusammen."

Als sie darauf nichts sagte, und nur den anderen Fuß auch noch mit Gänseblümchen bestückte, war mir das Thema plötzlich peinlich. Ich kam mir vor, als missbrauchte ich sie für die Art Gespräch, die sonst Barkeeper über sich ergehen lassen müssen, weil sie unter anderem genau dafür bezahlt werden, und fürs Nachkippen. „Egal. Lass uns von was anderem reden."

„Nein, wieso? Ist doch irre spannend." Sie wackelte mit den Blumenzehen. „Ich war auch noch nie länger mit nem Typen zusammen. Das klingt vielleicht komisch, aber ich kann dich verstehen."

Pause. Das bezweifelte ich, dass sie es verstand. Es war eine scheinbare Gemeinsamkeit. Die gut 20 Jahre dazwischen machten sie in Wahrheit zu etwas völlig anderem. Mir fiel kein Satz ein, mit dem ich ihr nicht zustimmen konnte, ohne den schönen

Moment zu zerstören. Zum Glück setzte sie fort: „Und du hast also grad gar keine am Start? Oder die falsche?"

„Nein. Doch. Sie ist genau richtig. Intelligent, witzig, an vielem interessiert. Langweilig wird es mit ihr nie."

„Und dass sie schön ist, ist natürlich nebensächlich."

„Sagen wir: Eine erfüllte Voraussetzung. Ja, sie ist schön. Sportlich."

„Also bettmäßig auch alles O.K." Als sie mich die Luft anhalten sah, erstickte sie möglichen Protest sofort: „Das darf man, wenn man den dritten Tag zusammen reist!"

Ich nickte und ließ dabei langsam die Luft ab. „Ja. Das ist es nicht. Auch wenn natürlich immer nach einer gewissen Zeit etwas mehr Routine einkehrt – das ist es nicht."

„Sondern?"

Es war nicht das erste Mal, dass ich darüber sprach. Mit den Frauen hatte ich stets darüber gesprochen, gegen Ende. Mit Lukas hin und wieder, aber er hatte dazu recht feste Meinungen und versuchte umgekehrt aber auch nicht, mich von seiner zu überzeugen. Bist eben ein anderes Tier. In solchen Gesprächen kamen Worte vor wie Festlegung, Einengung, Vorschriften, Freiheit. Aber es waren nicht die richtigen gewesen.

„Sie will Kinder. Und ich habe Angst davor."

„Angst? Vor Kindern?"

„Ja. Nicht mehr zurück zu können. Mein Leben aufzugeben, wie ich es gerne führe, ohne zu wissen, was ich dafür bekomme. Vielleicht die letzte Chance zu verpassen, doch noch mal richtig im Job durchzustarten."

Sie sagte nichts und flocht weiter an einem Kranz aus Gänseblümchen. Ich fand immer noch, dass es unpassend sei, dieses Gespräch mit einem jungen Mädchen zu führen, dessen Lebenserfahrung so weit entfernt war. Oder vielleicht nicht?

„Und du? Möchtest du später mal Kinder haben?"

„Wieso später mal?"

„Na, jetzt passt es ja wohl nicht so gut, oder?"

„Und wann passt es?"

Gute Frage. Ich hörte Britta: Es hat nie gepasst. Immer sprach etwas dagegen. Das Studium, der Einstieg in den Beruf, der erste Aufstieg in der Karriereleiter. Der zweite Aufstieg in der Karriereleiter. Und jetzt stürzt mein Hormonspiegel ab wie die Niagarafälle. Deiner übrigens auch.

„Ich weiß es nicht. Das ist es ja eben. Vielleicht passt es eben nie."

„Wissen ... weißt du, was ich glaube? – Wart mal" – sie setzte mir den Kranz auf den Kopf – „passt. Für mich ist vielleicht gar nicht die Frage, ob es passt. Sondern ob er passt."

„Und wenn einer passt?"

„Dann machen wir Kinder wie die Karnickel."

„Und das Studium?"

Sie schien meine Frage nicht zu verstehen, fast abwesend, als suche sie etwas in ihrer Erinnerung stotterte sie: Das Studium ... das ist ... so weit weg."

Im Nachhinein, da ich all dies aufschreibe, verstehe ich diesen Satz. Damals, am Fuße des Floyen, dachte ich, sie sagte es so wie man von der Arbeit spricht in der Mitte eines langen Urlaubs.

„Mag sein, vielleicht ist der Zeitpunkt wirklich egal. Vielleicht sogar besser früh, wenn man nicht so viel nachdenkt."

„Na besten Dank."

„So meine ich es doch nicht."

„Sondern?"

„Wenn man nicht so viel sinnlose Grübeleien anstellt. Und glaubt, mit seiner Zeit geizen zu müssen."

„Wenn ich mir vorstelle, ich wäre schon über vierzig – ich glaube, dann würde ich auch zeitgeizig." Sie sagte das weder teilnahmsvoll noch abschätzig. Eher so nüchtern, als habe sie die Zahl der Gänseblümchen in meinem Kranz genannt.

Ich wartete, ob es ihr auffiele, sie es abmildern würde. Dachte, dass die Gewandtheit und Achtsamkeit, mit der sie sich mit mir in den letzten Tagen unterhalten hatte, und die sie mir als einen, wenn auch jüngeren, Erwachsenen ebenbürtig machte, noch nicht ein fester Teil ihres Charakters waren. Nur eine dünne Decke, die das Du und die durch die zusammen durchlebten absurden Situationen erzeugte Nähe leicht weggezogen hatten. Unter der die unbewusste Rücksichtslosigkeit der gerade erst Erwachsenen offen dalag.

„Zeitgeizig. Ja, das bin ich wahrscheinlich."

„Lustig! Wenn es das wäre ... was man einem Geldgeizigen rät, ist ja klar: Dass er das Geld gefälligst ausgeben und genießen soll, statt düster darauf herumzuhocken."

Es fehlte nur, dass sie dazu in die Hände geklatscht hätte – das Problem war für sie damit anscheinend gelöst.

„Das Problem ist nur: wenn das Geld weg ist, habe ich dafür einen Gegenwert. Wenn die Zeit weg ist, bin ich tot."

„Du sagst immer „weg", weißt du das? Kinder nehmen dir die Zeit weg, das Leben weg, die Freiheit weg. Du willst weg. Immer nur weg."

„Mag sein. Nein, ich will nicht weg. Ich will weg können, das ist ein Unterschied. Und wenn du Kinder hast mit jemanden, dann kannst du nicht mehr weg."

„Kann man schon. Ich war Zwölf, da war mein Vater der Ansicht, das ginge durchaus."

„Umso schlimmer."

„Tja, aber besser als gar nicht geboren sein."

*

113

Wir hatten nicht abgesprochen, was wir am nächsten Morgen tun würden. Oder jeder von uns, jeweils. Ich hatte mich, nach der Erfahrung mittlerweise dreier Nächte ohne Bett, gleich auf dem Teppich ausgestreckt. Der Portier hatte uns justierend angeschaut und wohl spekuliert, wie finanzielle und sexuelle Interessen zwischen uns verteilt waren. Lange sah er ihren Pass an, suchte wohl das Geburtsdatum, ob sie auch schon volljährig war. Susan hatte seinen Blick genauso gedeutet wie ich und gleich ein Spiel daraus gemacht, indem sie auf der Treppe den Arm um mich legte und den Kopf an meine Schulter lehnte: „Ich bin ja so müde, jetzt geht's gleich ins Bett, ja?" Als hätte sie mich verbrannt, rückte ich so hastig ab, dass ich ins Stolpern geriet. „Stütz lieber deinen alten Vater!", sagte ich so laut, dass der Portier es hören musste. Ich schlief kaum, nicht nur weil der Teppich kratzte, sondern auch, weil es vor dem Fenster einfach nicht richtig dunkel wurde. Ich wurde immer wieder wach, es hätte drei Uhr sein können oder 5 oder 7, ich wollte mein Handy nicht einschalten, und es war ja auch egal. Susan schlief, und es gab keinen Grund, sie zu wecken. Sie hatte sich nur mit einem Laken zugedeckt, dass über ihre Beine, Hüfte und Seite floss. Sie hatte im Bad ihren BH ausgezogen, das war ich nicht umhin gekommen zu bemerken, als sie mit schaukelnden Brüsten ins Bett schlüpfte. Ich dachte, wie glatt und engelsgleich der Schlaf das Gesicht eines jungen Mädchens macht und schämte mich fast, sie zu betrachten.

Als sie endlich erwachte, muss ich doch noch kurz eingedöst sein, denn ich lag noch auf meinem Teppich als sie aus dem Bett sprang und sich gleich, leicht errötend, mit einem Unterarm die Brüste festhielt und im Bad verschwand. Ich zog mich an und rief ihr zu, dass ich unten auf sie warten würde.

Es dauerte lange, ich war schon bei der dritten Tasse Kaffee, als sie mit nassen Haaren kam. „Kaffee?" Sie schüttelte den Kopf und gähnte unverhohlen. Aber als habe sie damit alle Müdigkeit endgültig hinausgejagt, plapperte sie gleich drauflos: „Und? Was machen wir heute?"

„Wir? Also ich habe mir gerade beim langen, langen Warten überlegt, dass ich meine Urlaubstage nutze und noch was von der Welt sehen will. Heißt: 10-Uhr-Zug nach Stockholm. Und abends mit der Fähre nach Turku."

„Falsch!"

Ich fragte nur mit den Augenbrauen, wie das zu verstehen sei.

„Kein Zug. Ente. Guste und ich wollen auch noch was sehen von der Welt."

Ich wusste darauf nicht zu reagieren. Ich musste erfreut sein über das Angebot und es zugleich als unangemessen ablehnen. Durfte dabei aber wiederum keinesfalls den Eindruck erwecken, ich wolle nicht länger mit ihr zusammen reisen. Aber schon mein Zögern enttäuschte sie. „Manno, könntest dich schon ein bisschen freuen."

„Ich freue mich. Sehr. Ich habe nur Skrupel."

„Wesbezüglich?", sie räkelte und streckte sich mit durchgedrücktem Kreuz. Ich fixierte solange mein Frühstückei. „Ich vergeude deine Zeit."

„Ich bin eben nicht so zeitgeizig wie du. Allenfalls vergeuden wir Benzin."

„Wenn ich wenigstens die Kosten alleine tragen darf, habe ich schon etwas weniger Skrupel."

„Abgemacht!" Deswegen hatte sie wiederum keine. Sie hatte schon bei den beiden Hotelrechnungen nicht gegen meine Kreditkarte protestiert: „Ist fürs Mitnehmen, O.K.?"

4. Bergen-Honefoss

Der Motor sprang nicht an, war mein erster Gedanke. Und dass wir Guste zu viel zugemutet hatten. Aber das war es nicht. Susan trat nicht die Kupplung. Sie würgte die Ente noch drei Mal ab, dann ließ sie die Hände vom Lenkrad gleiten, fassungslos: „Ich kann es nicht." „Die Kupplung. Du trittst die Kupplung ja gar nicht. Links!" Sie trat, aber zu kurz. Guste machte einen Hopser und soff wieder ab. Sie schniefte. „So'n Mist, was ist denn das ..." „Darf ich es vielleicht mal versuchen?" Sie nickte bloß und stieg aus. Hinter dem Lenkrad war es noch unbequemer, zumal ich den Sitz nicht verstellen wollte. Noch hatte ich bloß vor, das Auto zu starten. Es gelang mühelos. Der Motor sprang gleich an und lief rund. Ich experimentierte mit der eigentümlichen Schaltung und kuppelte aus, aber als ich aussteigen wollte, hielt sie mich am Arm. „Willst du vielleicht mal fahren? Ich übernehme dann die zweite Hälfte, in Schweden, ja?"

Warum nicht. Eigentlich hatte ich sogar Lust zu fahren. Auch wenn Guste einem alles abverlangte. Schon aus dem Parkhaus heil hinaus zu kommen, war nicht einfach. Man kam schon kaum um die engen Kurven der Ausfahrt. „Kann es sein, dass unsere Guste keine Servolenkung hat?" „Keine was?" „Egal. Und die Bremsen ..." – Ich musste das Pedal an der Schranke regelrecht gegen den Boden stemmen – „... wann wart ihr beiden denn zuletzt beim Tüv?" „Ich glaub das ist so. Jetzt hör endlich auf, auf der armen Guste rumzuhacken."

Ich wollte das Fenster herunterkurbeln, um den Parkschein einzulegen. „Hihi, reingefallen." Sie freute sich diebisch. Ich klappte kommentarlos das Fenster hoch. „Gut, dass ich lange Arme habe." Die E 16 war gut ausgeschildert. „Richtung Oslo. Gut, und jetzt 1000 km Autopilot." Die Straße war leer, sobald wir Bergen hinter uns gelassen hatten. Richtig leer, nur alle paar Minuten wurden wir überholt.

„Müde?" „Ja. Lass uns bei der nächsten raststätter Mittag machen. Und dann mach ich ein schönes Nickerchen und du kutschtst uns weiter." Sie nickte bloß zaghaft. Im Essen stocherte sie nur herum. „Schmeckt wie bei Ikea. Nur noch schlechter", versuchte ich. Sie sprach nur auf den Teller herab: „Ikea sind Schweden." Sie war drauf und dran, mich mit ihrer schlechten Laune anzustecken, aber das gönnte ich ihr nicht. Als wir uns Guste näherten, wurden ihre Schritte langsamer. Ich warf ihr den Schlüssel zu. Sie fing ihn nicht auf, hob viel zu spät die Hand. Ich begann mich zu sorgen: Wenn zur Flugangst jetzt auch noch Fahrangst hinzukommen würde, blieb nicht mehr viel. Aber sie hob den Schlüssel auf und setzte sich hinter das Lenkrad. Besah sich die Schalter und den Schaltknüppel als säße sie in einem Raumschiff. Trat übertrieben fest die Kupplung durch und zündete. Guste orgelte. „Gas! Du musst doch Gas geben!" Sie trat das Gaspedal durch, Guste heulte auf. „Nicht so viel! Nur ein bisschen!" Sie tat es tapfer, mit verbissenem Gesicht. Löste die Handbremse und Guste watschelte los. Susan blieb im ersten Gang, wir fuhren Schritttempo. „Jetzt hochschalten!" Sie schaltete und das Getriebe kreischte. „Kupplung!!" Sie trat die Kupplung, schaltete in den vierten Gang. Guste soff ab. Susan ließ die Hände vom Lenkrad gleiten und schüttelte den Kopf. Heute Morgen hatte ich den Verdacht gehabt, sie schauspiele, weil sie keine Lust hatte zu fahren. Aber das hier war echt. „Ich kann's nicht mehr. das gibt's doch nicht. Das gibt's doch nicht", wiederholte sie kaum hörbar. Ich wusste darauf nichts zu sagen. Es war absurd. Das Beste, was mir einfiel, war ihr eigener Satz vom Beginn dieses Tages: „Ich glaub, das ist so." Irgendwie brachte sie das über den Moment hinweg. Sie nickte. „Kannst du noch?"

„Klar. Ich hol mir grad noch einen Extrakaffee und dann geht's weiter, O.K.?" Sie nickte. Noch blieb sie sitzen. Ich ging zurück zur Raststätte und bestellte noch einen extralarge. Als ich ihn entgegennahm, schoss mir ein wilder Gedanke durch den Kopf: Was, wenn sie jetzt losfährt, ohne mich? Aber der Gedanke war in jeder Hinsicht abwegig. Als ich zum Auto zurückkam, saß sie noch genauso da wie zuvor, sie hatte nicht einmal einen neuen Versuch gemacht. Und der Gedanke drehte sich um: Sie wartet auf mich. Ohne mich geht es nicht weiter.

„Honefoss. Das klingt gut." „Wieso?" „Keine Ahnung. Bin jedenfalls müde. Schluss für heute." „Aber wir sind noch gar nicht in Schweden!" „Egal. Morgen steht Schweden auch noch." „Ooch, aber wir wollten doch jeden Tag in einem anderen Land aufwachen." „Mag sein du wolltest das. Und ich will nicht am Lenkrad einschlafen und gegen die Leitplanke rauschen. Wär schade um uns alle drei." „Och, bitte, bitte, guck, bis Oslo sind es nur noch 63 Kilometer, und hinter Oslo ist doch gleich die Grenze ..." „Nichts dagegen. Wenn du fährst ..." „Das ist unfair, du weißt doch ganz genau ..." „Schon gut." Sie hätte fast angefangen zu heulen oder zu zetern oder sonst etwas, für das ich einfach zu müde war. „Sieh mal, ich bin einfach zu kaputt, um sicher zu fahren, und das ist doch das Wichtigste, dass wir überhaupt nach Schweden kommen, das siehst du doch ein, oder?"

Der Portier besah sich lange Susans Pass. dann wieder meinen. Dann wieder Susans. „You have different names", sagte er dann. Ich verstand nicht, was er damit sagen wollte. „Ja. Und?" Er sah mir in die Augen, ohne etwas zu sagen. Schließlich schien er darin eine Antwort auf seine nicht gestellte Frage gefunden zu ha-

ben, die ihn einigermaßen zufrieden stellte. „It's O.K. Room 23."
Das Zimmer schien aus der Zeit gefallen. Wann hatte ich zuletzt
Gardinen gesehen? Susan warf nur ihren Rucksack auf den Stuhl
und betrat die Kammer gar nicht richtig: „Komm, wir gehen
gleich was essen."
Die Kneipe war für norwegische Verhältnisse laut und voll. Und
verqualmt. Susan begann vorwurfsvoll zu husten. „Haben die
hier kein Rauchverbot?" Im hinteren Bereich war eine Großleinwand aufgehängt, vor der etwa zwanzig Männer und Frauen saßen und mit rhythmischem, immer schneller werdendem Klatschen jemand anfeuerten, bis das Klatschen in Stakkato endete
und sie laut und langezogen heeeeijjjjjjj riefen, das aber offenbar
enttäuscht vernuschelte. Sie bestellte zwei Bier; ich zögerte zu
lange mit meinem Protest, da war der Kellner schon wieder weg.
Sie sah mich fragend an. „Bin schon müde genug. Und morgen
sind es wieder 1000 Kilometer", erklärte ich mich. Das war nur
die halbe Wahrheit. Ja, morgen musste ich ausgeschlafen sein.
Und ich hatte mir den Boden unseres Hotelzimmers angesehen:
Der Teppichbelag sah rau aus und abgeranzt. Heute würde ich
wohl nicht umhin kommen, mich zu ihr ins Bett zu legen. Eigentlich war ich mir meiner Sache sicher. Mich im Zaum zu haben.
Oder noch besser: Kein wildes Pferd im Zaum halten zu müssen.
Das Gefühl der vorigen Tage und Nächte hatte sich eher noch
verstärkt, dass ich in ihr eher jemand sah, den ich im Bett allenfalls behutsam zuzudecken hätte. Aber trotzdem – sie war ein
bildschönes Mädchen, und mit ihrer noch mädchenhafteren Mischung aus Unbekümmertheit und Trotz, die sie zunehmend an
den Tag legte, je vertrauter wir wurden – damit erklärte ich es
noch – wirkte sie zugleich verletzlicher und bezaubernder. Und
konnte ich mir ganz sicher sein, was sie in mir sah? Und wenn
dann noch Alkohol hinzukäme … Und dann die Blicke des Portiers

– sah man von außen mit dem kühlen Blick des menschenkennenden Beobachters, wie ihn diese Leute hatten, mehr von mir als ich selbst es vermochte?

Jetzt gerieten die Menschen vor der Leinwand in Ekstase, ihrem langen heeejjjjj ließen sie ein Triumpfgeheul folgen, sie sprangen auf und klatschten einander ab. Im Bild erschien ein blonder Hühne im Sportlertrikot, der die Faust ballte. Die Zeitlupenwiederholung wurde mit einfliegenden olympischen Ringen eingeleitet. Susan sah mich verwundert an: „Die spinnen, die Norweger!" Ich konnte mir da auch keinen Reim drauf machen. Erstens war die Olympiade vorbei. Sie schauten also eine Wiederholung. Und zweitens ... „Was ist das überhaupt? Machst du auch sowas?", fragte sie, was mir gekünstelt vorkam. Man musste kein Experte sein um zu sehen, dass die Riesen auf der Leinwand Speere in der Hand hielten. Ich nickte. „Ja, aber das ist kein Zehnkampf. Das sind die Spezialisten. Der Typ eben, das ist Thorkildsen." „Norweger offenbar." „Ja, aber ..." „Was? Die Olympiade ist doch längst vorbei, die tun ja so als wäre es live, wie besoffen sind die denn?" „Tja, sie tun so als ob ... die Sache ist die, Thorkildsen hat dieses Jahr gar nicht gewonnen. Nicht mal ne Medaille. Guck dir mal die Kampfrichter an." Sie sah mit zusammengekniffenen Augen hin, als sei sie auf einmal kurzsichtig geworden: „Chinesen. Oder Japaner." „Chinesen. Das ist von Peking. 2008. Auch eine Art, über eine Enttäuschung wegzukommen. So als hätte sie bei uns nach der EM nochmal das Finale von 96 in der Kneipe gezeigt." „Du redest jetzt von Fußball, oder?" Sie schüttelte den Kopf. „Jungs! Was wir gestern angezogen haben, könnt ihr euch nicht merken, aber wer vor 20 Jahren mit welchem Zeh das 2:1 geschossen hat."

Beim Bezahlen musste mir der Kellner wieder helfen, aus meinem Wust aus dänischen und norwegischen Kronen herauszufinden. „Morgen noch Schweden und dann haben wir's geschafft", tröstete sie mich. Dann hat der gute alte klapprige Euro uns wieder." „Mein Abgeordneter sagt bei Wahlkampfaustritten jetzt immer: Es ist die richtige Währung, nur mit den falschen Ländern. Wobei der Mann natürlich von Ökonomie so viel versteht wie du vom Speerwerfen." „Und wer hat ihm erzählt, was die Leute im Westerwald hören wollen?" „Vielleicht ist es ja nicht ganz falsch." „Mag sein. Der Spießer hat zuweilen Recht in der Sache aber niemals in den Gründen." „Und wer hat dir das erzählt?" „Schopenhauer." Leider wusste ich so gut wie nichts über Schopenhauer, um sie mit einer Spitze zu ärgern. Und ich war auch zu müde zum Sticheln. „Mag sein. Ich habe jetzt aber nur noch eine Weisheit: Dass ich mindestens 8 Stunden schlafen muss. Du kannst dich ja noch ein bisschen unters Volk mischen." Auf die Idee schien sie gar nicht gekommen zu sein, fand aber sofort Gefallen an ihr. „Ja! Prima, das mach ich. Tschüss!", und schon saß sie bei einem der Kerle vor der Großleinwand, bei dem, der Thorkildsen am Ähnlichsten sah, und fragte ihn aus, wie es schien, jedenfalls wies der Typ auf die Leinwand und rang sichtlich um Worte. Vielleicht war Englisch nicht seine Stärke. Zwar war es mein Vorschlag gewesen, und auch er war nicht ohne Hintergedanken gewesen – die Ordnung des zu Bettgehens schien so deutlicher geklärt – aber dass sie gleich wie ein Flummi davonhüpfen würde, beleidigte mich auch wieder. Gut, die Kerle waren 10 Jahre jünger als ich. Und ich wollte ja auch gar nicht, dass sie … und dennoch. Ich ging ins Hotel wie abgewiesen. Stellte mich vor den Spiegel, mit nacktem Oberkörper. Stützte die Hände aufs Becken, so dass die Schultern hervortraten wie beim Tiefstart. Sah aber dann fast nur in mein Gesicht. Die lange Autofahrt, der schlechte Schlaf der letzten Nächte, sicher. Aber selbst all dies einberechnet – dieses mein Gesicht sah eben kein Jahr jünger aus als es war. Das Haar mindestens so grau wie blond. Die Poren deutlich. Die Falten um den Mund und die Augen und auf der Stirn nicht mehr nur ein fein zieliertes Gewirr von Fäden, nein, das waren Landschaften, Flussbette, Einschnitte wie von Endmoränen.

Sie war nicht wach zu kriegen, und es ging schon auf zehn zu. Ich griff zum vorletzten Mittel: „Frühstück wird abgeräumt." Sie grunzte nur. Ich hatte schon alles versucht, am Wenigsten hatten Vernunftappelle gefruchtet (weiter Weg, ich muss alles fahren ...). Wer weiß, wie lange sie noch in der Kneipe gezecht hatte. (Immerhin hat sie überhaupt den Weg ins richtige Bett gefunden, sah ich mich denken.) Also das letzte Mittel: ich zog die Decke weg.
Und warf sie gleich wieder über sie, als hätte ich mich an ihr verbrannt. „Sie fuhr hoch. „Entschuldigung", stammelte ich, ich konnte ja nicht wissen, ich wollte nicht, wir müssen nur los ..." Sie sah mich zornfunkelnd an und zog sich die Decke mit der einen Hand bis zum Kinn und presste sie mit der anderen um ihren Leib. Sie war splitternackt. „Ich geh schon mal runter", sagte ich Richtung Heizkörper. Und floh.

Als sie in die Lobby kam, schien sie mir aber nichts nachzutragen. Meine erneute Entschuldigung wischte sie beiseite: „Ist doch egal. Das mit der Decke. Und so. Nur dass wir so'n Stress machen müssen, verstehe ich nicht. Wir haben doch Zeit."
„Wie man's nimmt."
„Dann nimm's doch einfach so: Dein Professor Mann ist jetzt entweder in Turku oder nicht, und wenn er da ist, ist er auch morgen noch da. Und übermorgen. Und du hast doch noch fünf Tage Urlaub, oder?"

„Schon. Hast eigentlich Recht. Nur gibt es interessantere Orte als Hanefoss, um sie zu verbringen."

„Sag das nicht, Morton hat gesagt, dass die kleine Kirche ganz berühmt ist, und weißt du überhaupt, dass foss Wasserfall heißt, hier gleich in der Nähe ist nämlich ..." Sie war kaum zu bremsen. „Morton, das ist wohl der nette junge Mann von gestern Abend?"

„Oh ja, seeehhr nett", sie drehte wie dahinschmelzend die Augen zur Decke.

„Sprach er denn überhaupt englisch?"

„Bist bloß eifersüchtig! Braucht es denn immerzu Worte?", flötete sie gespielt kokett. „Aber stimmt schon, war ein bisschen schwierig, das mit dem Speerwerfen hat er mir auch nicht so richtig erklären können, warum sie so tun als ob, aber das war dann auch nicht mehr so wichtig."

„Verstehe. Hier, ich hab dir 'ne Schnitte gemacht. Das Frühstück ist seit einer halben Stunde abgeräumt. Wir müssen jetzt endlich los."

„Moment. Da ist noch ein klitzekleines Problem."

Fast hätte ich eine bissige Bemerkung über Fahrangst gemacht, zwang mich aber zu einem neutralen: „Und zwar?"

Sie wisperte, so dass ich es kaum verstehen konnte: „Ich hab keine Schlüpfer mehr!"

Ich verstand nicht gleich. „Und wo sind die jetzt? Bei Morton?"

Sie runzelte die Stirn, als sei ich ein unartiges Kind. „Du Blödmann. Nein, keine frischen mehr. Wir müssen waschen oder welche kaufen."

5. Turku-Moskau

Fast 1500 Kilometer weiter östlich, nach einem ganzen Tag auf schwedischen Autobahnen und einer Nacht auf der finnischen Fähre und weiteren 300 Kilometern durch ein noch leereres Land – fand ich ihn. Oder besser: Er mich.

Ich betrat sein Büro, zu dem ich mich leicht hatte durchfragen können. „Ganz ohne Internet!" Sie schnaubte nur. Sie hatte am Morgen einen neuen Versuch gestartet, schließlich waren wir in Nokialand. Aber ihr Gerät blieb schwarz wie eine Schiefertafel. An Zimmer 3.11 stand sein Namensschild: Markus Mann, PhD, zusammen mit einem finnischen Doktor, dessen Name zu viele Vokale hatte, um ihn sich zu merken. Ich holte Luft, wappnete mich. Und trat ein. Der dort saß, war nicht Mann. Ein blasser Typ mit Pickeln, Anfang 30. Wohl der mit den vielen Vokalen. Ich sagte mein Sprüchlein. Er nickte nur. Stand auf und ging um den Doppelschreibtisch herum auf die leere Seite. Suchte, fand ein Blatt und reichte es mir. „For You." Damit war die Sache für ihn erledigt, er setzte sich wieder und tippte weiter. Ich las: „Lieber John, ...", überflog die Zeilen bis zur Unterschrift: Dein Markus. Faltete das Blatt und ging wortlos hinaus. Susan sah mich erschrocken an: „Hey, setz dich erst mal." „Geht schon." „Du siehst aus, als hättest du einen Geist gesehen."

Als wir eine Bank vor dem Unigebäude ansteuerten, musste ich fast zwanghaft lachen. Sie sah mich umso besorgter an. „Es ist nichts, nur – vor ein paar Tagen war es umgekehrt, nicht?" Sie nickte. „Willst du erstmal in Ruhe lesen? Ich bin drüben in der Cafeteria, O.K.?" „O.K." „Aber dann – dann erzählst du mir, was drin steht. Und worum es geht, versprochen?" Ich überlegte kurz. Und sagte dann: „Nein."

Sie ließ mich trotzdem in Ruhe und stelzte über den Rasen. Sie wirkte schmaler als sonst in den Jeans. Aber eigentlich dachte ich nicht über ihren Hintern nach, ich suchte nur einen Haltegriff für meine Gedanken. Und las noch einmal, und verstand es immer noch nicht:

„Lieber John, ich habe gehört, dass Du mich suchst. Ja, vielleicht ist das eine gute Idee. Vielleicht sollten wir ein paar Dinge klären. Ein für alle Mal, wie es so schön im Western heißt, nicht wahr? Ein für alle Mal. Ich bin zu allem bereit, wo und wann du willst. Es ist keineswegs so, dass ich vor dir weglaufe. Beweis: Ich lege selbst die Fährte. Moskau ist als Nächstes dran. Hier die Adresse, kyrillisch und western. Ich bin dort ein Jahr, aber ob du rechtzeitig kommst? Beeile dich. Du hast ja Recht, die Zeit ist da.
Dein Markus"

Ich hatte kaum bemerkt, dass sie sich mit zwei Kaffee wieder neben mich gesetzt hatte. Ich musste den Brief in einer Endlosschleife dutzende Male gelesen haben. Sie wartete. Ich wusste, dass ich sie nicht länger würde hinhalten können. Außerdem war es egal. Nach Moskau würde sie nicht mitkommen. Ich wusste ja noch nicht einmal sicher, ob ich fahren würde. Mein Urlaub endete übermorgen. Ich begann einfach zu reden. In der Hoffnung, die Lösung werde sich durch meine Worte aufdecken lassen, als läge sie unter einer dünnen Schicht Staub, die meine Stimme wegpusten könne. „Es stimmt nicht ganz, was ich dir über Mann erzählt habe. Ich meine, was unser Verhältnis betrifft. Nicht, dass ich gelogen hätte. Ich habe es mir nur selbst über all die Jahre falsch erzählt, verfälscht zumindest, aber was macht das für einen Unterschied." Anstatt zu antworten, hielt sie mir stumm meinen Kaffee hin. Ich nahm den Becher, trank aber nicht. „Wir waren befreundet. Sehr eng. Ich wäre beinahe mitgekommen, damals, nach dem Abi, auf seine Tour, und es stimmt nicht, dass uns nur Gerüchte erreicht hätten. Er hat mir geschrieben, jahrelang, obwohl ich nie zurückschrieb, an keine einzige der zahlreichen c/o- und poste-restante-Adressen, die er mir schickte, einmal sogar einen Adressaufkleber für den Namen einer besonders unaussprechlichen Ortschaft. Bis 1996 oder 97. Dann gab er es auf. Er hat sieben Jahre lang an jemand geschrieben, der ihm nie geantwortet hat." Jetzt trank ich. Der Kaffee war bitter wie eine Medizin.

„Warum?", fragte sie bloß. Und das mochte ich an ihr, wie sie sich auch zurückdrehen konnte, ganz weit, bis in eine einzige behutsame und völlig offene Frage hinein, so offen, dass ich mir aussuchen konnte, wonach sie fragte: Warum ich nie zurückschrieb? Oder warum er jahrelang nicht aufgab? Oder warum ich nicht mitgekommen bin, damals. „Wir hatten die Reise zusammen geplant. 1989, im Sommer, in unseren letzten Ferien vor dem Abitur, waren wir mit dem Interrailticket kreuz und quer durch Europa gefahren, jeden Tag woanders, oft in Nachtzügen, um Geld für die Übernachtung zu sparen, und einfach um möglichst viel zu sehen. Außer wenn – na ja." „Außer wenn ihr ein paar Mädchen aufgerissen habt." „So ungefähr. Wir waren 18." „Musst du dich nicht für entschuldigen. Darf man auch mit 88. Und weiter. Ihr wolltet das ganz große Reiseding drehen." „Ja, als wir im Zug saßen von Paris nach Köln, ein Nachtzug natürlich wieder, da haben wir uns bei der Flasche Fusel, die wir für unsere letzten zwei Mark am Bahnhof gekauft hatten, geschworen, nächstes Jahr machen wir das nochmal, und lassen uns Zeit. Nicht jeden Tag woanders, das war nur unsere Exploration, sagten wir. Stellten eine Liste auf mit sieben Orten, die uns am besten gefallen hatten, da würden wir länger bleiben, vielleicht job-

ben, wir hatten keine Ahnung was und wie, aber die Idee war geboren. Und das Versprechen." „Und dann hast du es ...", sie windet sich um das rechte Wort, „... gebrochen, ja. Weil ein Angebot kam, das abzulehnen unverantwortlich gewesen wäre. Das musste er doch einsehen." „Aber er sah es nicht ein." „Nein." „Er war dir böse." „Ja, er ..." „Aber warum war er es dann, der dir über die Jahre immer wieder schrieb?" Ich stand auf und ging ein paar Schritte, als hätte ich die Antwort darauf hier irgendwo im Gras verloren. Die Antwort darauf und auf die sich anschließende Frage – und warum hast du ihm nie zurückgeschrieben. Aber zum Glück war es nicht das, sondern eine Frage, auf die ich die Antwort gut kannte, nur zu gut, eine Frage der Vorderseite meiner Biographie: „Was war das für ein Angebot?" Ich hatte sie schon so oft beantwortet. Aber in diesem Moment kam ich der Wahrheit näher als sonst. Oder war inzwischen die Wahrheit meinem Leben näher gekommen? „Damals war das ein unglaubliches Angebot. Ich kannte unseren Abgeordneten, ich war Juso gewesen, so viele gab es nicht in dem tiefschwarzen Kaff, aus dem ich stamme, und unser Abgeordneter lud die paar Getreuen natürlich ab und zu ein, sogar in sein Büro nach Bonn. Und als ich von der Reise mit Markus zurückkam, da sagte er, eigentlich beiläufig zu mir, er müsse nächste Woche vor Jugendlichen in Altenkirchen eine Rede halten, da werde so ein Preis verliehen, futur äword, – er sprach kaum englisch, eigentlich gar nicht, obwohl er ja immerhin ein Reisebüro hatte – ob ich ihm nicht ein paar Ideen aufschreiben könne, was er da sagen solle, irgendwas Richtung Jugend im 21. Jahrhundert, Wünsche und Hoffnungen und was Politik dafür tun soll ..."
„Und das hast du so gut gemacht, dass er dich zum Büroleiter gemacht hat?", fragte sie ungläubig. „Nein, natürlich nicht gleich. Aber ich hab ihm nicht nur ein paar Stichpunkte aufge-

schrieben, sondern gleich eine ganze Rede. Die war natürlich grottenschlecht, und er wird daraus allenfalls ein paar Versatzstücke benutzt haben – aber er versprach mir: Wenn du nach dem Abi in Bonn studierst, kannst du bei mir Hilfskraft werden, vom ersten Semester an. Für einen, der noch nicht wusste, wie er das Studium finanzieren sollte und dem sogar tägliches Pendeln zu Mutti nach Hause drohte, ein unfassbares Angebot." „Völlig nachvollziehbar. Aber nicht für Markus?" „Nein. Er sagte, das laufe doch nicht weg. Ich könne doch noch ein Jahr später bei ihm einsteigen. Aber ich hatte gute Argumente, weil fast zur gleichen Zeit Europa und Deutschland ins Rutschen geriet. Politik hatte mich schon immer interessiert, obwohl sie wohl nie langweiliger, starrer und einfallsloser war als in den 80er Jahren, in denen ich aufgewachsen bin, sowohl in Deutschland als auch in der Welt, nichts ging, nichts bewegte sich, alles wie eingefroren. Und auf einmal taute dieser Eisblock auf und darunter kamen ganze Welten zum Vorschein. Ich versuchte es ihm zu erklären: Dass es letztes Jahr spannender gewesen war, wegzugehen, jetzt aber spannender sei, hierzubleiben, zumal mit der Chance, alles aus größerer Nähe mitzubekommen." „Aber?" Ich dachte nach. „Das ist völlig nachvollziehbar. Niemand hätte sich anders entschieden." Ich dachte nach. „Aber auch ein bisschen spießig", befand sie dann überraschend. „Büro statt Weltreise. Man hätte ja auch nach Osteuropa fahren können, da hat sich sicher noch mehr verändert als in Bonn. Tschuldige." Und als ich weiter düster schwieg: „Hey, tut mir leid, jetzt hack ich auch noch auf dir rum, das wollte ich nicht, ich ..." „Ist O.K. Du hast Recht." Das sagte ich zu niemandem bestimmten, mehr vor mich hin: „Du hast recht." Und dann zu ihr: Wie hast du neulich gesagt- wann war das, gestern, vorgestern? Oder wirst du es erst noch sagen? – der Spießer hat zuweilen recht in der Sache, aber nie in den

Gründen? Ja, das trifft es. Ich hatte die besten Gründe vorzubringen. Aber sie waren alle gelogen. Oder zumindest nicht so ganz wahr, was hier auf das gleiche hinausläuft. Es war ganz einfach so dass ich genau darauf Lust hatte: Auf Büro, auf Jackett tragen, auf wichtig sein.

Und auf die Absicherung, auf das wohlige Gefühl, im richtigen Zug zu sitzen, nicht mehr total scheitern zu können im Leben. Ich wollte nicht durch Europa vagabundieren, ich wollte es einfach nicht mehr.

*

Ich schreckte nicht aus dem Schlaf hoch. Und bin mir sicher, nicht geschrien, nicht einmal laut im Schlaf gesprochen zu haben. Dennoch war mir klar, dass ich soeben aus einem Alptraum erwacht war. Ich klaubte hastig die Scherben dieses Traums aus der flüchtigen Erinnerung zusammen, ängstlich, sie sonst nicht mehr schnell genug zu einem Ganzen fügen zu können. Ein Haus. Ein großes, graues Haus ohne Fenster. Darin war jemand, nicht ich. Komischerweise niemand, den ich kannte. Aber er wartete dort auf mich. Ich sollte dort etwas tun. Eigentlich musste es Markus sein. Aber er war es nicht. Dieser Mensch hatte kein Gesicht, fast keine Gestalt, aber im Traum haben Menschen ja quasi Namensschilder angenadelt, als seien sie Teilnehmer eines Gespensterkongresses. Und dieses Gespenst hatte einen anderen Namen. Nicht Mann. Aber ich wusste nicht welchen. Ich lauschte weiter dem Traum nach, wie man manchmal im geistigen Ohr einen schlecht verstandenen Satz noch einmal abhört. Ich bin nicht in dieses fensterlose Haus gegangen. Ich habe davor gestanden. Und mich dann umgedreht. Dann bin ich aufgewacht. Neben mir atmet Susan tief, als wolle sie mich damit beruhigen.

Draußen ist es dunkel. Wir können heute unsere Pässe holen. Morgen früh sind wir in Petersburg, abends in Moskau. Und dann – klären wir es dann ein für alle Mal? Aber seit dem Traum habe ich Zweifel. Mann war nicht in diesem großen grauen Haus. Vielleicht suche ich den falschen. Vielleicht ziehe ich völlig unnötig dieses junge Mädchen da in etwas hinein. Sie will mit, sagte sie, fast in dem Ton, in dem eine Sechsjährige ihren Papa nicht zur Arbeit aus dem Haus gehen lassen will. Vielleicht will ich damit aber auch nur eine Entscheidung fällen, ohne sie aussprechen zu müssen. Natürlich könnte es sein, dass ich Montag zurück im Büro bin. Aber mit so viel Reibungslosigkeit rechne ich nicht, nicht in Russland. Nein, ich werde nicht auf meinem Platz sein. Weil es schon längst nicht mehr mein Platz ist. Weil ich die Verstellung und die Übernahme fremder Parolen nicht mehr ertrage.

Ich stehe an einem eiskalten, dunklen Fenster in einer Stadt, in der ich niemanden kenne, außer dem Mädchen drüben im Bett. Und stelle mir vor, kann mir leicht vorstellen, unser Zimmer ist eine Kapsel, in einem grausam leeren All. Die Verbindung zur Erde ist abgerissen. Ich bin euphorisiert von Nüchternheit, der Zustand ist von Volltrunkenheit fast nicht zu unterscheiden: Ich sehe das – vielleicht nicht das Richtige, aber das Unabweisbare, so klar wie sonst nur im Suff, der die Abers und die Gewohnheit und die Zwänge ausknockt, den ganzen klugen Einwänden endlich mal die Fresse poliert: Ich will nicht mehr zurück. Nicht in dieses Büro. Nicht nach Wissen. Nicht in irgendeinen der Plapperjobs, in die mich Schmidt in selbstgefälligem Paternalismus hieven will. War das das graue Haus, vor dem ich mich umdrehe im Traum? Nein. Das ist noch etwas anderes. Britta? Auch nicht. Ein Blick auf das Handy, das aus Gewohnheit auf dem Nachtisch liegt, aber schwarz und stumm wie ein geheimnisvoller Stein.

Wofür werden spätere Kulturen es halten, wenn sie es ausgraben? Einen Talisman, den diese abergläubische Kultur mit sich herumtrug? Ich lege die Hände und die Stirn ans Fenster. Gibt dieser eiskalte Morgen noch mehr Entscheidungen her? Was auch immer der Grund ist, dass die Handys nicht funktionieren und mit meinem account was nicht stimmt – weil ich es will? Kann ich zaubern? Vielleicht ist das auch ein Traum, und das eben ein Traum im Traum? – warum auch immer ich sie nicht erreichen kann, als wäre ich nicht im Land von Nokia im 21. Jahrhundert, sondern auf einer Afrikaexpedition zur Zeit der Telegraphenkabel – es ist gut. Sie hat ja Recht. Wir können unser Problem – da hatte sie wieder ihre fast männliche Klarheit – nicht durch reden lösen, egal ob vis-a-vis, blackberry oder skype. Sondern indem du dich entscheidest. Ja oder Nein, und dies ist mal eine Kiste, da gibt es nur hop oder top, ja oder nein, ein bisschen Kind geht nicht. Ich würde wieder verhandeln, vielleicht doch, vielleicht kann man sich im Vorfeld einigen, wenn die Bedingungen klar sind, die Regeln, wenn ich mir sicher sein kann, dass ich weiter mit aller Kraft arbeiten kann, wenn sich eine interessante Chance ergibt, und dass ich, ja verdammt, dass ich wenigstens drei Abende die Woche für mich hab, das brauch ich auch, meinen Sport und auch mal weggehen, oder zwei Abende zumindest, kann man ja verhandeln ... aber genau das wollte sie nicht. Ich will keinen Vertrag. Sondern ein Kind, und zwar mit einem Vater dazu, nicht mit einem Vertragspartner. Und wenn nicht? Dann eben nicht. Gar nicht? Gar nicht. Und aufgelegt. Hatten wir schon. Finnland schweigt. Norwegen war schon still, aber dieses Land ist wie stumm. Ich habe gestern in der Kneipe an mehreren Tischen die Menschen gesprächslos sitzen sehen. Nicht in der Gesprächslosigkeit, die peinlich ist oder Ausdruck eines nahenden Endes, kein gegeneinander schweigen. Sondern einvernehmliche Gesprächslosigkeit. Nur eine etwas länger geratene Pause.

Die Kälte der Scheibe und die Dunkelheit nehmen meine Gedanken an die Hand, führen sie hinab in der Zeit. Ich war schon einmal hier. Winter, ausgerechnet der kälteste Winter der letzten dreißig Jahre soll es gewesen sein, 95/96. Selbst in Bonn herrschten minus 15 Grad, aber hier war die Welt in Eis gepackt. Die Fähre folgte einer schmalen Rinne, die der Eisbrecher frei geschnitten hatte. Ich stand auf dem Deck und sah in die sich stetig wandelnden Eisformationen, hypnotisiert, wie man in züngelnde Flammen schaut. Als ich durchfroren wieder hineinging, sah mich das Mädchen, deren Namen ich nicht mehr weiß, ich weiß nur noch, dass sie Französin war und dass wir französisch sprachen, das ich eigentlich kaum beherrsche, aber sie spornte mich zu Höchstleistungen an, und als sie mich schließlich fragte, was es da draußen so interessantes zu sehen gebe, und ich sie mitnahm, da wusste ich das Wort, das ich vergessen zu haben vorgab: J'ai oublié le mot. Quel mot? Wie soll man ein Wort benennen, das man vergaß? Je vai le demonstrer. Ich küsste sie, kaum mehr, wir hatten nur das eiskalte Deck, sie war Studentin wie ich und reiste ohne Kabine. Vielleicht war es deshalb eine der schönsten Schmusereien meines Lebens – wir wussten, wir hatten nicht mehr, und alles Verlangen musste da hinein – und wieder heraus. Cedrine? Isabelle? Nein, ich weiß den Namen einfach nicht mehr. Aber den Namen der schwarzgelockten Finnin, die mein Verlangen ein paar Tage später endlich stillte, Marjö, die mit Lukas im Studentenorchester spielte – Geige? Ja, Geige, glaube ich, irgendein kleines, leichtes Instrument jedenfalls. Wir brachten sie nach der Probe nach Hause, Lukas und ich, leise, nicht mal der Schnee knirschte mehr in seinem Panzer aus Eis, Lukas hatte – er war schon 'seit Monaten hier – nur zu gern die

Gewohnheit des Landes angenommen, nur das Nötigste zu sagen, und ich war zu sehr mit den schwarzen Locken beschäftigt, die unter der Baskenmütze hervordrängten wie neugierige junge Schlangen. Meine Versuche galanten Gesprächs nahm sie mit einem feinsinnigen Lächeln auf, als koste sie etwas Leckeres, erwiderte aber kaum etwas darauf und ließ ihre Locken sprechen. Als wir ihr Wohnheim erreichten, sah sie mir in die Augen und fragte: Magst du einen Kaffee?" Mit züngelnden Locken. Lukas klopfte mir nur auf die Schulter und ging alleine weiter.

Moskau

Der Grenzer fischte uns heraus. Das Gefühl des Grenzübertritts war ungewohnt genug. Wir waren es gewohnt, diese gelben Linien zu überschreiten und allenfalls einen Pass irgendwo im Gepäck vergraben zu haben für den ganz und gar unwahrscheinlichen Fall, dass jemand danach fragen sollte. Wenn ich im Urlaub auf die Seychellen flog oder in den Senegal, war es kaum anders gewesen, ein müder Blick ins Dokument, allenfalls. Die USA habe ich gemieden, seit 2001, vielleicht aus genau diesem Grund, dass ich diese Situation an einer misstrauischen, feindlich gesinnten Grenze nicht ausstehen kann. Hier, in dieser zugigen Halle, wehte ein Wind aus Kindheitstagen. Als eine Grenze noch ein Hindernis war. Mehr noch: Eine Verteidigungslinie. „Wie lange dauert das denn noch?", quengelte sie. Sie sah schmal aus. „Geht's dir gut?" „Ja. Nein, mir ist langweilig. Erzähl mir was." „Was denn?" „Eine Geschichte." „Bin ich jetzt dein mp3-player? Also schön, welchen Track willst du anwählen?" Sie sah sich in der Halle um. „Was mit Warten." „Na schön, ich erzähl dir was mit Warten." „Au ja!" „Als ich vierzehn oder fünfzehn war, sind meine Eltern mit mir nach Berlin gefahren. Zum Pokalfinale, Bayern gegen Uerdingen." „Wie spannend!" „Keine Sorge, die Geschichte handelt nicht von Fußball. Damals musste man bekanntlich durch ein heute untergegangenes Land, um vom Westerwald nach Berlin zu gelangen. Und es gab eine Autobahn, genau eine, die von West nach Ost führte und auf der die Westler nach Berlin fahren durften. Und die Grenze ... das ist doof oder?" „Nein. Ist schön so. Wie ein Märchen." „Ja, eines Tages wird man es erzählen wie ein Märchen. Macht man vielleicht heute schon. Es herrschte in einem finsteren, finsteren Wald ein böser König, Erich der Rote, der hielt viele Tausend Prinzessinnen gefangen, bis ein, zugegeben etwas dicklicher, Prinz kam mit einem Sack voll D-Mark, Videorecordern und Bananen, Helmut der Einfältige ..." „Jetzt ist es doof. So wie eben." „Kritisches Publikum heute wieder. Also gut, wir kamen an die Grenze, und obwohl meine Eltern uns vorbereitet hatten und wir damals ja schon noch das Bild von Soldaten mit Maschinenpistolen auch an normalen Grenzen kannten, war das beklemmend. Die Türme. Der Zaun. Das Grau. Es war Sommer, muss es gewesen sein, denn wir fuhren ja zum Pokalfinale, aber wenn ich an diese Szene denke, sehe ich keine Farbe. Und dann war mein Kinderausweis nicht in Ordnung. Ich weiß nicht mehr, was es war, ob eine Seite fehlte oder ein Stempel, jedenfalls musste ich mit meiner Mutter aus dem Auto raus und dem Grenzbeamten in ein Häuschen folgen, wo mir ein neues Dokument ausgestellt werden sollte." „Und du hast Angst gehabt. Dass sie dich erschießen." Sie meinte das ganz ernst. „Nein, natürlich erinnere ich mich, dass mir zunächst mulmig war, aber das Komische an der Geschichte ist, dass mir der Grenzer als sehr freundlich in Erinnerung geblieben ist. Es war ja mein erster Kontakt mit der DDR und einem Menschen aus der DDR überhaupt, und der Sache nach kein angenehmer.

134

Eher eine der Geschichten, die man später erzählt, um sich zu gruseln, wenn der Spuk vorbei ist. Aber die Freundlichkeit dieses Menschen hat das überstrahlt. Und es war dann auch ganz unkompliziert, neuer Stempel, zack und gute Weiterfahrt." Sie schweigt, unklar ob sie noch zuhört. Egal. Mir verkürzt es die Zeit auch. Und, was ich noch denke, obwohl mir das fast peinlich ist im Nachhinein, ich war eben noch völlig Kind. Meine Mama war dabei, und da konnte nichts passieren.

Grimmig arbeiteten die Grenzbeamten die Pässe durch, unbekümmert über die länger und länger werdende Schlange. Ich sah schon, dass sie hie und da jemanden auf etwas im Pass hinwiesen und ihn, Proteste ignorierend, aus der Schlange dirigierten und in einen Nebenraum führten. „Gibst du mir noch mal deinen Pass?" Sie zuckte mit den Schultern. „Vorkontrolle?", aber reichte ihn mir. „Nicht aufs Bild gucken!" Mir waren die misstrauischen Blicke der Portiers in den Sinn gekommen, schon in Hanefoss, mehr noch in Turku; vielleicht war etwas an ihrem Pass nicht in Ordnung, dann wäre es besser, sich rechtzeitig ein paar Antworten zurecht zu legen. Aber ich fand nichts Ungewöhnliches, er hatte alle Stempel, und war auch noch länger als sechs Monate gültig, sogar noch fast zwei Jahre. Ich blickte hoch zur Hallenwand, wo über einem Wahlplakat in Sowjetdimension, auf dem Putin das Volk zu segnen schien, rote Striche einer Digitaluhr im Wechsel die Uhrzeit und das Datum anzeigten. Und erblasste. „Was ist los, schon wieder ein Geist?" Ich nickte langsam. O.K., das ist ein Traum. Irgendwie nicht einmal ein Alptraum. Und irgendwie bin ich ja auch eigentlich wach. Sie rüttelte an mir. He, kriegst du jetzt nen epileptischen oder sowas? Ich wies nur auf die Anzeige. „Es ist kurz nach fünf, ja und? Ist eben ne andere Zeitzone ..." Da sprang die Anzeige um. „Eine andere Zeitzone", wiederholte ich. Da wurden wir von schimpfenden Kasachen vorwärts geschoben. Wir waren dran. Mit diesen entgeisterten Gesichtern hätte uns jeder Grenzbeamte der Welt zur Kontrolle herausgefischt, auch ohne ..., der Grenzer besah sich meinen Pass, blickte forschend in mein Gesicht, als stünde zwischen Ohr und Wange ein Dossier über meine Absichten zur Untergrabung der Staatsmacht, Kontakte zu georgischen Separatisten oder Drogenkurieren ..., aber er fand nichts, gab den Pass endlich mürrisch zurück, aber als er ihren aufschlug, gewitterte es in seinem Gesicht: Blitze waren darin, die zuckende Freude des Jägers, und Donnergrollen, der Aufbau einer Miene, die Widerspruch erstickt. Er winkte hinter sich. Zwei Männer, die beide Putins Fuchsgesicht hatten (wenn schon ein Traum, dann richtig. fast wünschte ich es mir, dass ab jetzt alle Russen ein Klon Putins seien, damit ich Sicherheit hätte: Es ist nur ein Traum) mit Maschinenpistolen traten heran und winkten uns heraus.

„Was ist, was ist los?", wisperte Susan und nahm meine Hand. Da wich die Panik aus meinen Innereien, die sich dort schon auszubreiten begonnen hatte wie ein Buschfeuer. Ich drückte ihre Hand. „Wird schon. Ist nur was mit dem Pass. Lässt sich alles regeln. Ich mach das schon." Sie hielt meine Hand weiter fest und drängte ihren Schritt dicht neben mich. Und so dicht an mich geschmiegt saßen wir vor dem Offizier, in dessen Büro wir geführt wurden. Meine Hoffnung, es handele sich um einen Traum, wurde dadurch genährt, dass er dem Grenzer von damals ähnelte. Schmutzigblondes Haar, wässrig-blaue Augen, ein deutsches Gesicht. Dieselbe Freundlichkeit. Nein, nicht dieselbe. Er war auch freundlich, aber geschäftsmäßiger. „Bittä", sagte er, und wies auf die Tassen, die er vor uns abstellen ließ. „Tä?" Erst da wurde ich gewahr, dass er deutsch sprach. „Danke. Spaciba." „Oh!" Er freute sich entweder aufrichtig oder enorm gekonnt.

„Sie sprechen Russisch!" „Nein, tut mir leid, das war's schon im Wesentlichen. Aber Sie haben richtig deutsch gelernt." „Leipzig, Herder-Insititut. Neunzehnhundert...", er zwinkerte uns zu „... zweiundachtzig. Und jetzt haben wir ...", er blätterte in Susans Pass, tat, als stolperten seine Augen über etwas, „... haben wir – oh, haben wir das Jahr des Herrn 2012?" Er blickte sich wie nach einer Pointe Beifall haschend unter seinen Subalternen um. Die Putingesichter fletschten die Zähne zu einem Grinsen. „2012 ... verblüffend. Wissen Sie – ich habe, das können Sie mir glauben, schon abertausend Fälschungen gesehen, (Fälschun-gen ge-sähn), aber diese hier ...", er breitete die Arme über dem Dokument aus wie in Verzückung, „perfekt. Es ist perfekt. Wasserzeichen, Körnung ...", er rieb andächtig die Seiten zwischen den Fingerkuppen und roch nun daran wie an einer zarten Blüte „ja sogar der Duft der Stempeltinte ... perfekt. Einfach perfekt." Dann ließ er seine Miene aus der Andacht in einen Ausdruck von Ekel absinken: „Aber – dann so ein Fäähler! So ein – idiotischer Fäähler! Es ist zum Heulen!" Er hielt mir den Pass hin und tippte auf die ominöse Stelle: Ausgestellt von der Stadt Bonn am 23.07.2008. Gültig bis 22.07.2013. Eine Sekunde wirkte er verunsichert, als meine Reaktion ausblieb. Aber dann machte er weiter im Programm wie ein routinierter Bühnenschauspieler, der einfach eine Zeile weglässt, auf die er nicht kommt. „Also jedenfalls der Pass ist nicht echt, aber ich sag Ihnen was: Ist mir eigentlich egal. Ich meine warum und so. Die Kleine ist sechzehn, gut, Sie reisen mit ihr, schön, warum Sie keinen echten Pass hat, egal, Ihre Sache, Ihre Problem." Kunstpause. Ich ahnte längst, was er wollte. „Und – wie groß ist das Problem. Ihrer Meinung nach?" „Wie man nimmt – Dokumentenfälschung, eventuell Menschenschmuggel, vielleicht ja sogar Entführung, unsittlicher Umgang mit Minderjährigen ... oh, da kommt man auf ein paar Jahre, so gesehen: großes Probläm! Andererseits.. Gibt kein Probläm, das man nicht lösen kann."

Wir einigten uns auf 1000 Euro. Dafür bekamen wir einen komplett neuen EU-Pass ausgestellt (" ist nicht zu unterscheiden von Ächten, großes Ährenwort!"), in dem sie als meine Tochter eingetragen war („ist beste!"). Ausstellungsdatum: 20. August 2005. Sie hatten sogar einen Stempel, wenn auch nur den von Recklinghausen.

*

Sie wagte kaum, mich anzublicken. „Tut mir leid. So viel Geld. Ich kann mir das gar nicht ... der Pass war doch ..." Ich wickelte sie im Gehen in meinen Arm. „Ist doch egal. Sieh mal, wir sind in einem Traum, oder so was. Genieß es. Die tausend Euro – das ist ... Spielgeld. Traumgeld. Ob wir im Lotto gewinnen oder ausgeraubt werden – egal." Sie befreite sich wie aus einer feindseligen Umklammerung. „Moment, wie, Traum. Was soll das, bist du meschugge geworden?" „Nein, ich sehe ganz klar. Wir sind jetzt im Jahr 2005, jedenfalls denken das alle, also müssen wir es auch denken. Warte, ich muss mich hier erstmal zurecht finden. Da – Moskva. Also wenn es schon ein Traum ist, könnten wir uns eigentlich die 500 Kilometer russische Autobahn sparen und gleich da sein, finde ich." „Es ist kein Traum, da siehst du es. Also lass den Quatsch und sag mir, was wirklich los war." Ich sah ein, dass es sinnlos war, sie davon überzeugen zu wollen. Ich überlegte kurz, ob es für sie überhaupt wichtig war, es zu wissen. Eigentlich nicht. „Dein Pass war völlig in Ordnung. Sie haben uns abgezockt, das ist alles, haben irgendwas behauptet, wahrscheinlich fanden sie dich hübsch und haben sich gedacht, versüßen wir uns die Arbeit ein wenig und nehmen die für unsere tägliche

Abzocke. Darüber können wir uns jetzt ärgern oder es bleiben lassen; ändern können wir es jedenfalls nicht mehr." Damit war sie zufrieden. Ich hätte noch allerlei Indizien zu bieten gehabt, und je länger ich über die großen und kleinen Merkwürdigkeiten der letzten Tage nachdachte, umso bewunderungswürdiger schien mir der Traum, sein Zugleich von Absurdität und Genauigkeit. Blieb nur die Frage, wann er begonnen hatte. Träumte ich dies im Hotelzimmer in Turku? Oder auf einer der Fähren? Oder – ich erschrak, war die ganze Reise, war auch Susan nur Figur eines Traums, ein Traumgesicht? Darüber erschrak ich am allermeisten. Mehr noch als über die Frage, ob meine ganze Suche ebenfalls bereits Teil des Traums war. Und meine Arbeit, und Britta. Und ich: Was und wer ich überhaupt sein würde, wenn ich daraus erwachte.

*

Wir beschlossen, Guste eine Pause zu gönnen und mit dem Taxi zu der Adresse zu fahren, die Markus mir in Turku hatte zukommen lassen. Sie wirkte etwas beleidigt. „Kein Misstrauen gegen dich, Guste." Ich tätschelte ihr das Dach. „Eher gegen uns, ob wir das finden." Der Taxifahrer legte bedeutungsschwer die Stirn in Falten und seufzte tief, als stünde auf dem Zettel der Auftrag, uns nach Sibirien zu bringen. „Daleko", sagte er und deutete mit der Hand unbestimmt in die Ferne. Ich wollte das Prozedere abkürzen und hielt ihm einen 10-Euroschein hin." Er nickte und griff schon danach, aber ich zog ihn schnell wieder zurück, zeigte eine eins und auf das Taxi und eine zwei zusammen mit dem Geldschein.

„Ich hab mir Moskau ganz anders vorgestellt. Irgendwie – sowjetiger." „Ja, hat sich ganz schön verändert." „Warst du schon mal hier?" Ich weiß nicht, warum ich jetzt log: „Nein. Im Fernsehen war neulich eine Dokumentation." Warum log ich nur. Es war nichts Anstößiges, 1991 nach Moskau gefahren zu sein. Eine Woche lang auf Vermittlung Schmidts in der winzige Wohnung mit dem zwei Jahre älteren Alexej und seiner Mutter gelebt zu haben. Und doch hatte mich wohl das Gefühl lügen lassen, selbst schuld an der langen Fährte zu sein, der wir folgten, fast als hätte ich sie selbst gelegt. Im letzten Jahrhundert, dachte ich. Und hundert Jahre weit weg wirkte es, die Erinnerung an Brotläden mit fast leeren Regalen, in die Mütterchen mit Kopftüchern eine Gabel zum Einkaufen mitbrachten; mit der prüften sie, wie hart das Brot schon war. Die Straßen müssen geschrumpft sein: Riesige Prospekte sind mir in Erinnerung, in deren Weite sich ein paar kleine graue Autos verloren wie Mäuse, die ängstlich über eine Brache rasch zum nächsten Versteck huschen. Nun glitzerte Moskau vor Stahl und Glas, unterbrochen nur von den Baustellen, aus denen es dröhnte wie ein Krieg. Die riesigen Prospekte waren entweder verbaut oder vom Verkehrsschlamm zur Unkenntlichkeit überdeckt. Frauen trugen Pudel unter dem Arm, fette Männer Goldketten dick wie Taue im weit aufgeknöpften Hemd. Wir sind damals oft zum Arbat gefahren, den Alexej mochte und mir als Attraktion vorführen wollte. Ich hatte zunächst versucht, Begeisterung über die beide Straßenmusiker, den Buchladen und die paar Cafés zu simulieren. Sterbende Fußgängerzonen in deutschen Kleinstädten hatten mehr zu bieten. Am Ende der Woche aber, nachdem ich mit ihm, dem unermüdlichen Fremdenführer, ganz Moskau mit Bussen, U-Bahnen und viele hundert Kilometer, so schien es mir, zu Fuß durchmessen hatte, verstand ich ihn. Trotz der Weite der Plätze und Riesenstraßen und Parks hatte man nur hier das Gefühl, Raum zu haben. Nur hier war etwas möglich. Hier konnte man überrascht werden. Nur hier konnte man sich vorstellen, die Welt könnte anders sein. Dabei änderte sich doch gerade alles. Behauptete ich. Alexej war anderer Ansicht. Und er sollte Recht behalten. Das Geld werde nicht mehr werden, sagte er. Nur die, die keins hätten. Er sagte voraus, was ich jetzt sah, da uns der Taxifahrer fort aus dem Zentrum einen Ring nach dem anderen, die sich wie die Fäden eines Spinnennetzes um den Roten Platz zogen, in die Vororte brachte: Dass sich in Russland alles nach dem Prinzip der Schwarzen Löcher verteile: Wo viel sei, werde noch mehr hingesogen. Und dass man einen schlechten Staat gehabt habe, aber immerhin habe man einen gehabt. Und der sorge für die Fliehkräfte, der schaufele das Geld auch mal weg von den Schwarzen Löchern im Zentrum, in die Vororte und Provinzen. Ich hörte auch andere Stimmen, wenn er mich mit seinen Kommilitonen zusammen brachte, sie überwogen sogar. Diejenigen, die eine Zeit der Freiheit kommen sahen, nicht zuletzt für sich selbst. Die kleine kurzhaarige mit den Kohlenaugen, die eigentlich mit ihrem Freund zu der Party gekommen war und die sich dann trotzdem zu einem kurzen Spaziergang mit mir und ein wenig näherem Kontakt verleiten ließ, spottete über ihn: All black, good old Alexej! Aber auch wenn sie verflucht gut küssen konnte, ihre Sicht auf Alexej überzeugte mich nicht. Er wirkte dazu zu abgeklärt und selbstsicher in seinem merkwürdigen Dissidententum, das quer lag sowohl zur alten wie zur neuen Zeit. Und nun sah ich, wie Recht er behalten hatte.

Die Häuser standen steil und weiß in einer Reihe, das Gebiss eines Riesen. Nur die vierzehn war faul, stand grau-braun dazwischen mit einigen eingeworfenen und notdürftig vernagelten Fenstern. Manche Wohnungen schienen noch bewohnt, die vergitterten Balkone standen voller Gerümpel, Fahrräder, Schränke,

Wäscheständer. Die Klingelschilder waren in den unterschiedlichsten Schrifttypen gedruckt, was sie wie einen Erpresserbrief aussehen ließ, wie er für mich in Kindertagen aussah, aus ausgeschnittenen Zeitungsbuchstaben collagiert. „Und jetzt?", sie deutete auf die kyrillischen Klingelschilder. Ich ging die Kolonnen systematisch durch, wozu ich mich zwingen musste. „Hier." Sie sah mich halb zweifelnd, halb bewundernd an. „Viel mehr ist von damals nicht hängen geblieben, wie du ja schon bemerkt hast." Ich drückte den Knopf und konnte nicht wissen, ob ich damit am anderen Ende der Leitung irgendetwas auslöste. Eine Frauenstimme meldete sich, gegen ein Rauschen ankämpfend als stünde sie in der Brandung des Atlantiks. Ich rief: „Markus Mann. Druschba." Die Tür summte und ich warf mich rasch dagegen. Während wir die Treppen erklommen, dachte ich, wann ich zuletzt dieses Wort benutzt hatte, um unser Verhältnis zu bezeichnen. „He, warte! Meine Beine sind doch viel kürzer!" Ich hatte nicht einmal bemerkt, dass sie über eine halbe Treppe zurückgefallen war. Sie packte meinen Gürtel. „Schlepplift!" „Mehr Sport!" „Das ist gemein, immer hackst du auf mir rum!" Mir war nicht nach streiten, und da sie wirklich den Tränen nahe schien, hatte ich wohl wirklich gerade einen Nerv getroffen. „Mein ich doch nicht so. Wieder gut?" Sie schmollte, und wollte sich auch nicht mehr ziehen lassen. „Pfoten weg!" Ich hielt die Hände hoch als sei eine Waffe auf mich gerichtet. „O.K, o.K. Ich mein's ja nur gut. Also ich geh jetzt langsam weiter und du entscheidest, was du machst, kannst hier warten oder auch langsam weiter gehen oder was auch immer." Ich zwang mich zu betont langsamen Schritten, immer nur eine Stufe auf einmal nehmend. Sie folgte mir, und trat dabei die Treppe, als sei es mein Rückgrat.

Im siebten Stock stand die linke Tür offen. Ich las das Türschild. Markus Mann. „Und?", stieß sie zwischen zwei keuchenden

Atemzügen hervor. Ich nickte. Plötzlich bekam das Haus Geruch und Farbe. Putzmittel. Alter, eingetrockneter Urin. Die gesprenkelten Steinstufen, das alte-Leute-Beige des Geländers, als hätten die abertausend Hände der Greise, die allein es noch notgedrungen anfassten, es gefärbt. Sie hatte sich wieder gefangen. „Schießt ihr euch jetzt? Dann bleib ich lieber draußen." Ich zog die Tür vorsichtig ganz auf und ging hinein. Der Geruch von Ameisensäure und Zitrone verstärkte sich. Jetzt wurde ein Staubsauger angeworfen und heulte, als wolle er gleich ins All abheben. Der Flur stand voller Kartons, nur eine kleine Gasse in der Mitte und die drei Türen freilassend. Ich öffnete erst die linke, dann die rechte. Bad und Abstellkammer. Im Bad stand ein Putzwagen wie Hotelpersonal sie verwendet. Ich spürte Susan dicht hinter mir, ihre Nase zwischen meinen Schulterblättern. „Keine Angst. Er ist nicht mehr da." Ich stieß die Tür zum Wohnzimmer auf; hinter dem Sofa bearbeitete eine ältere Frau in blauem Kittel mit dem Raketenstaubsauger den Teppich. Ich rief sie an, aber sie konnte mich nicht hören. Antippen wollte ich sie auch nicht, aus Angst, sie könne einen Herzinfarkt erleiden. Also zog ich den Stecker. Sie murmelte einen Fluch, wandte sich um – und zeterte gleich los, unklar ob aus Angst oder Ärger. Ich hob und senkte beschwichtigend die Hände mit nach unten gekehrten Handflächen und leicht gespreizten Fingern in der intuitiven Hoffnung, diese Geste sei universal. Und ich tat das, was immer hilft, wenn man seine Gesinnung ausdrücken will, aber keine gemeinsame Sprache hat: Ich sagte einfach auf Deutsch, wer ich sei und was ich wolle. Daran verstand sie aus meinem Tonfall das für sie zunächst wesentliche: Dass ich weder ein Mafiosi noch von der Gewerbeaufsicht war. Sie registrierte das junge Mädchen und zählte offenbar eins uns eins zusammen, denn über ihr Gesicht huschte ein schlaues Lächeln. Sie wies unbestimmt um sich herum, ahmte die Putzbewegungen nach, ich verstand nur bistro, schnell. Sie hielt uns wahrscheinlich für potentielle Mieter. Einen älteren Geschäftsmann, der für sich und seine junge Gespielin eine kleine Nebenunterkunft suchte, das sagte ihr Lächeln, das zwischen Vorwurf und Anzüglichkeit changierte, während sie Zeige- und Mittelfinger rasch drehend auf uns beide wies. Ich sah mich um. Es war eine kleine Wohnung, vielleicht ein ähnlicher Schnitt wie der Alexejs damals, vielleicht sogar der gleiche. Ja, hier war das kleine Zimmer, das eigentlich Alexej gewesen war, und das er für mich geräumt hatte für diese eine Woche, kaum sechs Quadratmeter groß, am abgewetzten Teppich war deutlich abzulesen, dass auch hier ein Sofa gestanden hatte, und vor dem Fenster ein Schreibtisch, dessen Füße den Teppich an vier Punkten erstickt hatten. Ich sah auf weitere verbräunte Stellen, die wie verdörrtes Gras aussahen oder Brandstellen. Hatte Markus hier gewohnt, zur Untermiete? Susan guckte in die Kartons. Guck mal, Fotos!" „Nicht! Das sind doch Privatsachen."

„Jetzt hör auf, mir ständig Vorschriften zu machen. Mir ist langweilig, und entweder gehen wir jetzt, oder wir gucken uns das an. Hier!" Sie zeigte mir triumphierend, als habe sie Markus persönlich gefunden, zwei gerahmte Fotografien: „Ist er das?" Er war darauf mit einer schönen Russin, jedenfalls sah sie sehr russisch aus, mit hohen Wangenknochen und schmalem Gesicht, die rötlich-blonden Haare wirr um sie flatternd, sie müssen in starkem Wind gestanden haben bei der Aufnahme oder an einer Küste. Und er – sah natürlich nicht aus wie damals und doch war ich nicht überrascht, ihn so zu sehen. Es ist ja das Merkwürdige, dass die Menschen, die wir lange nicht gesehen haben, in unseren Köpfen mit altern, wir entwerfen ihr Phantombild Jahr für Jahr neu, schlagen unsere eigenen Fältchen und Grauschimmer auch ihnen zu. Und sagen deshalb ehrlichen Herzens beim Wiedersehen, was gar nicht stimmen kann: Du hast dich gar nicht verändert und meinen: So habe ich dich mir nun vorgestellt. Er hatte feine Züge, die ihn stets etwas feminin wirken ließen, er hatte auch immer ein bisschen Wirkung auf Schwule. Aber das hatte sich auf dieser Aufnahme abgeschliffen, oder besser gesagt: es war im Gegenteil aufgeraut. Stand ihm gut. Er war weniger hübsch als damals, sah aber mit den Falten auf der Stirn und um den Mund und mit den etwas fülligeren Backen trotzdem besser aus. Ich versuchte ihm in die Augen zu blicken, aber er sah nicht gerade in die Kamera und so gelang es nicht. Wahrscheinlich hatte er kurz vor der Aufnahme noch die schöne Frau an seiner Seite angeschaut.

Da klingelte das Telefon. Es war jenes klassische Schrillen, das heute manche als Gag als Klingelton für ihr Handy verwenden. Die Alte hörte nichts, oder befand, es könne nicht ihr gelten. Es klingelte viermal, fünfmal, sechsmal. „Das nervt" nörgelte Susan. „Geh doch mal ran." „Und dann? Sag ich ich nix russkiij?" „Egaal, Hauptsache, es hört auf, ich krieg gleich Migrä-äne." Wieder diese nörgelnd langgezogen-leiernde Vokale, sie trieb mich zur Weißglut. Mit pädagogischem Stirnrunzeln, das mein erzieherisches Versagen kompensieren sollte – denn natürlich hatte sie mit dem Gejaule ja wieder einmal erreicht, was sie wollte – nahm ich ab. Und setzte mich mit dem Telefon auf den Boden. Es war Markus. „Hallo mein Bester. Hier ist die Stimme aus der Vergangenheit. Halloooo – bist du noch da?" „Ja, Markus. Ich bin noch da. Aber du bist weg." „Wie man`s nimmt., oder? Könnte auch sagen, ich bin schon hier und du bist noch nicht da. Aber egal. Wann kommst du?" „Was soll das, Markus." „Beleidigt? O.K., ich weiß es zu schätzen, hast schon einen ganz schönen Weg gemacht, hätte nicht gedacht, dass man den faulen Büro-piiiep doch noch mal aus dem Sessel kriegt, und dann gleich ein paar tausend Meilen, Respekt. Aber es reicht noch nicht." „Ist auch egal. Ist eh nur ein Traum." „Oh nein, mein Guter, was immer es ist, ein Traum ist es nicht, das könnte dir so passen. Also: Du weißt, wo du mich finden kannst, oder?" „Nein." Jetzt wurde er schneidend: „Oh doch, tu nicht so. Also, unsere Kneipe. Du weißt schon." „Gibt es die noch?" „Die gibt es wieder!" „Was soll das alles Markus? Gibt es keinen einfacheren Weg?" Er schwieg eine Weile, die Leitung rauschte. Ich dachte schon, die Verbindung sei unterbrochen. „Nein. Nicht für uns. Nicht für dich. Einen wie dich muss man manchmal auf den Kopf stellen, damit er wieder auf die Füße kommt, und wenn einer so ein Lulatsch ist wie du, dauert das eben ..." „Und was ist mit dem Mädchen. Lass sie aus dem Spiel, hörst du?" Er lachte böse. „Wie soll das gehen, mein Allerwertester – das wäre ja als nähme ich die Dame aus der Schachpartie. Sie gehört dazu, zu unserem Spiel, hast du das etwa immer noch nicht begriffen?" „Nein. Keine Ahnung wovon du redest." „Siehst du, und genau deshalb brauchst du lange Wege. Weil du lange brauchst. Do swidanja."

*

Natürlich drängte sie auf eine Erklärung. „Wer war das denn, der Tod himself? Mensch, wie siehst du denn aus!"
„Ja. Vielleicht war er das."
„Also wenn du mich fragst, der Typ tut dir nicht gut. Was gurkst du dem auch noch hinterher, durch halb Europa, falls das hier überhaupt noch Europa ist."
„Mag sein. Vielleicht ... vielleicht sollte ich dich nach Hause bringen, was meinst du?"

146

„Nach Hause..." sie wurde ganz still. „Da will ich, glaube ich, gerade nicht hin. Außerdem haben wir so oder so den gleichen Weg oder? Richtung Westen? Oder ist der nächste Treffpunkt Peking?"

„Nein, da war ich damals nicht."

„Muss ich das jetzt verstehen?"

„Nein. Es geht in Krakau weiter."

„Hat er das gesagt?"

„Nein. Ja. Gewissermaßen."

„Gleich morgen?"

„Sieht so aus."

„Hurra, noch ein Land! Ich will gar nicht nach Hause."

Trotzdem zog sie ihre Bluse über. „Willst du noch weg?" Die Frage hatte ich gar nicht ernst gemeint.

„Ich geh noch was an die Hotelbar."

„Jetzt noch? Na gut." Ich kämpfte mich aus dem viel zu tiefen Sessel, aber sie schubste mich sanft wieder zurück.

„Lass mal. Ich will mich amüsieren."

„Und dabei störe ich wohl?"

„Exakt." Das fand sie dann offenbar doch etwas hart. „Nimm's mir nicht übel", sie hauchte ein Küsschen auf meine Wange. Ich unternahm noch einen Versuch: Warte mal, sieh mal, das Problem ist ..." „Wa-as?", dehnte sie genervt. „Ich bin nicht mehr fünfzehn." Doch, dachte ich in diesem Moment und die plötzliche Einsicht ließ mich erbleichen, ich fühlte das Blut sich schützend um die Organe ballen. „Natürlich", sagte ich nur tonlos und sie missverstand es als Kapitulation, winkte kurz und verließ das Zimmer. Ich musste den Horror niederkämpfen wie einen äußeren Feind. Es war nicht nur die Zeit. Es war auch sie, die zurückging. Das Alter, das nun in ihrem – nein, in meinem Pass stand, in dem sie als meine Tochter vermerkt war – es war ihr wirkliches. Heute. Im Moment. Mein Verstand musste die Bilder, die meine

Augen von ihr schossen, retouchiert haben, um sie mit seiner Vorstellung zur Deckung zu bringen, sie sei noch immer Anfang Zwanzig. Dabei hatten meine Augen es doch gesehen und es anscheinend aber nicht nach oben, sondern nach unten gefunkt, dass sie etwas schmaler geworden war, an den Brüsten vor Allem, und dass sie ein paar Pickel bekommen hatte über Nacht, und ... wann war das mit Guste ... am Morgen nach der Fähre ... hast du etwa Autofahren verlernt? Ja. Nein. Noch nicht. Sie hat es noch nicht gelernt. Und nun ist sie auf dem Weg in eine Hotelbar, um die sinistre Gestalten schleichen wie die Wölfe um die Schafherde. Und sie ist völlig unbedarft. Würde sie mit einem mitgehen, der ihr gefällt. Sie würde, natürlich. Ich hatte es in einem Film gesehen, aber das wird es auch in Wirklichkeit geben – falls das hier die Wirklichkeit ist, verdammt! –, junge hübsche Männer, die als Lockvögel für die Mafia fungieren, die Nachschub braucht für die Bordelle Asiens, blonde Mädchen sind die wertvollsten ... Ich rannte zum Fahrstuhl und traf erst im dritten Versuch die Taste mit dem L. Erst als der Lift sich in Bewegung setzte, begann ich darüber nachzudenken, was ich überhaupt tun wollte. Zum ersten Mal verfluchte ich meine Größe ohne dass eine Sitzreihe mir die Beine einklemmte. Wie soll ein Zweimetermann in einer Bar unauffällig ein junges Mädchen beschatten? Und sobald sie mich sähe, hätte ich wahrscheinlich das Gegenteil erreicht, sie würde dann nämlich erst recht das Hotel verlassen und um die Häuser ziehen, wie ich sie kannte auch allein. Sie festhalten? Sie würde ein Riesentheater machen, vielleicht käme die Polizei – gut, in meinem Pass stand, dass sie meine Tochter war, ich hatte alles Recht ..., ich spähte um die Ecke in die Bar, suchte jeden Tisch ab – sie war nicht da. Der Barkeeper sah mich taxierend an, ich passte in keine seiner Kategorien. Durch die Lobby, durch die Drehtür, in die Dunkelheit spähen, da gehen zwei, aber ihre Haare sind dunkel, oder ist das nur das fehlende Licht, geh ihnen nach, rasch, aber nicht zu auffällig, nein, sie ist es nicht ich höre sie reden, russisch, wieder umkehren, hinein, in die Bar, nun ohne Deckung, aber das ist sie nicht, jetzt fragt der Barkeeper, ob er jemand suche, nein, doch, meine Tochter, blond, klein, fünfzehn Jahre alt, hat eine rote Bluse an – nein, sicher? Danke, wieder hinaus, in einem Sessel in der Lobby eine Minute warten, die Minutenzeiger der Uhren für Tokyo, Kapstadt, Berlin und New York stehen wirr durcheinander wie Äste, es ist viertel vor in New York, zwanzig nach in Tokyo, kurz nach halb in Kapstadt, gleich Punkt sieben in Berlin. Schwindeluhren. Springt auf, geht zur Toilette, lauscht vor der Frauentür nach verdächtigen Geräuschen, hört Schritte, die Tür öffnet sich, kann sich nicht rasch genug abwenden, ein verachtender Blick, zurück in die Lobby, der Portier ist nicht da, wieder hinsetzten. Warten. Bilder im Kopf. Wüstes Zeug. Wut auf sie. Muss sie denn auch. Vorwürfe an sich. Hätte ich nicht besser. Ohnmacht. Niemand zu verständigen. Die Polizei? Sucht niemand, die erst eine Viertelstunde weg ist. Ihre Eltern? Muss man nicht eigentlich sowieso ihre Eltern, aber wie soll das gehen, und überhaupt verdammt, es ist doch sowieso nur ein, aber das hat Markus bestritten, ganz schneidend und entschieden bestritten, was auch immer es sei, ein Traum sei es nicht, aber wieso soll Markus denn immer wissen, was wahr ist, was richtig und falsch. Zurück aufs Zimmer, ein adrenalinzündender Gedanke, aufputschend, vielleicht hatte sie es sich ja doch anders überlegt, ist zurück gegangen, sie haben sich verpasst, mit den Fahrstühlen, wieso dauert das so lange, die Treppe, rennen hilft sowieso am besten gegen alles, da ist die Tür, läuft da nicht sogar der Fernseher, ja sicher, das muss, Susan?! – aber das Zimmer ist leer. Aus dem Nebenzimmer dröhnt der Apparat herüber. O.K., also anders:

Wo kann sie sein? Unwahrscheinlich, dass sie schon nach Minuten mit jemand mitgegangen ist, also ist sie allein los. Vor dem Hotel stehen Taxis. Mal fragen, vielleicht hat ein aufgerückter Kollege, wieder runter, Treppe, Lobby, Drehtür, gerade fährt ein Taxi los und die anderen rücken nach, den ersten fragen, ja, aber wie, verdammt, Alexej, hilf, wir haben doch jeden Tag eine Lektion, also Mädchen, jeny sind die Mädchen, oder, und blond, das hab ich auch gewusst, ja, es ist wie auf der Fähre damals nach Finnland mit dem scheinbar völlig vergessenen Französisch, also sehen, I hinten dran für die Vergangenheit, so, also: Kollega, smotril jenu ... mit Händen und Füßen und vier, fünf Wörtern, aber er schüttelt den Kopf, in ehrlichem Bedauern, und es ist nicht das Kopfschütteln des Nicht-Verstehens, er sagt etwas, das ich nicht verstehe, zeigt auf die Uhr, und fünf Finger, zeigt dann auf sich, sagt und zeigt: pjat minut. Gerade erst gekommen. Kann sie nicht gesehen haben. Spaciba. Er nickt teilnahmsvoll. Fragt: „Tochter". Ich nicke. Ja. Tochter. Gewissermaßen.

Zurück in der Lobby. In den Sessel, mit einem Mal langsam, wie mit Bleischienen beschwert. Versuch: Was wenn sie weg wäre. Einfach nicht wieder käme. Was wäre daran so schlimm. Vorausgesetzt, ihr wäre nichts passiert. Das immer vorausgesetzt. Wir kennen uns doch erst eine Woche. Oder? Wir reisen zusammen. Eine Weile. Die Reise wird enden. Wir sagen tschüss, tauschen Adressen, Emails, lachen nochmal über alles: „Wenn dein account wieder funktioniert" – „und deine Wundermaschine" – winken und weiter im Leben. Was sonst. Wollte ich sie? Forsche in den hintersten Winkeln meiner Gelüste. Anfangs, ein bisschen? Ich fand sie hübsch. Ich mochte es, wenn sie mich, zufällig oder nicht, berührte. Ich betrachtete gern verstohlen ihre Brüste, aber mehr wie man eine Naturschönheit bewundert, eine Blume etwa. Wollte ich sie, zumindest anfangs? Die einzige

Antwort, die mein Bewusstsein geben kann, ist ein schlichtes Nein. Sie ist weg? Damit ließe sich abfinden, muss – wird sich abzufinden sein. Sich in die Bar schleppen, als wären die Füße Eisenkugeln. Pivo?, fragt der Kellner. Ne, Vodka. Brauche jetzt was Klares. Trügerisch wie Eis, das Zeug. Fast geschmacks- und geruchlos, tückisch verborgene Kraft. Der linke Haken unter den Schnäpsen, von unten heraufgeführt, wenn er dich trifft, hast du ihn kaum kommen sehen. Vor allem wenn du schnell das Glas leerst und es dem Barkeeper gleich wieder hinstellst und nickst. Alexej, eigentlich haben wir nie getrunken, aber wir haben damals an einem Nachmittag eine ganze Flasche leer gemacht. Ich wollte bloß kosten, aber du hast gesagt, Vodka kann man nicht stehen lassen, dann schimpft Mutter. Also runter. Ja, noch einen. Ist fast so wie mit Susan. Wenn man einmal anfängt. Was wenn sie heute Nacht nicht wieder auftaucht. Ich kann doch nicht weiter, ich kann doch ohne sie nicht weiter ... das Haus. Das große graue Haus. Ich drehe mich um. Ich gehe weg. Ich sehe das Winken in meinem Rücken. Muss es mit meiner Seele sehen, denn ich gehe schon weg. Da ist noch jemand. Ein Gesicht ohne Eigenschaften. Aber es ist traurig. Enttäuscht. Jetzt gehe ich rückwärts. Drehe mich um. Stehe wieder vor dem Haus. Die beiden Gesichter jetzt nah beieinander, umrahmt von einem weißen Vorhang, blütenweiß. Ich sehe meine Hände an: Sie sind schwarz vor Dreck, in den Linien der Handflächen ist Erde gepresst.

*

Lichtdolche. Klangkeulen. Wo ist die Decke verdammt. Arm über die Augen. Der Mund eine Wüste. Lass den Lärm.
„Na toll. Wenn man einmal nicht auf dich aufpasst."
Lider hochziehen wie Fensterläden. Sie hält mir ein Glas Wasser

hin, in dem eine Tablette sich zischend auflöst. Gierig trinken. Nein, saufen. Den Hebeln und Rädern des Körpers zuschauen, wie sie widerwillig ineinandergreifen: Die Elektronen schleichen durch die Synapsen zum Trizeps und strecken ihn langsam als ließe eine Kette ein schmiedeeisernes Burgtor herab. „Noch eine bitte." „Kannst du noch gucken? Wer weiß, was die hier reinpanschen!" Lieber nicht. Gucken, meine ich. Sie nimmt das Glas. Sie ist noch da. Hey, sie ist noch da. Sie war weg. „Du bist noch da." „Dachtest du, ich gehe in den Untergrund?" „Wo warst du?" „Mich amüsieren." „Aha, und ..." „Jetzt frag bloß nicht, ob ich mich gut benommen habe. Zuviel getrunken zum Beispiel." Ein Auge. Sie sieht wieder einen Tick erwachsener aus als gestern. Vielleicht alles nur eine Täuschung. „Nein, lass mal. Hast du dich denn amüsiert?" Sie wird still, schaut weg. „Egal. Glaubst du, du kannst wieder Auto fahren? Ich muss den Tag über sicher erst mal ausnüchtern." „Wohin?" „Kaffee." „Häh?" „Erstmal Kaffee. Vorher kann ich nicht denken." „Nein, ich glaub nicht." „Was." „Autofahren." „Wie? Ach so. Egal." „Ist jetzt alles egal oder was?", schreit sie mich plötzlich an. Jedenfalls fühlt es sich wie schreien an, vielleicht spricht sie auch nur sehr laut. Meine Gedanken ziehen Fäden. „Ich kapier nicht so ganz, was hab ich denn jetzt schon wieder falsch gemacht ..." „Besoffen hast du dich, während ich ...", sie rennt heulend raus. Scheiße. Mehr kann ich nicht denken. Da sind gleich mehrere Sachen nicht gut gelaufen letzte Nacht.

Beim Anziehen taumele ich wie ein dreibeiniger Elefant. Kann mich gar nicht erinnern, dass es so viel war. Aber schon vom Nachzählen wird mir so schlecht, dass mir jede weitere Entscheidung für ein paar Sekunden abgenommen ist. Hinterher steige ich unter die eiskalte Dusche. Der Strahl wie ein Schlag, aushalten. Schon nach Sekunden Klarheit: Sie muss in eine

Situation gekommen sein, die mehr als unangenehm war. Hoffentlich nicht mehr als das. Und zweitens: Ich hätte sie entweder entschiedener aufhalten müssen. Oder nicht aufhören zu suchen. Egal, ob ich sie gefunden hätte. Egal, ob es noch etwas geändert hätte. Darum geht es nicht. Ich hab es mir zu leicht gemacht, wieder einmal. Ich drehe den Hahn ab. Zum letzten Mal. Zum letzten Mal, versprochen.

On the road

Die nächsten drei Tage zahlte ich ab. Sie war unausstehlich. Natürlich fuhr ich, aber nicht weit. Kurz hinter Minsk war ich kurz davor, in Sekundenschlaf zu verfallen. Zumal sie als Muntermacher ausfiel. Alle meine Versuche zu unverfänglichen Gesprächen wurden allenfalls mit Zweisilbern abgeblockt, und meine ehrliche Entschuldigung für mein Versagen als ... also mein Versagen gestern ... erntete nur ein „pfff". Zur endgültigen Eskalation brachte uns dann die Sache mit Jossip und Dimitri.

Wir hielten, weil sie mal musste (was sie nur durch ein „Halt mal!" kommunizierte). Der Parkplatz war menschenleer bis auf zwei Männer, die vor einer geöffneten Motorhaube standen. Ich hielt am anderen Ende. Sie sprang in das Häuschen, ich blieb lieber beim Auto. Die beiden Typen sahen zu mir herüber, der eine stieß den anderen an. Der längere der beiden nahm etwas, ich konnte nicht erkennen, was, und beide kamen auf mich zu. Hundert Meter vielleicht. Susan kam gerade wieder heraus. Hätte ich nichts gesagt, wäre sie wahrscheinlich einfach eingestiegen und wir wären weiter gefahren. Aber ich sagte: „Schnell, beeil dich." Und dann tat sie natürlich genau das nicht. Sie schlenderte betont langsam die letzten Meter und sah sich um.

Als sie die beiden auf uns zukommen und winken sah, blieb sie stehen. Nun waren sie fast heran und ich sah, was der längere da in der Hand hielt, oder besser: in zwei Händen. Ein Ladekabel. Er hielt es wie einen Strick. Selbst der Längere, jüngere war zwar noch einen Kopf kleiner als ich, aber beide waren gedrungen und kräftig, Stiernacken. Das eine Gesicht sah nach Alkohol aus, grobporig aufgedunsen und rot, das andere verschlagen. Ich habe mich seit der vierten Klasse nicht mehr geprügelt. Sie würden gewinnen, keine Frage. Als sie auf zehn Schritt rangekommen waren, streckte ich den Arm aus. „Stoi! Cto ... delaete." Was wollt ihr konnte ich nicht ausdrücken. Es wurde ein „was macht ihr" draus. Sie schauten verblüfft. Über mein komisches weißrussisch, das wie russisch klang und auch wieder nicht? Oder dass der Deutsche überhaupt ein paar Brocken sprach? Oder war es so schlecht, dass sie es schlicht nicht verstanden? Der Verschlagene sah jetzt eher dumm aus, er hielt das Kabel mit beiden Händen in die Höhe als wäre es eine Weihgabe oder ein zeremonieller Schal, den er mir umhängen wolle, und sagte etwas, das ich nicht ansatzweise verstand. Der ältere, grobporige, schien etwas heller zu sein. „Maschina, auto, kaputt!" „Pomoct!" Ein Trick. Was sonst. Ich tippte auf mein Handgelenk, auch wenn ich keine Uhr trug: Nemam cas und wollte Susan ins Auto drängen, aber sie wurzelte an. „Heh, wieso, was wollen die, die wollen doch Hilfe, oder?" „Nein, das ist ein Trick, steig jetzt ein." Der Jüngere ließ fassungslos sein Kabel sinken, während der Ältere sich verzweifelt auf dem leeren Rastplatz umsah und dann bat: Prosim, prosim, dann in seinem Gedächtnis kramte und dort sogar das passende Wort fand: „Please!"

Ich rechnete noch Wahrscheinlichkeiten aus (seltsamer Zufall, gerade jetzt haben die ein Problem mit der Batterie, wenn sie allein mit einem deutschen Pärchen (?) an einer gottverlassenen

Rastplatz stehen?) und was genau ihr Ziel sein könnte (das Auto wohl kaum, nichts für Ungut, Guste. Geld? Nach Reichtum sahen wir nicht aus, aber vielleicht – sehr wahrscheinlich – waren ein paar Hundert Euro viel Geld für sie. Und da durchzuckte es mich: das Wertvollste an uns war wahrscheinlich das Mädchen. Es war dieser Gedanke, der mich endgültig dazu brachte, dem Gefühl des Misstrauens auch noch die besseren Argumente zuzuschanzen. „Susan, steig ein, das ist eine Falle." „Pfff", machte sie nur. Ging zu den beiden hin und reichte ihnen die Hand: „I am Susan." Der jüngere wurde rot und hauchte: „Dimitri", der Ältere nahm die Hand und stellte sich als Jossip vor, mit einer angedeutete Verbeugung. Er versuchte, Susan etwas zu erklären, deutete auf seine Uhr, steckte sich einen imaginären Ring an die Hand, und Dimitri fiel auch mal etwas ein: Wedding. Da erst bemerkte ich, dass ihr merkwürdiger Aufzug nichts anderes war als die Festtagsgarderobe zweier Bauern. Es stimmte, plötzlich gab sich die hysterische Tante Misstrauen geschlagen und verließ schmollend den Raum. „O.K.", nickte ich, und bedeutet ihnen, ich würde an ihren Lada heranfahren.

Jossip seufzte erleichtert und fand sogar ein deutsches Wort: „Dankaschon." Das er – mit Recht – zu Susan sprach. Dimitri sah nur auf seine Füße und war noch roter. Susan sagte nichts. Jedenfalls nichts mehr zu mir. Sie stieg auch nicht ein, als ich Guste über den Parkplatz hinüber rollte. Die beiden guckten erst verdutzt und wollten mich dann gestenreich ummanövrieren, als ich mit dem Heck an den Lada heranfuhr. Sie mussten mich für völlig bescheuert halten. Und vielleicht war ich das ja auch. Was tue ich hier. Mit drei fremden Menschen. Von denen immerhin zwei freundlich zu mir sind, wenn auch aus instrumentellen Gründen. Mit einem Auto, das mir nicht gehört und an dem so ziemlich alles falsch herum angebaut ist. In einem Jahr, das längst vorbei ist. In einem Land, das mich nicht interessiert und dass ich nur so schnell wie möglich durchmessen will. Immerhin, ihre Gesichter, als sie den Motor im Heck sehen, ist das Eintrittsgeld für diesen Morgen wert. „Germanski maschina!", sagt Jossip und hebt den Daumen. Vielleicht denken sie jetzt, das ist der neuste Schrei. Ich deute auf den Löwen: „Francia!" „Klugscheißer!" Ich hätte gut Lust, ihr das Starthilfekabel zu überreichen. Aber sie würde es aus Trotz irgendwo dranklemmen, und zwei kaputte Autos helfen uns hier nicht weiter.

Jossip startet, der Lada springt an und spotzt ein Duett mit Guste. Dimitri legt die Hände zusammen und schickt ein Dankaschon in den Himmel. Jossip krabbelt aus dem Lada und hält mir einen Geldschein hin, unter vielen Dankaschon. Ich wehre ab: Next time: You help me. Das versteht er natürlich nicht wörtlich, aber dem Sinn nach. Will mir noch zwei Mal den Schein aufdrängen und gibt mir dann statt dessen die Hand. Eine schwielige Bauernhand, kräftig und warm. Er schaut mir dankbar in die Augen. Ich weiß nicht, wie lange es her ist, dass mich jemand so dankerfüllt angesehen hat. Es fällt mir nichts ein, keine Situation. Vielleicht mein Neffe, als ich ihm die Carrerabahn geschenkt habe. Aber das war auch mehr Freude. Nein, auch in den nächsten Tagen, als ich darüber nachdenke, fällt mir keine Szene meines Lebens ein, die dieser gleich käme.

Das beschäftigt mich in den nächsten Stunden mehr als ihr Schmollen. Das davon übertönt wird. Wahrscheinlich macht sie das noch fuchsiger.

„Und. Fühlst du dich jetzt toll?", blafft sie.

Ich überlege. Ja, eigentlich schon. „Ja, schon."

„Ja. Warst ja auch total hilfsbereit. Ein echtes Vorbild."

„Ich habe geholfen. Darauf kommt es doch an, oder?"

„Nein, hast du nicht. Du wolltest das machen, was am Leichtesten war, nämlich weiterfahren. Und dann wurde es kompliziert, und es war das Leichteste, zu helfen." Das erbitterte mich umso mehr, als es zwar nicht völlig stimmte, aber weitgehend. „Unsinn. Ich habe eben zunächst vorsichtig abgeschätzt, ob uns, vor allem dir, Gefahr droht oder nicht. Du warst hingegen nicht hilfsbereit, sondern ganz einfach blauäugig."

„Woher willst du denn immer wissen, was ich denke, häh? Ich war eben schneller als du im Abschätzen. Da waren zwei völlig harmlose Typen mit einem Problem, das wir schnell und einfach lösen konnten. Aber bei dir ging ja gleich so'n Film ab: Der Osteuropäer, finster und verschlagen, zu faul oder zu doof für richtige Arbeit, was kann der schon wollen von einem aus der Herrenrasse." Siehe oben. Sie hatte nicht ganz Recht. Aber fast. Und trotzdem hatte sie kein Recht. „Auf Naivität kann man sich nichts einbilden. Wie war das? Auch der Naive hat manchmal recht in der Sache, aber nie in den Gründen."

„Du bist ein Arschloch."

Ich fuhr rechts ran. Nicht um etwas Bestimmtes zu tun. Eher, um erst mal nichts tun zu müssen. Sie war verunsichert. Gut so. Ich stieg aus (und zog vorsichtshalber den Schlüssel ab; wer weiß, ob sie unter diesen Umständen nicht doch plötzlich wieder fahren konnte.)

Ich stelzte über die Leitplanke, stapfte die Böschung hinauf und setzte mich ins Gras, das Auto und die Kratzbürste im Blick. Sie hätte sich umdrehen müssen, um mich zu sehen, was sie vermied. Oder kam ihr das gar nicht in den Sinn? War sie die Überlegene, die ganz einfach wusste, ich würde irgendwann zurückkommen und weiterfahren, was sonst auch. Und dass ich sie nie zurücklassen würde. Egal, was passiert. Egal, was sie sich herausnimmt. Asymmetrische Kriegsführung. Die Überlegenheit des

Schwächeren. Weil er alles tun darf und dem Stärkeren das letzte Mittel einfach nicht zu Gebote steht.

Natürlich würde ich den ersten Schritt machen. Aber noch nicht. Dass man sich stärker unter Kontrolle haben muss als eine Vierzehnjährige heißt ja nicht, dass man alles stoisch ertragen muss. Diese Auszeit brauchte ich. Sah die Autos vorbei rauschen. links, rechts, es hatte was von Pendelhypnose. Ich sah über die Autobahn hinweg in die Ferne. Felder, Weiden, Felder. Strommasten, ein Dorf. Ich durfte nicht zu lange sitzen, wollte nicht den Eindruck vermitteln, ich schmolle meinerseits. Asymmetrisch muss es schon bleiben. Sie hatte ihr Buch vorgenommen und las auf dem Sitz zusammengerollt. Wie um das Buch herumgewickelt. Und doch wirkte es eher als sei es umgekehrt, als sei sie in den Kokon der Geschichte eingesponnen. Ich ging auf das Auto zu, noch ohne Entschluss. Vielleicht geht es manchmal nur so. Vielleicht sind es manchmal die Entschlüsse, die alles so kompliziert machen. Sie beachtete mich nicht, als ich mich hinter das Steuer zwängte. Und ich zerriss den Kokon mit keinem Wort. Sie hatte das letzte Wort gehabt, und wir hatten sicher beide nicht vergessen, welches das gewesen war. Es war an ihr, es zurückzunehmen. Und sei es nur, indem sie ein neues sagte.

Aber sie sagte keines. Nicht als ich an einem Motel irgendwo bei Charkow hielt, nicht bei der Abendsoljanka, nicht am nächsten Morgen, aber da war sie ohnehin wie schlaftrunken, musste die halbe Nacht durchgelesen haben. Ich bekam sie kaum wach, und den Tag im Auto verschlief sie. Zum Glück. Einerseits, Andererseits kam mir der Tag vor wie ein Jahr.

Ich begann leise zu singen, um nicht abzudriften. Ausgeschlafen zu sein nützte nichts. Die Monotonie der Signalpfosten, Spurstreifen, Leitplanken war gefährlich. Mit meinem Audi kämpfe ich gegen Müdigkeit auf langen Fahrten durch Tempowechsel und Überholmanöver an. Fiel mit Guste flach, wir schafften nicht mal den klapprigsten Volvo. Aber da kam mir Guste zu Hilfe: Es war ein leise-helles, sirrendes Geräusch, wie eine Schnur es erzeugt, die man ruckartig strafft. So unscheinbar, dass ich es kaum bemerkt hätte, schon gar nicht in den Lärm, den Guste machte, wäre mir nicht alles willkommen gewesen, das die Monotonie der Meilen unterbrach. Ich lauschte, aber dem Geräusch folgte nichts. Dann sah ich es: Der Kilometerzähler. Fast hätte ich Susan angestupst, beherrschte mich aber sogleich. Ich war froh und dankbar für jede Minute, die dieser kleine Drachen schlief und kein Feuer spie. Und war einen Moment später doppelt froh, es nicht getan zu haben. Denn der Kilometerzähler lief rückwärts. Bei der ersten Zahl war ich mir noch nicht sicher, glaubte an eine Täuschung. War es nicht doch eine 87.257 gewesen? Aber nein, auf die sprang das Band jetzt um. Von der 87.258. Ich verfolgte das Spiel noch drei Kilometer lang. Kein Zweifel möglich. Guste trennten noch gut zwei Runden um den Globus von ihrer Geburt in irgendeiner französischen Fabrik.

*

Susan wachte pünktlich auf, als Guste auf den Parkplatz des Motels rollte. Über mein „Gut geschlafen?", grunzte sie nur verächtlich. Trottete mir hinterher zur Rezeption und aufs Zimmer und begann sofort zu lesen. „Nichts essen?" Keine Antwort. Dann eben nicht. Als ich wiederkam, lag sie noch genauso da wie vor einer Stunde. Und sie las wieder die Nacht durch. Ich hatte gehofft, abends noch eine Stunde für mich zu haben, aber so musste ich im Bad verschwinden, um in Ruhe in den Spiegel zu sehen. Um sicher zu gehen. Mein Gesicht. Das eines Mannes Anfang, Mitte 30? Ich konnte keine Veränderung festmachen.

Aber worin würde sie bestehen? Hat sie bestanden? Die Haare – einen Grauschimmer im Blond hatte ich schon lange. Wie lange? Keine Ahnung. Mir fiel die Geschichte ein von dem Mann, der an jedem ersten eines Monats ein Selbstporträt mit der Kamera von sich schießt, immer im gleichen Licht, immer im gleichen Winkel. Und ein Daumenkino des eigenen Verfalls damit erstellt. Ich beschloss, mir eine bestimmte, noch ganz schwache, fast unmerkliche Linie zu merken. Auch das wäre ein Sterben: Nicht jünger werden, während die Welt um dich herum es tut. Was – tut? Jüngern? Und Markus? Jüngerte er auch? Und wenn ja, würde er mich überhaupt erkennen?

Und Britta? Ich träumte von ihr, in dieser Nacht. Jedenfalls zu Anfang, da war sie es. Aber dann war sie es nicht mehr. Das war eine andere Frau. Die Frau in dem großen Haus. Neben ihr stand Jossip und schaute mich an mit einem Blick – es war der Negativabdruck des Blickes von heute Nachmittag. Sein genaues Gegenstück. Dann hatte die Frau Jossips Augen mit diesem Blick. Was ist das Gegenteil von Dankbarkeit?

Und zum ersten Mal spürte ich, dass in diesem Fenster noch jemand war und gleichzeitig nicht. Eine Art Gespenst. Und aus dem Fenster hing ein schwarzes Tau. ich wollte es ergreifen und zu den beiden Gestalten hochklettern, der sichtbaren und der unsichtbaren, um ihr Gesicht wieder richtig herum zu stülpen, aber als ich das Tau berührte, fiel es herab wie eine Spinnwebe. Ich nahm es auf, plötzlich war es viel kürzer; nie und nimmer hätte es bis zu dem Fenster hinaufgereicht. Es war ein Starthilfekabel. Ich hielt es in den Händen wie eine Kostbarkeit, und doch war es das Nutzloseste, das es auf der Welt gab, denn in diesem Traum gab es nichts, das es verbinden konnte. In diesem Traum gab es an diesem Punkt überhaupt nichts mehr auf der Welt außer mir selbst. Selbst das Haus mit der Frau und dem Gespenst war verschwunden.

Krakau

Als wir nach zwei Tagen und Nächten auf Autobahnen und in Motels in Krakau ankamen, schlotterten ihr die Sachen um den Körper. Sie fischte ihren BH aus dem Pulli, errötete und stopfte ihn schnell in den Reiserucksack. Ihre Hände krochen in die Ärmel, obwohl es nicht kalt war, Guste bollerte, was das Zeug hielt. Und als sie, was sie häufig tat, ihre Füße anzog um sie auf den Sitz zu stellen, warf ihre Jeans kleine Wellen. „Wie wär's mit Einkaufen?" Sie schien von der Idee überrascht, fand aber gleich Gefallen an ihr. „Wenn du unbedingt willst ...", sagte sie kokett. Es war der erste Satz seit drei Tagen, den sie nicht knurrte. Ich folgte den weißen Centrum-Schildern; ein perfektes Parkleitsystem führte uns in eine Tiefgarage fast direkt unter dem Marktplatz. Wahrscheinlich neu gegraben. Auch hier waren die Maulwürfe am Werk gewesen seit damals – aber andererseits hatten wir damals auch keine Augen für die schnöden Bedürfnisse des Autopöbels gehabt. Hatten etwas darauf gehalten, mit dem Zug stets unmittelbar in das Herz der Städte zu fahren, und fast ärgerte ich mich darüber, in einer Art Solidarität mit dem jugendlichen Hochmut, dass die Autofahrer nun auch noch dieses Privileg des noblen Bahnreisenden erobert hatten.
Und als seien wir selbst Maulwürfe, steckten wir unsere Schnauzen zunächst vorsichtig ans Licht. Wir kamen aus der Tiefe – in mancherlei Hinsicht. „Jetzt aber mal ein richtiges Hotel, oder?" Ich merkte, dass ich meinen Kopf nun ein paar Grad tiefer neigte, um mit ihr zu sprechen. Sie nickte übertrieben heftig. „Au ja! Ohne tropfende Duschkabine." „Und ohne Motorradteststrecke vor der Tür." „Und nur mit Zweibeinern bevölkert!" Wir lachten miteinander, es kam mir vor wie eine Ewigkeit her. Fast hätte ich gesagt: Und ohne schlecht gelaunte Mitreisende, aber ich ver-

kniff es mir. Wozu die gute Stimmung gleich wieder riskieren, und mehr als das: Ich empfand bei aller Kränkung, die die letzten Tage bedeutet hatten, dass sie dafür irgendwie nichts konnte und selbst mehr darunter gelitten hatte als ich. „Ich muss mich aber vor der Einkaufsschlacht stärken, geht das, oder hältst du es nicht mehr aus." Ich deutete auf ihre Hosen, die sie sowohl an den Beinen als auch am Bauch einmal umgekrempelt hatte. Das T-Shirt ging ihr bis über die Ellbogen. „Hm". Sie überlegte. „Ein Kaffee ist drin", entschied sie dann großmütig. „Na ein Glück. Und – welches nehmen wir?" Der Platz war voller Cafés, dicht an dicht wie Pilze standen die Sonnenschirme vor den winkeligen Fachwerkhäusern, als hätte ein Riesenkind mit Bauklötzen einen Kreis oder ein Ei stellen wollen und es nicht ganz fertig gebracht. „Weiß nicht. Sag du." „Dahinten, o.k.?", wir gingen einmal quer über den Platz. Ich empfand es als ein nach Hause kommen. Das war Europa: Leute sitzen frei und entspannt auf einem tausend Jahre alten Marktplatz. Aber beim Gedanken an Europa überfiel mich plötzlich eine Angst, die meine Schritte verlangsamte. „Was ist denn?" Sie zog an meiner Hand, die sie ganz natürlich genommen hatte. „Ich ... ich bin mir nicht sicher, ob unser Geld hier gilt." Ich rechnete. Wie alt war sie jetzt? 12, allenfalls 13. 11? Nein, 12 mindestens. Also 2002. „Wann wurde der Euro eingeführt?" „Häh? Sag mal, woher soll ich das denn wissen?" Stimmt. Dumme Frage. Aber da sah ich eine Preistafel vor einem der Cafés aufgeklappt. Kafe 1,50 ☐☐."Alles in Ordnung. Ich habe mich getäuscht." „Also manchmal bist du echt ganz schön wirr, mein lieber Johann." „Nenn mich bitte nicht Johann, ich hab dir doch erzählt, wie ich den Namen gehasst habe. Als ich mich umbenannt habe, da war ich – so alt wie du jetzt, schätze ich." „O.K." Sie nickte ernst. Sie schien das Problem erstmals so richtig zu verstehen. Wir setzten uns beide wie Katzen in die Sonne und ich streckte genüsslich die Beine in den weiten Platz. „Sag mal, John (sie betonte den Namen genüsslich), was machen wir hier eigentlich?"

Gute Frage. „Wir besuchen einen alten Freund von mir." Über ihr Gesicht segelte eine Abwesenheit, wie Schatten eines Jahre zurückliegenden Ereignisses. „Diesen...Markus." „Ja." „Aber wieso hier." „Wenn man sich verläuft, oder besser: wenn man jemand irgendwo im Gedränge aus den Augen verliert, geht man doch auch am besten an die Stelle, wo man zuletzt noch beieinander war. So machen wir es auch."

„Du hast ihn zuletzt in Krakau gesehen?"

„Gewissermaßen. Hier endete unsere Reise, damals."

„Als du ein junger Mann warst."

Hatte ich diese Wendung ihr gegenüber zuvor benutzt, um die Zeit zu beschreiben, in der meine Freundschaft mit Markus spielte? In ihrem Kindermund klang sie zwar gestelzt, aber sie traf es ja. „Ja, als ich ein junger Mann war." „Und jetzt bist du ein alter Mann", kicherte sie.

„Vielleicht können wir uns auf Mann einigen. Mann ohne Adjektive."

„Klingt gut. Oh, der Eisbecher da sieht aber gut aus."

„Na dann. Zur Feier des Tages."

„Danke, liebster ...", sie suchte ein passendes Wort.

„Weißt du was? Wenn wir gleich im Hotel einchecken, wäre es vielleicht eine gute Idee, wenn du, also nur wenn es dir nichts ausmacht, aber vielleicht sparen wir uns Probleme ..."

„Ja, was denn nun, drucks doch nicht so rum."

„Also die Concierges haben schon in Finnland und in der Ukraine so komisch geguckt, und – naja, wir haben unterschiedliche Nachnamen, und wenn dann so alter Kerl mit einem jungen Mädchen reist ..."

„Ich denke Mann ohne Adjektive? He, ich versteh schon, ist gut, wir sollen Vater und Tochter spielen, richtig? Damit die Conscherrs oder wie die heißen nicht denken, dass du ein Kinderschänder bist und ich sone Lolita, stimmt's?"

Ich nickte erleichtert, als hätte ich sie gerade über alle Details der Fortpflanzung aufklären müssen.

*

Zum Glück hielt sie sich auch dran. Nicht nur, dass sie mich brav Papa nannte, solange irgendwer in Hörweite war, sie vermied auch sonstige kokette Gesten, die zu Spekulationen hätten Anlass geben können. Unser russischer Pass mit Recklinghausener Stempel jedenfalls tat auch hier seinen Dienst. Und in ihren neuen Sachen sah sie zwar niedlich aus, aber die aufgestickten Schmetterlinge auf der Bluse und der große kitschige Pferdekopf auf einem der T-Shirts sahen noch eher nach Kinderzimmer aus als nach Pubertät, auch wenn sie auf zumindest einem bauchfreien Top bestanden hatte. Die BH-Frage, das machte ein Blick auf sie im T-shirt klar, stellte sich nicht mehr, und sie brachte sie auch nicht auf.

Als wir aus dem Laden nach draußen gingen, war sie plötzlich ganz still geworden. Ich ließ sie eine Weile, dann fragte ich: „Irgendwas nicht in Ordnung?" Sie sah schief zu mir auf. „Da ist alles ganz schön teuer." In der Tat, wir hatten ein paar Hundert Euro in dem Laden gelassen. Und das Hotel hatte einen Extrastern als Ausgleich für vier Tage Ostblock. Aber ich winkte ab, und ich meinte es auch so. „Mach dir keine Gedanken." Dann wurde ich selbst nachdenklich. Ich wusste nicht, ob das Gedanken waren, die ich mit ihr teilen sollte. Und ob sie an das Gespräch sich erinnern würde, das wir darüber zu Anfang unserer

Reise geführt hatten. „Doch, oder?", hakte sie wieder nach, weil sie mein Schweigen missverstand. „Es ist so, ich weiß das klingt blöd und wie ein oller Angeber, aber ich wusste eigentlich gar nicht, wohin mit meinem Geld. Nicht dass ich reich wäre, aber ich verdiene einfach mehr als ich brauche, schon seit 15 Jahren. Und da ist so einiges aufgelaufen auf meinem Konto, andere kaufen sich an der Stelle dann ein Haus, aber was soll ich damit, oder machen sinnlos teure Reisen ..." „.. so wie diese hier!", warf sie lachend ein. „Das ist es ja." Sie brachte mich erst darauf, das zu formulieren, und damit eigentlich erst, es zu denken: „Das ist vielleicht die erste Reise, die nicht sinnlos ist. Oder vielmehr die zweite. Und das Geld, das ich für uns ausgebe ... wie soll ich sagen ... macht Spaß. Ja, so einfach ist das. Es macht Spaß!" Sie nahm wieder meine Hand und schwenkte unsere beiden Hände wild hin und her als seien sie eine Schaukel an einem ausgelassenen Sommerabend.

*

Auch Krakau war anders, aber nicht so wie Moskau, das wirkte wie ein Frankenstein-Monster, nicht wieder zu erkennen nach ein paar Dutzend entstellenden Operationen. Krakau war zwar auch gebügelter als zu Beginn der 90er Jahre, der morbide Charme war weg, die meisten Fassaden restauriert. Aber hier war spürbar, dass die Stadt damit wieder zu sich selbst gekommen war, jetzt erzählten die Stuckfiguren an den Bürgerhäusern wieder die Geschichten der alten Kulturmetropole. Aber ob es den Yeti noch geben würde? Gerade bei Kneipen dieser Art ist die Fluktuation hoch. Sie hatten Jazz dort gespielt, spontane Sessions aus dem Publikum heraus, so dass wir eine Ausnahme von unserer Regel gestattet hatten und an beiden Krakau-

Abenden hierhin gegangen waren, auch an jenem, an dem wir aus Osviecim zurückgekehrt waren und uns einig waren, das jetzt nicht viel zu reden war und Jazz genau das Richtige. Ich war mir nicht mehr ganz sicher, welche der sternförmig vom Markt abgehenden Gassen es war, brauchte zwei Versuche, aber dann fand ich die Stelle. Und das Schild war noch da: Yeti, mit dem zotteligen Viech, das Saxophon spielte. Der Rauch war wie ein Widerstand, den man überwinden musste. Susan hielt sich den Ärmel vors Gesicht und auch mir schlug der Gestank des Tabaks gleich auf die Schläfen.

Im Western verstummen alle Gespräche und der Piano-man hört auf zu klimpern, wenn der Schurke den Saloon zum entscheidenden Duell betritt. (Aber war ich der Schurke?). Nichts davon hier, allenfalls ein paar Blicke wegen des Kindes, das ich bei mir hatte, dies war kein Lokal, in das man mit Kindern ging, aber dass die Touristen sich in alle möglichen Winkel ihrer Stadt verirrten, war man gewohnt. Es waren zwei Tische frei, aber ich steuerte auf den zu, über dessen einem Stuhl eine Wildlederjacke hing und auf dem ein halbleeres Glas dunkles Staropramen stand und eine Zigarette – Rothändle? Ja natürlich. Rothändle – im Aschenbecher vor sich hin glomm. „Ich will hier nichts essen. Das ist voll eklig!" „Musst du auch nicht." „Ich hab aber Hunger!" „Gleich!" „Nein, jetzt!" Man verstand sie kaum, weil sie sich weigerte, den Ärmel vom Gesicht zu nehmen. Ich setzte mich auf den freien Stuhl. Er war noch warm. Ich fasste mit der Hand auf seinen. Ebenfalls. Der Kellner fragte uns etwas auf Polnisch, ich fragte nur auf Englisch zurück, ob der Mann noch da sei, der eben hier gesessen habe. Der Kellner blickte indigniert, schien einen Moment überlegen zu müssen, ob er antworten solle, knurrte aber dann ein: „Just left. Want to eat?" „The menue, please." Er schaute wütend. Ich malte mit zwei Fingern ein Rechteck in die

Luft. Er nahm das leere Glas, als hätte ich hinein gepisst und knallte es aufs Tablett. „Ich warte draußen", nuschelte es hinter dem Ärmel hervor. „Ja, ist gut." Sie zögerte verblüfft. Das war nicht mein Text. Sie sah mich die Jacke nehmen. Mit der Handfläche über das Wildleder streichen. „Gehen wir." Vor der Tür holte sie Luft als habe sie nach einem tiefen Tauchgang gerade so noch die Oberfläche erreicht. „Bah, die Klamotten stinken jetzt noch eine Woche!" Als ich sie weiter nicht beachtete, fing sie an, vor mir hochzuhüpfen und wild mit den Armen zu schlenkern: „Hallooo! Ich bin noch daa-a!" „Ja." Es war ein Wort in diesem Satz, das mir einen Stich versetzte und ich wollte einen Arm um sie legen und Richtung Markt trotten, um ihr einen großen Eisbecher zu spendieren, aber sie drehte sich heraus und schimpfte: „Puh, du Qualmhemd, komm mir bloß nicht zu nah." „Eis?" „Au ja!" Du kannst ja drüben auf der anderen Straßenseite gehen." „Geht schon. Aber musst du jetzt die olle Jacke mitschleppen? Die stinkt glaub ich am meisten." „Ich pack sie in eine Tüte, dann riecht man's nicht." „Wo ist denn nun dein Freund?" „Jedenfalls nicht mehr hier. Weiter. Oder zurück." „Ist das so schlimm?" „Wieso?" „Siehst traurig aus. So um die Augen rum." „Nein, schlimm ist das nicht. Ich glaube fast, egal. Egal. Ich bin auch gar nicht deswegen traurig." „Sondern?" „Ach, überhaupt nicht. Also, gehen wir jetzt irgendwo was essen wo man ohne Taucherglocke atmen kann?" „Mensch, Johnny, jetzt lenk nicht ab, bin doch kein Baby mehr. Also was ist nun mit dem Freund?" „Was soll ich sagen – ich weiß es nicht. Er hat mir was dagelassen, in der Jacke. Vielleicht ein Hinweis, wo ich ihn finden kann." Ich zog das Büchlein hervor und zeigte es ihr: Ein DINA6-Notizbuch mit abgeriebenem weinroten Einband. „Na dann los! Schau nach!" „Später. Jetzt erst mal Nudeln, einverstanden?" „Nee, erstmal duschen und umziehen. Ich glaub sonst kriegen wir auch nix."

*

Immerhin wurde sie jetzt auch früher müde, es war gerade erst um zehn, als ihr Blick glasig wurde und sie ins Schlafengehen einwilligte, ohne allzuviel dafür auszuhandeln. Nur dieses: Du musst mir aber noch was erzählen." „Was denn?" „Na was wohl. Eine Geschichte." „Das kann ich nicht." „Dann bist du kein richtiger Mann. Richtige Männer unterhalten ihre Frauen immer, auch die kleinen." „Also gut, mach dich bettfein und ich überleg so lange." Auch das noch. Ich habe wenig Phantasie. Und ich kenne auch niemanden, der Geschichten erzählen kann. Mir wurde vorgelesen, das ja, und das hätte mir auch nichts ausgemacht – vielleicht konnte ich etwas nacherzählen, und ich überlegte, was ich gelesen hatte mit Zwölf, aber ich war mir bei keinem Buch sicher, mir fielen Kinder- und Jugendbücher ein, die ich gelesen haben muss, als ich jedenfalls noch nicht fünfzehn war, denn ich sehe mich mit diesen Büchern in meinem alten Zimmer, bevor meine Eltern das Haus umbauten, Krabat, Robinson Crusoe, Spannende Geschichten, die in der Stein- oder Bronzezeit spielten, Brüder Löwenherz und Ronja Räubertochter und natürlich – ja, das würde ich ihr erzählen! Sie kam aus dem Bad, in dem Nachthemd mit den Rüschen, das wir ihr gekauft hatten. Es war für Mädchen und Mütter, denen es mit dem junge-Frau-Werden nicht schnell genug ging; bei uns war es das Gegenteil.
Sie hatte die Haare glatt gebürstet, die ihr wie Goldfäden um die Schultern lagen. Zusammen mit ihrem dünnen Hemdchen war sie engelsgleich – ein Wort, das mir da zum ersten Mal einfiel und dessen schlimme Deutung ich – erst später ...
Sie schlüpfte unter die Decke, erwartungsvoll. Schloss die Augen, schmatzte wie ein Kätzchen nach der Milch und murmelte: „Ich höre." Ich räusperte mich. „Ich brauche erst noch ein Erzählbier."

168

Für die Stimme und für die Phantasie. Meine leise Hoffnung, sie werde einfach so einschlafen, während ich die Flasche aus der Bar holte, erfüllte sich nicht. „Los geht's."

„Also, es war einmal ein Junge namens ..."

„Keine Märchen. Und keine Jungen."

„Jungen sind jetzt wohl doof, was?"

„Pff. Interessiert mich eben nicht. Bitte ein Mädchen als Heldin."

„Natürlich, wie Prinzessin befehlen. Also unsere Heldin heißt Bastiana, und am Anfang unserer Geschichte ist sie noch gar keine Heldin, sondern eigentlich das genaue Gegenteil, sie ist ein wenig dick und gar nicht mutig und nicht mal gut in der Schule und hat keine Freunde ..."

„Über die will ich nichts hören ich will eine ..."

„... Heldin, ich weiß, wart's nur ab, sie wird schon noch eine, die Geschichte ist ja lang ..."

„„„ fein ..."

„... und da kann sie ja nicht immer nur Heldin sein, das wäre doch langweilig, also, als wir sie zum ersten Mal sehen, ist sie alles andere als eine strahlende Erscheinung, und außerdem noch ganz nass geregnet, und außer Atem, als sie mit lautem Gebimmel einen Laden betritt, außer Atem als wäre sie auf einer Flucht gewesen, und das war sie auch tatsächlich, wie sich bald herausstellte ..."

Ich erzählte. Zweimal hörte ich zu früh auf, sie protestierte nach ein paar Sekunden Stille: „Heh!" Und als sie endlich eingeschlafen war und Bastiana gerade erst Atreju getroffen hatte, da war ich fast enttäuscht, nicht zu Ende erzählen zu können, denn ich hatte mir selbst zugehört, mir gefiel die Geschichte, immer noch, und mir gefiel meine Stimme, die noch etwas tiefer klang, wenn sie so erzählte und ich konnte mir vorstellen, sie dabei auf der Brust liegen zu haben, das Ohr an diesen warmen großen Resonanzkörper geschmiegt und freute mich schon auf den nächsten Abend. Aber die Kehle war trocken. Leise schlich ich aus dem Zimmer, wartete wohl eine Minute oder noch länger vor der Tür, aber als sie sich nicht rührte, ging ich in die Bar hinunter. Bestellte polnisches Bier, obwohl ich wusste, dass es zu süßlich schmeckte. Nahm das Büchlein. Nie wären wir damals auf die Idee gekommen, in jedem Land immer nur Becks oder Heineken zu trinken. Wir haben Miguel getrunken und 1684 und polskii und kulta, egal wie die Plörre schmeckte. Es schmeckte anders, und damit gut. Und jeden Abend ein Gespräch, das war unsere zweite Devise. Jeden Abend mit einem Menschen aus dem Land sprechen, und wenn es ein hübscher war, umso besser. Ich schlug das Büchlein erst auf, als das Bier vor mir stand, nahm einen Schluck, als wäre dies ein Ritus, und öffnete dann das Buch. Seine Schrift, noch etwas kindlicher, jungenhafter als die Form der letzten, des letzten Briefes. Kleine, zitternde Bögen, Reste der Schreibschrift. Schon erste Druckbuchstaben eingeschleust, das e, das h. Wir hatten die Arbeit geteilt, ich war für die Fotos zuständig, er führte das Logbuch. Ich blättere. Immer wieder eine Seite in ganz anderer Schrift, Einträge auf Englisch, Italienisch, Spanisch, Finnisch. Wir hatten jeden gebeten, nach dem Gespräch ein paar Sätze hineinzuschreiben, in seiner Sprache, und auf der gegenüberliegenden Seite hat Markus die Übersetzung vermerkt. Krakow, 90/07/14 hat Christof (mit zischendem ch) unter seine auffliegenden Buchstaben gemalt. Er hat uns portraitiert, in Paris machten das Hunderte rund um die schwarzen Löcher der Tourismusindustrie, aber in Krakau war er damals der einzige, der sich mit seinem Klappstuhl an den alten Markt setzte und ein Pappschild „Portraits in fünf Minuten für 10 Sloty" versprechen ließ. Es war Markus' Idee, und weil wir keine Touristen sein wollten, sondern Reisende, schlugen wir vor beides zu verzehnfachen. Christof hatte blonde Haare zum Pferdeschwanz gebunden, es reichte gerade so dafür, lange war er noch nicht auf dieses Accessoir verfallen. Alles an ihm war lang und dünn, die Nase stach durch die fast senkrecht flachen Flügel umso stärker aus dem Gesicht, um die langen Arme schlotterte ein zu weiter Pullover, über den er noch eine Seemannsjacke trug mit Messingknöpfen, und seine Hose passte ebenso zu diesem seemännischen Outfit, sie war aus grobem Leinen, und die Knie staksten hervor, der Klappstuhl war eigentlich viel zu niedrig. Wir setzen uns auf den Brunnenrand und schauten Richtung Markthalle. Fünfzig Minuten waren vereinbart und ich konnte mir in den ersten nicht vorstellen, dass wir das Sitzfleisch dazu aufbringen würden und begann Markus für diese Schnapsidee zu verfluchen. Zumal Christof nicht anfing. Wahrscheinlich, so dachte ich, kann er einfach nur Fünfminüter, er wird jetzt 45 Minuten in die Sonne blinzeln und sich über die Extrasloty freuen und dann seine Standardvisagen hinpinseln. Aber er betrachtete uns lange. Ich nahm sofort wieder meinen Blick von ihm. Er sah uns an und doch nicht. Durch uns hindurch und doch mitten in uns hinein. Sein Blick hatte etwas von Blinden, unfixiert, starr, auf ein weites Nichts gerichtet. Und dann begann er zu zeichnen. Wir haben am Ende der Reise um das Bild geknobelt. Wer es zunächst behalten darf, und die Vereinbarung lautete, es immer am 15. Juli eines jeden Jahres dem anderen zu schicken. Markus gewann. Ich verstehe wenig von Malerei. Aber das sah man, dass Christof es ernst war. Er hatte unsere Gesichter aufgelöst in kubistische Formen, und das Portrait bestand nicht in der Wiedergabe unserer Gesichtszüge. Markus war eine Sprengung: Dreiecke, Sechsecke, Zacken, Funken, Blitze setzten das Gesicht zusammen und ließen es zugleich in alle Richtungen auseinanderstieben. Meines war ein Strudel aus Würfeln, die

kleiner und kleiner wurden und schließlich im Mund verschwanden. Und wenn man genau hinsah, erkannte man dieselben Würfel auch, spärlich eingestreut, bei Markus: an der Wange, auf der Stirn, die linke Pupille. Und bei mir funkelte ein Sechseck an der Stelle der rechten, zuckte ein einsamer Blitz aus dem Haar. Ich hatte schon immer mal googeln wollen, ob aus ihm ein Künstler geworden ist, er bewarb sich damals, oder besser, er wollte es, er arbeite an einer Mappe, und wir haben natürlich die Adresse ausgetauscht, wenn er es schaffen sollte nach Düsseldorf, aber natürlich haben wir – habe ich – nie wieder etwas von ihm gehört. Christof Paladek, da steht sein Name. Jetzt könnte ich ihn googeln, wenn es das noch – schon – gäbe. Die Adresse – wohnt er da noch – wieder? Morgen. Morgen fahren wir hin. Ich hatte keine Augen für die Welt und die Menschen um mich gehabt, war ganz in das Büchlein vertieft, hatte nicht bemerkt, dass eine blonde Frau sich neben mich gesetzt hatte, zu direkt um nicht professionell zu sein, gelebtes Leben, das meiste davon trist, um Augen und Mund, junge Hände, altes Gesicht, „lonely?"
„No, my little girl sleeps upstairs. Excuse me."
My little girl. Yes.

*

„Müssen wir dahin?"
„Ja."
„Hab aber keine Lust."
„Und wozu hast du Lust?"
„Nochmal shoppen. Das war lustig."
„O.K., wenn wir hier fertig sind, bestimmst du das Nachmittagsprogramm, ist das fair?"
Nummer 27. Altes Haus, bis hierhin ist die Modernisierung noch

nicht vorgedrungen. Rußgetränkte Stuckgesichter, rund gewetzt. Bröckelnde Balkone, wie drohend erhobene Fäuste, die jeden Moment niederkrachen konnten. Doppelflügeltür, mächtig wie ein Burgtor. Sein Name. Ich war nicht einmal überrascht. Nicht nur Christofs. Paladek / Mann. „Er wohnt hier." „Das will ich auch hoffen, nochmal gurk ich nicht mit dir durch halb Krakau." Wozu Erklärungen. Ich konnte es ja nicht einmal mir selbst erklären. Ich drückte den Klingelknopf, aber es war kein Geräusch zu hören. Ich hielt die Hand an der schweren Pforte, aber kein Klacken oder Summen gab sie frei. Klingelte nochmal. Nichts. Ich wollte schon gehen, als die Tür geöffnet wurde. Christoph sagte etwas auf Polnisch, wahrscheinlich, dass der Summer nicht funktioniert – und hielt im Satz inne. Ich sah es in ihm arbeiten, sein Hirn die Alben seiner Erinnerung durchblättern. Er hatte die Vermutung, wer ich sei, so schien es mir, aber etwas anderes hielt ihn davon ab, es zu glauben. Ich war stärker gealtert, als es dem Bild entsprach, das er im Geiste nur zehn Jahre weiterstrichelte, nicht zwanzig. Dennoch: „John? From Germany?" „Ja.." Wir umarmten uns, als verbände uns eine langjährige Freundschaft oder ein existenzielles Erlebnis. Er war fast so groß wie ich, und konnte seine langen Spindelarme um mich legen. „Und wer ist das?" „Susan. My little girl." „Bin gar nicht little." „Ist Markus da?" Ich deutete auf das Türschild. „Nein, aber mögt ihr trotzdem hochkommen?" Susan nickte sofort. Sie mochte ihn. Oben fleetzte sie sich ohne jede Ankommensscheu in den großen Korbsessel. „Hier bleib ich!" „You want – cacao?", fragte Christof, unsicher, ob es dieses Wort auch in english gab. „Yes!", verkündete sie gnädig und zog ihr Gummiband ab, weil der Pferdeschwanz sie beim Einrollen störte. „Und du? Kaffee?" Ich nickte. Ja, hier wollte man bleiben. Hier stimmte alles, aber nicht so wie in Designerstuben alles aufeinander abgestimmt ist. Aus dem Nebenzimmer drang

Cellomusik, ein einzelnes Cello, ein warmer, hellbrauner klang, wie feine Schokolade. Ich habe keine Ahnung von Musik, aber dieses Stück kannte ich. Eine von vier Kassetten, die Markus auf seinem Walkman mitgehabt hatte. Dielen, abgezogen, passten farblich zur Musik. Ich setzte mich auf ein Kissen am Boden und strich mit der Hand darüber. Das Holz war warm und lebendig. Es war, als gebe mir die Wohnung die Hand. Das Kissen lag gleich vor dem dunkelgrün gekachelten Ofen. Ich wunderte mich nicht einmal, dass darin Kohlen glühten. Die Kastanie vor dem Fenster war kahl. Es war nur ein Anflug von Sorge, was ich der Kleinen anziehen würde, falls es immer noch Winter sein würde, wenn wir die Wohnung verließen, aber ich pustete sie weg mit dem Dampf des Kaffees, der wie Nebel über meine Tasse zog. Christof setzte sich mir gegenüber, an die Wand gelehnt, er hatte nur diesen Korbsessel, einen Schreibtisch und ein schweres, schmiedeeisernes Bett als Möbel. Quer durch das Zimmer war eine Schnur gespannt, an der mit Wäscheklammern Bilder geheftet waren, Variationen von Farbquadraten, immer drei mal drei, orange, rot, gelb, grün, türkis, blau und drei weiße, in immer anderer Anordnung. „Weißt du, wann Markus zurückkommt?" „In zwei Wochen oder so. Er ist gerade erst weg." „Wohin?" „Kroatien. Sein Reiseführerjob." Christof musste denken, ich wisse Bescheid. Wie konnte er auch annehmen, dass zwei Menschen, die noch vor ein paar Jahren fast wie einer gewesen waren, so wenig übereinander wussten. „Ich habe lange nichts mehr von Markus gehört. Was macht er? Ich meine, hier in Krakau." Christof schien unsicher, ob es an seinem Englisch lag, dass die Frage in seinen Ohren so wenig Sinn ergab. „Er hat dir doch geschrieben, jedenfalls hat er das gesagt. Vor zwei Wochen erst." Krakau, nein. Der letzte Brief – Rom? Oder Split? Jedenfalls nicht Krakau. „Hat mich nicht erreicht."

Im Hotel erzählte ich ihr wieder zum Einschlafen die unendliche Geschichte. Wohl wissend, dass auch ihr Titel zu viel versprach. Es gab für jede Geschichte ein Ende. „Wo waren wir. Oder besser: Was hast du noch mitgekriegt? Bastiana hat Atreju getroffen. Aber sie haben sich noch nicht geküsst." „Sollen sie das denn?" Sie überlegt. „Sie können's ja mal probieren. Aber nicht sofort." „Na mal sehen. Also, Augen zu jetzt. Bastiana hat also dieses Amulett um, das Kleinod, wie es genannt wird, weil man den Namen nicht auszusprechen wagt, das sie von der kindlichen Kaiserin bekommen hat, und sie hat schon viele Heldentaten begangen und Atrejus Respekt damit gewonnen, aber als Atreju erfährt, dass Bastiana das Kleinod trägt, scheint sein Respekt zu schwinden, oder zumindest einen Dämpfer zu erleiden, denn dass Bastiana zum Beispiel ... darauf fällt ja nun ein ganz anderes Licht. Und Bastiana ist traurig, weil sie Atrejus Enttäuschung spürt, und in ihr keimt der Wunsch, etwas zu tun, dass sie nicht Kraft des Amuletts tut, etwas aus eigener Kraft, und als sie in die Stadt kommen, bietet sich dazu die Gelegenheit, denn im Palast gibt es eine rätselhafte Tür ...“ Ich erzählte weiter, selbst als ich sicher war, dass sie schon schlief. Ich erzählte bis zum Ende. Ich hatte es vergessen, als ich tags zuvor begonnen hatte, zu erzählen, hatte nicht das Ende bedacht. Hatte mich an die phantastischen Episoden und Figuren erinnert, kaum an mehr. Ich erzählte sie zu Ende, diese Geschichte über das Wünschen und das Wollen. Und wie Bastian zu seinem letzten, ureigensten Wunsch geführt wird durch viele viele Wünsche hindurch, die in Wahrheit alle keine sind. Und was ich zu Beginn vergessen hatte und es Susan auch gar nicht erzählt hatte, das berichtete ich nun, in ihr schlaftaubes Ohr hinein, was Bastian sich eigentlich wünschte, die ganze unendliche Geschichte hindurch, und wen dieser Wunsch betraf.

Tiefe Atemzüge mein Applaus. Ich zog ihr die Decke über die Schulter. Fühlte sie sich schon wieder schmaler an? Ich streichelte ihre Stirn, ohne Scham, ohne Scheu. Jetzt war das irgendwie in Ordnung. Wer bist du nur, meine Kleine? Wer bist du nur.

7. Split

Die Hinweise wurden dünner. Split also. Ich würde ihn also suchen vor dem Diokletiansmausoleum, wo die Touren alle begannen, aber das war schon ... pflichtschuldig. Ich hatte in dieser parallelen Welt einen Auftrag, der gar nicht auf seine Erfüllung abzuzielen schien.

Eine weitere Nachtschicht für Guste und mich. Für Guste kein Problem, ihr Kilometerzähler drehte seine Zahlen weiter fröhlich rückwärts, und sie flog über die Autobahn wie ein junges Entchen. Hinter Prag machte ich einen Stopp, Kaffee, Frischluft. Hob vorsichtig die Decke an. Schwer zu sagen – sie war so in ihre Sachen gekuschelt. Schwer zu sagen, ob der Pulli und die Hosen weiter geworden waren. Ich hielt die Chucks an ihren Fuß. Ja. Es ging weiter. Oder eben im Gegenteil. Ich stieg schnell wieder ein und fuhr eine Stunde lang auf der linken Spur, als könne ich dadurch etwas aufhalten. Kurz vor der kroatischen Grenze konnte ich nicht mehr, rollte auf einen Rastplatz und schlief ein, kaum dass ich die Jacke über die Schultern gezogen hatte. Bis zum Morgen blieben kaum zwei Stunden, und es kam mir vor, als wäre ich gerade erst eingeschlafen, als sie mich weckte. „Kalt!" Sie kroch zu mir auf den Schoß mitsamt ihrer geklauten Decke. „Wärmen!" Ihre Stimme war anders. Mit angezogenen Beinen passte sie unter meine ausgebreitete Jacke. „Weißt du, Papa?" „Hmmm." „Ich hab geträumt." „Hmmmm?" Du und ich, wir waren in einem Krankenhaus. Aber du warst nicht da." „Hm." „Ich meine, also das war so: Ich, ja? Ich war in dem Krankenhaus drinnen, aber du warst draußen, und ich habe gewunken, und du, weißt du, was du gemacht hast?" „M-m." „Du hast nicht zurück gewunken. Du hast ... du hast ...", sie fängt effektvoll an zu schluchzen. „Ist gut." In die Arme nehmen. Schmale Schultern, kurzer, kleiner Mädchenrücken. Vom Weinen bebender kleiner Körper. Ist gut. Nur ein Traum. Jetzt bin ich ja da. In Wirklichkeit. Das ist doch viel wichtiger, oder?" Ihr Kinn ruckt spitz in meinen Hals. Wohl ein Nicken. Dann setzt sie sich auf und guckt sich um wie ein Erdmännchen. „Wo sind wir?" Noch Tränenspuren unter den Augen wieder putzmunter und fröhlich. „Ein neuer Tag, Hurra!" Große Augen, volle Wangen, ein insgesamt sehr rundes Gesicht. Ich habe ihre Füße in der Hand zum Wärmen. Ihre Hände ruhen auf meinen Schultern. Kurze breite Finger. Zerrt den Pulli die Unterarme hoch, aber die Ärmel rutschen gleich wieder nach. Sie will krempeln, aber das klappt nicht recht. „Hilfst du mir mal?" „Aber immer, Prinzessin." „Ich hab Hunger." „Tja. Die gute Nachricht: Wir stehen auf einem Rastplatz mit Messer und Gabel. Die schlechte: Auf dem Weg dorthin verlierst du garantiert deine Hosen." Sie guckt an sich runter, schlingt die Arme um meinen Hals. „Dann musst du mich eben traaa-gen."

Und ich trug sie. Noch oft in den nächsten – Wochen? Sie wollte Pommes mit Ketchup zum Frühstück. Wir einigten uns auf Apfel, Pommes und Ketchup. Es ging. Es ging alles. Nur ihre Haare hingen immer wieder in den Teller. Sie konnte keine Zöpfe mehr machen, der Versuch dazu endete in zusammengerupften Haarbüscheln. Im Auto versuchte ich es. Die Zöpfe wurden schief, einer stand mehr nach hinten ab als der andere, und im Nacken hatte ich einige Strähnen nicht erwischt, vorne hing auch was raus, das ihr die Nase kitzelte, aber für den Anfang fanden wir beide das

Ergebnis nicht schlecht. „Musst eben noch üben, weißt du?", sagte sie großmütig. Nach drei Minuten auf der Autobahn fing sie an zu quengeln: „lang-wei-lig!" Und noch zwei Stunden bis Split. Lies was! ging ja wohl nicht mehr. Also wie war das? Ich-sehe-was-was-du nicht-siehst. Tiere-A-B-C. Singen, aber was. Mir fielen zunächst nur Schlaflieder ein. Aber sie wusste welche. Summ-summ-summ-bienchen summ herum. Und alle halbe Stunde anhalten, weil sie musste. Und Durst hatte. Und wieder musste. Auch so vergeht die Zeit. Und ich schwor mir, die nächste Strecke nachts zu fahren.

Die nächste Strecke. Da wurde mir klar: Ich suchte ihn nicht mehr. Ich suchte zwar noch Orte und Länder auf, in denen er gewesen war, in denen wir gewesen waren, aber ohne ernsthafte Hoffnung, ihn zu finden. Sicher war er hier gewesen. Vielleicht sogar für ein paar Monate. Aber es ging nicht mehr darum, ihn zu treffen. Oder besser: Ich ahnte, dass ich ihn sowieso nur an einer ganz bestimmten Stelle treffen würde, und die war ganz woanders, und genau so kam es dann auch. Und dennoch durfte ich diese Orte und Zeiten nicht überspringen. Sie gehörten dazu. Zu dem, das mir hier aufgetragen war. Und sie gehörte dazu. Sie war nicht eine zufällige Gefährtin dieser Reise, wie ich zu Anfang geglaubt hatte. Sie war die Reise selbst.

Vor der Touristeninformation, gleich gegenüber dem Diokletiansmausoleum, standen junge Männer und Frauen wie uniformiert in weißen T-Shirts und hielten Schilder hoch mit den Namen ihrer Gruppen. Studenten der Kunstgeschichte, oder jedenfalls würden sie sich dafür ausgeben. Ich ging die Gesichter der Männer durch, aber wie gesagt, nicht mit der Akribie einer Suche, auch wenn ich bei einem kurz überlegte, ihn mir ohne Bart dachte, aber nein, er war es nicht.

„Kommst du?" Nein, sie kam nicht. Sie stand, die Augen wie festgesaugt am Schaufenster und winkte mich aufgeregt herbei. Na gut. Sie zeigte auf etwas, ich beugte mich tief herunter, um auf ihre Augenhöhe zu kommen und schmiegte den Kopf dicht an ihren, um mit dem Finger was anfangen zu können. „Der ist so süß", hauchte sie. „Bitte, bitte, Papa." Sie zeigte auf ein Regal mit Stoffviechern. „Welches meinst du denn, das Pferd?" „Nein siehst du denn nicht?" Es war für sie völlig klar, dass ich es auch sehen musste, welches dieser Plüschdinger so ganz besonders war. (Oder, dass ich in ihr Herz schauen konnte, wo der Wunsch so deutlich war?) „Nein, ich seh es nicht, also ich seh es schon, aber ich weiß nicht welches du meinst." Sie sah mich fast mitleidig an und seufzte, schwergeplagt mit diesem begriffsstutzigen Papa. „Also gut, ich zeig's dir", verkündete sie gnädig und nahm meine Hand. Ich erwog nur kurz, zu protestieren. Wozu auch. Eher schalt ich mich selbst, nicht von selbst darauf gekommen zu sein, dass sie jetzt ein Kuscheltier brauchte. Die Verkäuferin gefiel mir, und sie lächelte nicht nur professionell, als sie die Kleine den großen Mann in den Laden schleppen sah. Wir gingen schnurstracks zu dem Regal mit den Kuscheltieren, und sie streckte den Arm so lang sie konnte, fasste einen Tiger an der Schwanzspitze und zog in heraus. Mit ihm purzelten ein Elefant und ein Erdmännchen herunter, ich überlegte – wieder nur ganz kurz – ob ich sie jetzt erziehen müsste, aber sie war schon ganz versunken und hielt den Tiger fest umschlungen. Ich stellte die beiden Kameraden zurück an ihren Platz.

In meiner Erinnerung hat sie diesen Tiger nicht mehr losgelassen, noch nicht mal auf dem Klo.

Wir stehen auf einem weißen Platz. Weiß ist der Marmor des steinernen Bodens, weiß die Säulen, weiß die Fassaden der Häuser, die in Jahrhunderten in den alten Kaiserpalast hinein gebaut worden sind. Hier hatten wir gesessen, das vornehme Restaurant, das in den alten Tempel hineingebaut war, servierte Bier nach draußen auf die Steinstufen und hatte jeden Abend einen anderen Livemusiker engagiert. Jetzt saß ich hier mit Susan, die eifrig mitwippte und ihren Saft mit Strohhalm genoss. Es war schon dunkel, Diokletians Mausoleum war effektvoll angestrahlt, sie war müde und kuschelte sich an mich („mir ist kalt!"). Ich zog meine Jacke aus und deckte sie damit zu. Ich hatte ihr am Nachmittag, als wir mit einem Eis in der Hand durch die Gassen gebummelt waren, von den Römern erzählt und ihrem Kaiser, der sich hier einen Palast gebaut hatte, und wie später das Reich erobert wurde und die Menschen der Städte ringsum sich in diesen Palast geflüchtet hatten und ihn ausgebaut hatten zur Stadt, und dass ganz oft Menschen geboren worden und wieder starben, und neue geboren wurden und wieder starben, vierzig Mal wohl, bis heute war. Es hatte sie scheinbar nicht weiter berührt, sie war so mit ihrem Eis beschäftigt gewesen, und ich hatte mich selbst schon für völlig bescheuert gehalten, ihr Dinge zu erzählen, für die sich die meisten Menschen nicht mal im Erwachsenenalter interessierten. Aber als wir an jenem Abend vor Diokletians Mausoleum saßen, da sagte sie:

„Sind die Kinder auch geflüchtet?"

Ich musste ein paar Sekunden überlegen, was sie meinte.

„Du meinst, als das Römische Reich erobert wurde und die Menschen sich hierhin geflüchtet haben? Ja, sicher. Die Kinder sind mit ihren Eltern geflüchtet."

Sie schwieg lange.

„Ist jetzt gerade Krieg?"

„Nein. Es gab einen Krieg hier, vor ein paar Jahren, aber das ist jetzt vorbei."

„Und jetzt ist überhaupt kein Krieg mehr."

„Hier nicht."

Sie setzte sich auf und riss die Augen auf: „Aber woanders? Ist irgendwo auf der Welt jetzt gerade Krieg? Jetzt gerade?"

„Ja, wahrscheinlich. Kleinere Kriege, in Afrika zum Beispiel."

„Sind die dann nicht so schlimm?"

„Für die Menschen, die betroffen sind, schon. Aber es sind eben nicht so viele betroffen."

„Auch Kinder?" Ihre Augen noch größer. Sie ballt die Fäustchen, buckelt die Schultern zusammen und drängt sich noch enger an meine Seite.

„Kinder werden natürlich am besten geschützt. Aber es kann passieren, dass sie fliehen müssen, um in Sicherheit gebracht zu werden."

„Aber mit ihren Eltern."

„Ja, natürlich. Ihre Eltern fliehen zusammen mit den Kindern in ein anderes Land, wo kein Krieg ist."

Sie überlegt lange. „Nehmen die dann auch ihren Tiger mit?"

„Ja, ihren Tiger schon. Aber sonst können sie nicht viel mitnehmen."

„Aber sie können doch den ganzen Kofferraum vollpacken!"

„Die meisten, die flüchten, sind arm und haben kein Auto. Sie fliehen zu Fuß, manchmal durch Wüsten, da können sie nicht viel tragen."

Sie rückt von mir ab.

„Durch Wüsten? Aber wieso holt sie denn keiner?"

„Weil keiner weiß, wann sie kommen. Sie können ja auch niemand anrufen."

„Aber."

Wieder langes Überlegen.

„Aber wenn man dann sieht, dass sie kommen, in dem anderen Land, dann holt man sie ab, oder?"

„Leider nein. Sie müssen oft noch über das Meer, und wenn sie es dann endlich geschafft haben, ja, dann werden sie erst einmal in einem Zeltlager untergebracht und versorgt."

„Was heißt versorgt?"

„Sie bekommen Essen und Trinken und was zum Anziehen. Und ein Arzt schaut nach ihnen."

„Sind sie denn krank?"

„Viele sind geschwächt von den Strapazen – also von den Anstrengungen der Reise."

„Auch die Kinder?"

„Ja. Vor allem die Kinder."

„Puh." Sie atmet einen Stoß aus.

„Aber dann ist alles gut, oder? Sie werden dann besorgt."

„Versorgt, ja. Dann ist alles gut."

Und an diesem Abend schrieb ich ihr einen Brief, voll Scham.

Liebe Susan,
heute habe ich dich belogen. Es tut mir nicht leid, manche Sachen kann man einem Kind eben nicht zumuten. Das ist es nicht. Was mir leid tut, ist etwas anderes.

Und zerknüllte das Papier. Scheißlüge. Einfach nur: Eine große Scheißlüge.

Sie fragt nicht mehr, was wir hier tun. Warum wir hier sind und nicht dort. Wo irgendjemand anders ist. Ich bin bei ihr, und damit ist alles gut. Wir wandern auf den Hügel, der sich über die Bucht von Split erhebt, da verspricht die Touristeninformation einen kleinen Zoo und Spielplätze. Auf dem Trampolin hüpft sie so wild, dass ihr das Herz in die Strümpfe rutschen muss. Sie findet heraus, dass man auf dem Popo landen und direkt wieder auf die Füße springen kann. „Papa, guck mal! Ich springe mit dem Popo!" Ja, ich gucke. Irgendwo da unten liegt das Weltkulturerbe, mag sein. Aber ich gucke lieber, wie meine kleine Susan mit dem Popo springt. Ich bin der einzige Mann hier. Die kroatischen Frauen sind groß, das war uns natürlich damals schon aufgefallen. Eine will ein Gespräch anfangen, aber ihr Englisch reicht für nicht viel mehr als „You here tourist?" „Child how old?" und Ähnliches. Wurde trotzdem so eine Art Unterhaltung, obwohl ich kaum wusste, was ich sagte. Ich war in Gedanken ganz woanders. Markus ist jetzt Mitte zwanzig, keine Ahnung, wo er wohnt. Er führt ab und zu Gruppen, nach Italien, Spanien, Dalmatien. Eigentlich ein gutes Leben, er kann tun, was er sonst auch täte, und bekommt noch Geld dafür. Er tut, was er will. Diesen Satz sprach ich mir mehrmals vor wie ein Mantra. Er tut, was er will. Es war ein Mantra. Das Mantra des Kleinods aus der Unendlichen Geschichte. Tu, was du willst. Und dennoch muss er dann irgendwann, so um diese Zeit herum, gespürt haben, dass er das nicht sein ganzes Leben wollen wird, dass es gut war für jetzt, aber dass da noch mehr kommen müsse. Und hat doch noch studiert. Und promoviert. Und auf einmal machte alles Sinn, ergänzte sich alles zu einer ungeheuren Fertigkeit: Er kannte Europa, so viele Länder, so viele Sprachen. Und er kannte Menschen, Menschen unterschiedlichster Art in all diesen Ländern. Er konnte gut schreiben, nicht umsonst hat er das Logbuch geführt. Er las gern und viel. Und als das alles zusammen kam in einem Entschluss, da war er nicht mehr aufzuhalten. Wie ein Pfeil, der lange, überlange auf einer schon längst überspannten Sehne geruht hat. Und dann tat er wieder das, was er wollte. Und saß heute als Professor in Oxford, und Kinder und eine schöne Frau hatte er auch noch obendrein hingekriegt. Du hast gewonnen, Alter. Ja, du hast gewonnen. Glückwunsch.

„Puh, ich kann nicht mehr! Ich muss mich dringend abkühlen!"
Sie hüpft immer noch, als zittere ihr Körper von den Sprüngen
nach.
„O.K., was machen wir da .. .eine kalte Dusche?" „Nein!!", quiekt
sie.
„Hmmm. Eine Reise an den Südpol?" Sie überlegt, schüttelt dann
aber den Kopf. „Ein Eis!" Nickt und wischt sich die verklebten
Haarsträhnen aus der Stirn. Aber so schlecht hat der Zopf nicht
gehalten; ich steigere mich.
Wir setzen und mit dem Eis (Zitrone/Erdbeer und Stracciatella/
Himbeer) auf eine Bank. Sie bekommt ihr jetzt-wird's-ernst-
Gesicht. „Papa, sag mal."
„Mm?"
Sie zeigt auf dem Spielplatz herum: „Warum hast du eigentlich
keine Frau?"
„Hm tja ..."
„Da gibt's doch ganz viele."
„Schon, ich hab ja auch eine Frau, also eine Freundin, zu Hause."
„Freundin?", fragt sie länglich und zieht die Nase kraus, als hätte
ich gesagt, ich äße gerne Ratten und sie wiederhole: „Ratten?"
„Also Freundin, das passt nicht zu dir, du bist schon alt, da hat
man doch keine Freundin mehr."
Ich wollte halb-spielerisch protestieren, aber hielt die Luft dann
doch an. Sie hatte ja irgendwie Recht.
„Du hast irgendwie Recht. Was denkst du, sollte ich vielleicht
meine Freundin zur Frau machen, passt das dann besser?"
Sie überlegt und leckt dabei ihr Eis ganz gewissenhaft, als helfe
ein sauber rund geschlecktes Eis beim Nachdenken. „Also wenn
sie nett ist, schon", entscheidet sie dann. „Aber nur dann, sonst
streitet man sich nur."
„Doch, sie ist nett. Sehr sogar."

„Na dann ist ja alles klar." Eis alle, Fall gelöst. Sie springt auf und läuft zum Karussell. So einfach ist das. Vielleicht ist das wirklich so einfach. Fast muss ich überlegen, was eigentlich dagegen sprach. Dann fällt es mir ein. Und ich muss lachen, wie über einen dummen Kinderaberglauben.

9. Rom

Wir brauchten drei Tage, besser drei Abende bis Rom. Wir fuhren immer um sechs los, zwei Stunden konnte ich sie beschäftigt halten, dann schlief sie ein und ich fuhr noch vier Stunden, bis mir die Augen zuzufallen drohten und fuhr auf einen Parkplatz. Sie schlief bequem auf ihrem Sitz zusammengerollt, ich hatte noch ein kleines Kissen und eine Decke gekauft. Ich schlief im Sitzen, nicht gut, nicht tief, nicht lange, denn um sechs in der Früh krähte der kleine Hahn neben mir schon wieder, aber es reichte. Den Tag verbrachten wir dann am Meer, das ganze Programm aus Muscheln sammeln, Sandburgen bauen und im Wasser toben, und kurz versuchte ich, ein wenig Schlaf nachzuholen, nachdem ich ihr das Versprechen abgenommen hatte, nicht wegzugehen, schon gar nicht ins Wasser, und sie nickte auch ganz ernst und brav, aber schlafen, ich merkte es schon, würde ich nicht können, ich dachte an Moskau, aber da rieselte auch schon Sand auf meinen Bauch, „Papaaa, mir ist langweilig, jetzt hast du genug geschlafen." Ich lernte den Sekundenschlaf, das leichte Wegdösen, das genug Wachheit übrig lässt, ein Pferdeschlaf. Und merkte um sechs, dass ich zu müde war zum Weiterfahren. Rom stand schon eine Weile, musste es eben noch einen Abend mehr warten. Susan hatte es ohnehin nicht eilig, sie jauchzte, als ich erklärte, wir würden noch eine Nacht bleiben, in einer der zahllosen kleinen Pensionen im Städtchen. Ich war der Zeit dankbar, so durcheinander geraten zu sein. In dem Chaos fiel gar nicht auf, wie viel ich mir von ihr nahm. Und empfand eine solche Heiterkeit dabei, dass ich gluckste und Susan mich erschrecken wollte mit einem plötzlichen Buh!, weil sie glaubte, ich hätte Schluckauf.

So zuckelten wir nach Rom. Abends steuerte ich Praeneste an. Trotzdem war sie schon eingenickt, als wir die Pension erreichten.

Ich hob sie auf den Arm. Sie war federleicht. Sie murmelte „Papi" in meine Wange, aber richtig wach wurde sie nicht. Die Augen der Mamma an der Rezeption glänzten, als sie die Kleine an mich gekuschelt sah und wies mir leise den Weg zum Zimmer. Als ich ihr verdeutlichen wollte, ich werde gleich zum Bezahlen nach vorn kommen, winkte sie ab und flüsterte: „Domani! Morning!" Ich überlegte, ob Gefahr bestand, dass sie wach würde wenn ich sie noch auszöge, und beschloss, es bei der Hose und den Strümpfen zu belassen. Ich schlug die Decke zurück und sah mit einem Blick, dass wir die Hose morgen wieder würden umkrempeln müssen. Ich zog sie ihr behutsam aus und deckte sie rasch wieder zu. Strich ihr über den Kopf, ihre Backen lagen dick und rot wie geschwollen auf dem Kissen. Hatte sie Fieber? Nein, sie war nicht heiß. Ich ließ die Hand dort auf der Stirn, strich die Strähnen heraus. Die Zeit ist durcheinander, mag sein, aber nicht ganz. Sie hat nur eine neue Ordnung. Ganz gleich in welche Richtung sie läuft, ihre Unaufhaltsamkeit ist immer grausam. Aber in dieser Richtung war es noch schlimmer. Und erstmals half mir der Gedanke überhaupt nicht mehr, dass dies, wenn auch kein Traum, so doch irgendwie etwas anderes als die Realität war. Denn in der Dunkelheit dieses Zimmers, mit meiner Hand auf der Stirn des tief schlafenden Kindes, begriff ich, dass dies mehr war als die Realität. Es war die Wahrheit. Oder noch nicht die Wahrheit selbst. Aber der Weg zu ihr, ebenso unaufhaltsam wie die Zeit. Ein Weg, den ich zu gehen hatte. Bis zum Schluss.

*

Es war hier oben an der Brüstung der Villa Borghese, mit dem Blick über der Silhouette von Rom, dass er mit mitgeteilt hatte, er werde hier ein Jahr leben. Er wisse nicht wann, aber dass er es tun werde, stehe fest. Ich weiß nicht, wie viele Menschen genau an dieser Stelle schon den gleichen Gedanken gehabt haben. Aber das machte den Unterschied zwischen ihm und all den anderen: Es war bei ihm eben kein Gedanke. Es war ein Entschluss. Aus Rom kamen mehrere Briefe. Wir hatten uns vier Jahre nicht gesehen. Erst vier Jahre, wie ich aus heutiger Perspektive sagen kann. Er lockte, ich könne kommen, wann immer ich wollte, er habe eine kleine Wohnung, so winzig, dass es auch wieder egal sei, wie viele darin wohnten. Schwärmte von Rom, „dieser herrliche Krach, wenn morgens rund um die Piazza Venezia nichts mehr geht, alle hupen, und dann spazierst du da mitten durch und nach Trastevere, und die Gassen schlucken dich einfach wie einen Sonnenstrahl, und du gehst unter der Wäsche hindurch zum „Arturo" , da trinkst du deinen Espresso an der Bar, nur vier Tropfen, aber da ist Zeug drin wie in vier Tassen Kaffee, ein Zaubertrank, sag ich dir, und dann gehst du nach draußen und rauchst eine, immer genau eine, und schaust, und dann kommen Beppo und Toni zum Schach, wir spielen immer drei Partien jeder gegen jeden. Die Läufer heißen alfieri und zu Rochade sagen sie arrocco, und nach dem Schach lästern wir über Craxi und den ganzen korrupten Schweinestall und zum Abschied rufen sie mir immer Helmut Kohl! zu und heben den Daumen. Was soll ich machen, „Rudolf Scharping" zurückgeben? Manches vertieft man besser nicht. Und dann hab ich für den Rest des Tages das Gefühl getankt, ein Römer zu sein." Dann ging er seinem Job nach, ganz wörtlich: Jeden Tag ein neues Detail, entlegenes, auch das Umland fuhr er ab, ging auf Wegen, nur weil dort ganz vereinzelt noch eine antike Straßenplatte lag. Ich erkannte die Devise unserer gemeinsamen Reise darin wieder, nur nicht träge werden, nichts wiederholen, er war streng in seiner Tagesein-teilung, ich verstand das zwar: Dass er ein Maß an Wiederho-lung, Routine einbaute, um genug Sesshaftigkeit anzusammeln, um sagen zu können, er lebe hier. Aber zugleich, aber das schrieb ich nicht zurück, wie ich ja überhaupt nichts zurückschrieb, zu-gleich zeigte er damit, in dieser wohl dosierten, kalkulierten Menge an Gewohnheit, die er zuließ, wie deutsch er war, wie fremd. Er führte nur so viele Gruppen, wie er zum „guten Leben" brauchte, wie er sagte. Er wollte Zeit. Ich las den letzten Brief aus Rom morgens nach einem Tag, der um 5:30 begonnen hatte (es war Wahlkampfzeit mit Rudolf Scharping, beinahe wäre Schmidts Wiedereinzug gescheitert) und um 23 Uhr nach Ab-schluss der Abendveranstaltung in einer westerwälder Kneipe geendet hatte. Ich verachtete ihn. Und war froh, etwas Vernünf-tiges zu machen.

Wir waren uns vorgekommen wie Japaner. Rom in zwei Tagen. Petersdom, Forum, Collosseum, Diokletiansthermen ... im Peters-dom pickten wir zwei hübsche Schwedinnen aus einer Reise-gruppe, die wir abends ins Belle et triste nach Trastevere ent-führten (wirklich entführten, es war ihre Klassenfahrt). Zum Küssen blieb leider nur das Tiberufer und für viel mehr bot dort nichts Schutz, und als der Morgen graute (it was the nightingale and not the lark, sie hatten gerade Shakespeare in Englisch) brachten wir sie in ihre Jugendherberge. Und wir verdösten den

Vormittag wie die Katzen am Largo die torre Argentina; tranken dann zwei höllische Espresso und kämpften uns wacker noch durch die Diokletiansthermen, bevor wir den Nachtzug nach Barcelona bestiegen. Als der Zug uns durch die Vororte davonbrachte, sagte Markus: Rom war besonders. Worauf immer er das bezog, er hatte recht. Ich nickte nur. Wir tranken unser Peroni schweigend.

Aber wohin mir ihr? Rom war besonders, ja, aber nicht unbedingt für Kleinkinder. Dass wir mit dem Zug von Praeneste in die Stadt fuhren, versetzte sie zwar in kurzfristige Begeisterung, aber nach gefühlt zwei Minuten begannen die Fragen: „Papa, was machen wir denn in Rom?"

Gute Frage. „Eis essen?" Sie nickte zufrieden, schien aber auf mehr zu warten.

Noch als wir am Termini aus dem Zug stiegen, wusste ich es nicht. Aber dann wurde es doch ein Tag, an dessen Ende, als sie auf meinem Arm auf dem Rückweg zum Bahnhof einschlief, mir eine vernuschelte Stimme ins Ohr seufzte: „Das war schön."

Denn Rom blieb zwar Rom. Die ewige Stadt. Und doch verwandelte diese kleine Zauberkünstlerin einen Koloss aus altehrwürdigem Stein in einen Abenteuerspielplatz. Der Trevibrunnen wurde zum Fun-Bad. Ich hatte Wechselwäsche im Tagesrucksack, die eigentlich für andere Katastrophen gedacht gewesen war (die sich später auch noch alle ereigneten, aber da war die erste Garnitur schon wieder trocken), das Münzenwerfen kostete so viel wie eine Kugel Eis (nochmal, ich will noch ganz viel oft nach Rom!).

Die Spanische Treppe ist eigentlich eine Slalomrennstrecke, und man kann die Stufen runterhüpfen und dabei ganz genau zählen, wie viele es sind, jedenfalls klappt das bis ungefähr zwölf (fünfzehn! zwanzigsieben! Dreihundertausend Millionen achtzig!);

man kann auf der Piazza del populo eine echte Löwensafari erleben, und der Löwe lassen sich sogar zähmen, wenn man vorher in der Trattoria etwas Schinken besorgt hat. Man kann aber auch sehr ernste Gespräche führen, z.b. im Petersdom:

„Was ist das?"

„Ein Grabstein."

„Was ist ein Grabstein. Kann man damit graben?"

„Nein. Wenn jemand gestorben ist, wird er beerdigt, und darüber wird eine Platte gelegt, da wird eingeritzt, wie er hieß, und wann er gelebt hat."

„Wie hieß der?"

„Moment, das ist in einer alten Sprache, die ich nicht mehr so richtig ... ich glaube, Aurelio, das war sein Name, und gelebt hat er ... vor vielen hundert Jahren."

„Boh! So lange?"

Eine lange Pause.

„Papa?"

„Ja, Schneckolino?"

„Weißt du?"

„Nein. Was?"

„Alle Menschen sterben mal."

„Ja."

„Auch Kinder?"

„Kinder nur ganz selten. Wenn sie einen Unfall haben oder eine schlimme Krankheit, aber das passiert nur ganz, ganz selten."

„Ich sterbe nie, oder?"

„Nein. Nicht solange du ein Kind bist."

„Weil du gut auf mich aufpasst, da krieg ich keinen Unfall."

„Genau."

*

Im Zug zurück nach Praeneste schläft sie auf meinem Schoß. Als der Schaffner kommt und ich sie beinahe wecke, um an den Fahrschein zu kommen, winkt er heftig ab und legt die Finger auf die Lippen: „Lasciate!", haucht er.

*

Zurück im Hotel hält mir die Mamma alle Türen auf, als trüge ich einen Engel.

Ich bin selbst gleich mit eingeschlafen, auch wenn es sich nicht mehr so anfühlt seit einiger Zeit, es ist mehr, als sei mein Körper in einer Standby-Stellung. Denn ich höre sie, obwohl sie nur wimmert, nicht laut ruft: „Papa!"

Sie wird gar nicht richtig wach. Ein Alptraum.

„Ist gut, Schneckolino, Papa ist da. Alles gut."

„Papa. Ich hab solche Sehnsucht von dir gehabt."

Der Tiger ist ihr aus dem Bett gefallen, ich lege in ihr in den Arm, aber sie schläft schon wieder.

*

Nach einem Tag am Strand packen wir abends Guste. Ich habe überlegt, sie zurückzulassen, einen Moment lang. Es wäre einfacher mit dem Zug, und schneller. Doch genau dieser Gedanke lässt mich zurückschrecken, als hätte ich in Brennnesseln gefasst: Ich weiß, dass ich diesen Weg gehen muss. Aber es muss nicht auch noch schnell gehen. Wir nehmen unseren Zuckelrhythmus wieder auf, ein Tag bleiben, einen Abend fahren bis in die Nacht, ein Tag ausruhen, es ist wie atmen, ein und aus, ein und aus. Die ligurische Küste hinauf, durch die Provence, über Aquitanien bis Barcelona. Hinter Marseille wollte sie kein Tiere-

ABC mehr spielen. In den Pyrenäen feuerte sie wütend ihre Sandalen in die Ecke: „Blöde Sanalen!" Und als ich sie unwillig ansah und fragte, was denn damit los sei: „Viel zu droß!" Ich nahm sie in den Arm und tröstete sie. Dabei war ich es, der zu weinen anfing. Sie war tief erschrocken. „Papa, was?" „Ich hab mir wehgetan." „Wo denn? Sanne pusten!" Ich zeigte auf meine Brust und sie pustete ganz beflissen und streichelte die Stelle: „Ei, ei. Wieder gut?" Ich nickte. „Papa nicht weint. Papa weint, Sanne traurig, auch weint."

10. Barcelona

Es war nicht so, dass sie verstummte. Oder gar unser Gespräch aufhörte. Auch wenn Wort für Wort ihr entschwand, redete ich munter weiter, und auch wenn sie kaum noch etwas im engeren Sinne verstanden haben dürfte, so hörte sie doch aus dem Klang meiner Stimme, ob es etwas Lustiges war, und dann lachten wir zusammen. Ich fand Fingerpuppen in einem Geschäft, und zusammen mit ihrem Tiger spielte ich kleine Theaterstücke, etwa wie der Tiger die Puppen fangen will und sie nie kriegt oder wie sie ihn auskitzeln. Susan quietschte vor Vergnügen. Wegen der Windeln gerieten wir kurz in Streit, weil sie deren Notwendigkeit anders einschätzte als ich. Aber nach drei nassen Schlüpfern an einem Tag war ich mir sicher, in dieser Sache recht zu haben. Ich zog ihr nachts eine an, als sie eingeschlafen war und am nächsten Morgen fand sie es dann wohl sogar bequem und protestierte, als ich sie wechseln wollte. Neinneinnein. Das war so ziemlich das letzte Wort, das ihr verblieben war. Das vorletzte. Als sie mittags auf meinem Bauch einschlief, murmelte sie noch einmal: Baba.

11. Paris

Nach Paris hat Guste uns noch gebracht. Ich tätschelte ihr das Dach, als ich abgeschlossen hatte. Susan, auf meinem Arm, streckte ebenfalls ihren Arm aus: „Ei, Guste!", sagte ich ihr vor. „Ei!" sie schien nachzudenken und strich dann stumm über das Blech. Am nächsten Morgen stand an ihrer Stelle ein Fiat Panda. Ich pfiff Jegliches hat seine Zeit. Drückte sie fester an mich und machte mich auf die Suche nach dem Café, in dem Markus und ich uns am Morgen nach der langen Nacht aufgewärmt hatten bei Croisssant und Creme.

Unsere Nacht in Paris, damals. Wir hatten kein Hotel. Konnten uns keins leisten und brauchten auch keins. Die Nacht war unser Hotel, wir stromerten über den Montparnasse. Tranken drei Stunden lang an einem Bier für 25 Francs und flirteten mit Mädchen, deren Namen gewiss in dem Büchlein stehen, gewiss haben sie auch etwas hineingeschrieben, auch wenn sie bedauerten, uns nicht mitnehmen zu können, sie wohnten bei ihrer Tante, und die passe da auf wie James Bond. Wahrscheinlich waren sie noch nicht mal sechzehn, aber uns teutonischen Tölpeln vom Dorf mussten sie vorgekommen sein wie unendlich mondäne Damen, die himmelhoch über uns schwebten und an deren Tisch sitzen zu dürfen für uns schon ein erotischer Erfolg war. Die Damen, die mir nun Blicke zuwarfen, waren eher Ende dreißig, als ich mit Susan auf dem Schoß versuchte, halbwegs unfallfrei mit ihr ein Ei zu teilen. Als nur noch Schalenkrümel und Flecken übrig waren, klatschte sie mit beiden Händchen auf den Tisch. In Barcelona hätte sie jetzt: „Alle!", gerufen und gleich darauf: „Mal!" „Nein, noch eins gibt's nicht. Hier, trink mal was." Sie schmiss das Glas um, unklar ob aus Wut oder aus Ungeschick. Eine der Frauen Ende Dreißig saß auch hier, und sie kam an meinen Tisch. „S'il vous plait?", und fing schon an, beim Auftupfen mit Papierservietten behilflich zu sein. Wahrscheinlich gab ich eine unglückliche Figur ab. Sie war sehr hübsch. „Parlez-vous francais?" „Si elle est tant belle – un petite peu." Aber es war dann wirklich nur ein bisschen – damals, gleich nach der Schule, hatte es sogar für den Flirt mit den Mädchen gereicht – und wir wechselten zu englisch. Aber sie flirtete gar nicht mit mir. Sondern mit Susan. „Darf ich mal?" Mir war nicht ganz wohl dabei, aber ich reichte ihr die Kleine. Was sollte passieren, es war nur ein Reflex. Ihr Gesicht geriet vollends in Verzückung, als sie der Kleinen den Finger hinhielt und Susan danach griff.

Da traf es mich mit einem Schlag.

Sie hieß Anngret. „Anngret?", fragte ich. Aber sie sah mich erst verständnislos, dann besorgt an: „Ist Ihnen nicht gut?" Ich spürte selbst, wie gespensterblass ich geworden sein musste. Das Blut baute letzte Wälle um Herz und Hirn. Weiterpulsen, weiter denken. Weiter erinnern. Anngret. Anngret. Das Haus. Das Krankenhaus. Ich bin hingefahren, ich stand davor. Ich ging nicht hinein. Da stand niemand am Fenster. Niemand. Sie war darin. Und niemand sonst. Das kleine Gespenst gab es nicht. Nicht mehr. Ist nicht geworden. Anngret. Hat gesagt: Mit dir oder gar nicht. Und mit ihr oder gar nicht. So dass wir allein dastanden. Zwischen uns das ungewordene Leben, ein Abgrund. Ich war zwar im Krankenhaus. Aber wie immer hat der Traum auch da Recht, wo er nicht den Tatsachen entspricht. Vor allem da. Höhere Wahrheit: Ich habe mich umgedreht und bin gegangen. Und am Fenster standen zwei und sahen mir nach, eine blass und groß und eine klein und noch viel blasser, das kleine Gespenst.

„Trinken Sie was." Ich trank. Aber das half nicht. Der Schwindel war zu stark. Ich bestellte ein Taxi. Gare du nord. Der Schwindel wurde zum Strudel. Sog mich ein. Sog mich an den Ort, wo ...

Ich hielt Susan an mich gedrückt, legte sie nicht neben mich auf den freien Platz, als sie schlief, hielt sie, hielt sie, hielt sie, bis es nichts mehr zu halten gab und ich nur eine leere Stoffwindel vor das Gesicht halten konnte, um das Entsetzen darin zu verbergen.

12. Wissen

Der Zug hält. Der Name steht mit schwarzer Farbe an die Wand des Bahnhäuschens gemalt, alte Schrift, mit s, die sich wie ein f lesen. Ich steige aus. Allein. Wie niemals zuvor und niemals wieder danach in meinem Leben. In der Hand eine leere Stoffwindel. Kann keinen Schritt mehr tun. Keinen Grund mehr, zu gehen. Der Zug fährt weiter. Nur ich auf dem Bahnsteig. Und eine Mundharmonika. Als der Zug ausgefahren ist, sehe ich ihn: Gegenüber. Sitzt auf seinem Rucksack. Wartet. Auf mich.
Ich kann den Fuß heben. Es geht weiter. Unglaublich. Es geht trotzdem weiter. Die Unterführung. Nicht denken, jetzt nur nicht denken. Nur gehen. Jeder Schritt vielleicht ein Körnchen Schorf. Ein Schritt weg von diesem Moment. Wieder hinauf. Stufe um Stufe hinauf. Nicht denken. Er sieht mir entgegen. Hört auf zu spielen. Steht auf.
Zum ersten Mal sehe ich ihn. Ich hatte es geahnt. Noch ein Schritt, und ich kann ihn berühren. Dann wird er verschwinden. Ich spreche ihn an. Aber das wirkt genauso. Er verschwindet. Mit ihm sein Rucksack und die Mundharmonika. Nur ein Handy bleibt zurück auf seinem Platz. Mein Handy. Und ein Päckchen, etwas unförmig in graues Packpapier eingewickeltes. Ich setze mich auf seine Stelle. Der eine Blick hat gereicht. Wäre eigentlich gar nicht nötig gewesen. Ich hatte gewusst, wer er war.

Ich war es selbst. Ich sehe die Schienen entlang, nach Osten, nach Westen. Wege, die ich nicht gegangen bin. Ich wickele das Paket aus. Der Tiger ist darin. Ich denke, ich müsste jetzt weinen, aber das tue ich nicht. Ich muss es nicht unterdrücken. Ich tue es einfach nicht. Ich schnuppere an dem Tiger. Aber er riecht nicht nach ihr. Er riecht wie neu.

Ich tippe Brittas Nummer. Es klingelt drei Mal.

„Britta. Ja, warte, nein warte doch. Ich muss dir was sagen, was ganz Wichtiges. Nein, nicht am Telefon, aber sofort. Wo? Ich fahr sofort los. Ich ... später. Gleich."

Ich steckte den Tiger in meine Jackentasche und ließ ihn unternehmungslustig hinausgucken. Ich wusste, wem ich ihn geben würde. Ich wusste alles, eine Sekunde lang: Was ich wollte, wie niemals zuvor und niemals danach in meinem Leben.